九歌一〇七年小說選

阮慶岳——主編

得獎感言

王定國　訪友未遇

復筆五年來，勤寫了六本書，直到去年被迫停下來養身體，我才願意承認寫作除了需要虔誠，還真的要有足夠的戰力。十月時，眼看著歲暮在即，才卯起餘勁繳出了這個短篇，作為二〇一八年並沒有完全虛度的印記。

因此，突然接獲編選者阮慶岳先生的垂注時，不免特別感到溫馨，在答覆得獎通知的回信中，我說了這樣的話：這種精神上的鼓舞使我難忘，我也非常樂意接受這件光榮的事，我們在寫作上的待遇好像還不曾超過這種被肯定的價值。

與此同時，我樂意重述這段文字來面對讀者，並一起答謝堅護這把薪火的九歌出版社。在這寒冬的國度裡，最沒有價值的事物其實最有價值，倘若文學一直能以這樣緩慢的煎熬烙印在一張張白紙上，我寧願相信這愚蠢的智慧時代總有一天會停下來等待，不是因為來自科技對我們的同情，而是它本身終於山窮水盡而突然面臨著一無所有的空虛。

作為蠢蛋一族，我還是相信文學是最美好的聲音。

目錄

《九歌１０７年小說選》編序

寫小說

——阮慶岳

作為小說年度選的挑選人，首先擔憂浮上心頭的，不是揀選時的猶豫為難，更是怕漏看了什麼好作品。因為如何選小說，本就是絕對主觀的事情，好像品嘗一杯杯的紅酒，只要第一口繞嘴下喉，加上縈繞的氣味，愛與不愛就要苗頭初現，第一口能過關的，繼續追飲下去，體質、勁道與餘韻收尾，大約就底定心中答案，要真的說起來，並不怎麼難的，其實就只是端看嗜飲者口味的高低與何在。

另一個真正迴旋難去的念頭，卻是回到為何要讀小說，以及為何要寫小說？這樣有些俗氣的現實問題。在一年的閱讀過程裡，清楚感覺到短篇小說的發表量，並不如想像中來得豐沛，可以發表小說的園地，其實也因之寥寥可數，文學雜誌（譬如《印刻文學》）以及副刊（譬如「自由副刊」與「聯合副刊」）依舊是主要鎮守者，反而蔚為各方流行的文學獎，或因其可能會帶著短期競賽的壓力，有著炫技爭先的必然意味，大半難以顯現沉穩內斂的質地，遺憾地大半不大符合我的飲酒品味習性。

另外，不少會吸引我目光的短篇，其實是從長篇小說裡擷取出來，這有趣地顯現出小說創作的能量，確實有集體往長篇方向移動的趨勢。所以如此，可能也反應了讀者已然不耐閱讀小說的事實，作為往日短篇小說主要孕育園地的副刊，因此已經見不到過往發表的繁茂風華，創作者改而以更漫長艱辛的長篇做出路，這雖然像是不得不爾的現實回應，其實也可能是另一條文學風景的路徑啟始。

而關於寫小說在現實裡的難為艱辛，王德威其實早在二〇〇二《跨世紀風華：當代小說20家》的前言裡，就有些暮鼓晨鐘地點出華人小說家在應對時代巨變狀態下的現實時，各自選擇後的有所為與有所不為，王德威同時意有所指地暗示著寫小說這件事，本就有著與世道相互背離的必然特質。他寫著：

「中國『現代』小說，果不其然要隨著二十世紀成為過去？有能耐的作家，早已伺機多角經營。他（她）們或為未來的作品累積經驗，或藉已有的文名隨波逐流，是非功過，都還言之過早。與此同時，就有一批作者寧願獨處一隅，以千言萬語博取有數讀者的讚彈。……從自我創造，到自我抹銷，滿紙是辛酸淚，還是荒唐言？兩百五十多年前曹雪芹孤獨的身影，依稀重到眼前。而我們記得，《紅樓夢》寫了原是為一二知音看的。」

確實，不僅是辛酸淚與荒唐言樣貌難分，自我創造也與自我抹銷共生同謀，讓小說文學不免顯得異音紛雜，看起來既是繁盛似錦、卻也恍如廢墟顧影，面對走馬燈般乍乍逼來的新世紀時，更不免要露出舉足躊躇、四望茫然的孤單。然而，王德威並不因之絕望，尤其指出「有一批作者寧願獨處一隅」，並且懷抱著有如曹雪芹書寫《紅樓夢》，那樣「寫了原是為一二知音看的」心情，繼續這樣不絕如縷的寫小說艱辛路途。

也許，這就是我閱讀小說時，不斷迂迴想著的文學事實與寫作人身影。我的挑選由是攜帶著我對這樣執著於「獨處一隅」者的敬意，這同時反應我覺得小說品相與內涵的文質彬彬，是閱讀時相對重要的衡量點。

以下，我就先簡述一下年度選入的作品，所以會引我喜歡的原因所在。

童偉格的〈任意一個〉，描述懷抱著某種神聖使命的神父，遠離家鄉並到達這遠方的島嶼，因而周旋在人間歷史裡的國姓爺，以及不斷尋求能與之作對話的上帝之間，展開了聖與俗的交戰辯證。雖然還不能透過擷取的短篇，來窺探整體的全貌與意圖，然而文字醞釀的氣勢已然驚人，以著彷彿遠自天上觀看世間一切的說書人腔調，以及《聖經》文字般崇高的舒緩韻律，講述著一個人間歷史的宿命與悲劇。

羅浥薇薇的〈斷代史〉，敘述一個漂泊與游牧靈魂的愛情自白，以碎片般的自由態度，開放著在分合偶然中的生命機運，卻也在尋求絕對的自由與真實時，屢屢突然地回顧徘徊。由內在思緒主導行走的敘事風格，成功避免文字的矯情與裝扮，流淌出有如林間小溪的清澈無懼，以及某種飄逸不群的文學氣息。

宋澤萊的〈一個小鎮上不及格的驅魔士〉，以著極其樸素平白的語言，描述一個小鎮具有驅魔能力者的自白與反思。除了反覆表述聖與魔的必然存在，以及信仰自身具有的強大力量，更是透過幾次驅魔的現場描述，反照自己在其中依舊存有的虛妄與慾念，謙卑的自省是最大的話語。十分罕見的宗教驅魔題材，蓄意平凡的自省書寫，直指文學本質與內在靈魂，本來可以連結相通的事實。

陳柏煜的〈寫信給布朗〉，小說文字加入日常口語的綿長獨特，有著散文的輕盈與詩的迷離，敘述風格同樣飄忽有致，在人稱與主體間自在撲朔移動。小說陳述一對戀人的相愛、背叛與分手，是游移在現實與非現實間的懺情書，也是對愛情恆久的青紅燈閃耀質疑。

黃錦樹的〈論寫作〉，一個對忽然離世友人的私己瑣碎回憶，其實卻是對於逝去青春與夢想的緬懷召喚。流利動人卻也龐大浩瀚的鋪陳，是談文學、談生命意義，也談到了純真與愛情，滿是感嘆的生命回顧裡，款款道出意欲歸反原初的企盼。看似悲劇自絕的結尾，其實透露著對生命虛假的棄絕，以及求仁得仁後的安然自在，不是悲觀的哀鳴，反而是對現世價值的批判，以及澈悟後的省思提醒。

吳億偉的〈練習生〉，描述一個邁入人生中段轉折點的男人，辭去不斷輪轉的各樣無趣工作，窩居在公寓頂樓的加蓋出租房，數年如一日的準備公務員任用考試，竟然發覺自己生命無所依歸的狀態，和這個簡陋臨時的違章頂蓋極為相似。在這過程裡，同時跟隨電視播放的韓國選秀節目，緊張地關心著某位選秀練習生競逐魚餌般冠冕的過程，一邊觀察隔鄰幾間同樣生命漂泊無依靠者的人生。緩緩平靜的敘述裡，隱約控訴時代有如無情的評審，視眾生命如練習生般篩揀棄置，觀視與敘述的淡然風格，讓人不覺有著「天地不仁，以萬物為芻狗」的悲傷感。

鄭如晴的〈廖齒科〉，將清淡婉約的一段昔日戀曲，透過女兒旁觀者的視角緩緩道來。沒有激情或戲劇性的情節，像是對坐喝著一碗溫去了的茶，偶爾抬頭互看一眼的人生相聚，無怨無尤的一席茶飲，安靜聽著竹簾外斜雨打芭蕉，然後溫柔道別離去。有著日本文學傳統的隱約徘徊，也有自然主義小說的悄然認命，最珍貴的是生命中擦身而過的彼此，依舊能夠蔓延一世的尊重與諒解。

章緣的〈失物招領〉，描述一個從南京被領養而移民到美國的華人孤兒，在白人環境裡長大成年後，面對中國社會忽然的富裕，以及因之而來的孤兒返鄉尋根熱，必須因此側側觀看自己的生命歷程時，所表露對過往與未來的同樣不安。除了指出所失去帽子的必然難以替代，有如社會文化的看似相同、卻實則相異，也似乎隱約描寫及批判中國社會在過去的百年間，某種難以尋回的生命本體失落與無依狀態。

董啟章的〈愛妻〉，以女作家在大學教書丈夫的口吻，簡筆白描著女作家的寫作與立志歷程，同時鋪陳出道以來的每一本小說內容大綱。看似交錯也獨立的幾本小說情節，竟也勾勒出女作家的某種形貌，甚至觀看出夫妻間的分歧關係。小說反單一脈絡敘述的寫法，建立起一種「看似無意義的意義性」，讓彷如碎片互不相干的敘事，能在讀者各自閱讀後，生成奇異的連結。同時，也隱約辯證著文學本質在面對市場法則時，如何作因應的矛盾與困局，是對文學未來應當何去何從的嚴肅扣問。

王定國的〈訪友未遇〉，是極度柔軟與輕盈的小說，透過深深地扣敲著兩個寂寞男女心靈的內裡記憶，讓我們一點一點地感受著那種各自難以吐露或分享的生命苦悶困境。這篇小說有著台灣當代文學少見運用自然主義所具有既客觀描述又直逼內裡的特質，看似無一物的敘事章法，卻是精準與巧妙的真實呈現。尤其善用以意猶未盡的餘韻，來表露意在言外意境的手法，以及借用景與物來寫情的技巧，是讓人在幽然看完後，不由得會回繞與喟嘆的小說。

蕭培絜的〈在船上〉，用極度冷靜客觀、卻十分貼近角色內裡的語氣，描繪著一個看似過著幸福穩當人生的現代女子，如何面對自己其實已然完全透明失焦的生命體，雖然也有嘗試做一點點的對抗與掙扎，卻彷彿世間一切都波瀾不興的無動於衷。有著對生命是否就當如此荒蕪失溫的質疑，也是對於存在意義的荒謬本質發出嘆息，小說瀰漫著流動、冰冷也透明的氣質。

夏曼・藍波安的〈大海之眼——失落在築夢的歲月中〉，描述一個離開故鄉蘭嶼的達悟族青年，開始他在台灣本島的生命旅程，他所要面對的不只是漢人的歧視態度，還有因之對自我身分與自身文化的質疑省思。作者以十分誠摯的文筆，款款凝看這樣自我啟蒙般的生命歷程，沒有尖刻或怒氣的不平控訴，只是平靜地帶著我們一起走過這樣辛酸的生命點滴，深思透過經濟不平等而生的文化傾軋，是如何真切地發生在我們的日常生命裡。

朱國珍的〈王正義〉，描寫一個原住民知識分子的選舉冤獄故事，文字準確冷靜，現實的連結感強烈，透著一絲魔幻意味與超現實的戲謔性，與選舉文化在小鎮顯露的奇異姿樣，成功地互相做出輝映。作者描繪底層現實的無奈與認命，運用寫實的貼近與溫度感，奠立了小說的扎實力道。

黃崇凱的〈夾子〉，極度迫近日常現實的簡筆描述，讓人有時會呼不過氣來，也被迫必須近距離去盯視這些身邊的事實。敘事不聳動地平實貼地，也許是蓄意在平凡日常中，翻飛出來一些荒謬感，是現實壓迫下曲扭的生命鏡象，文字簡約鏗鏘有韻，讓人想到七等生與王禎和早期作品的冷眼與孤單。

在這些我所選出來、看似歧異多元的小說裡，確實也呈顯出在世代、文學觀與寫作態度的差異，甚至也可以閱讀出來一些趨向與脈絡，我就用以下三點來做個人觀察的概述：

1 小說與現實的距離

自魯迅以來的華人現代小說，向來與現實牢牢地相互緊扣，其優點是往往能透過這樣的緊密性，呈現出強大撲面的文學重量感，甚至因此直接涉入現實，對之做出是非干預與評斷。然而，這樣以現實為據的文學態度，也是其所以成之敗之的所在，後繼創作者似乎此刻也在尋求其他變異可能，譬如宋澤萊的〈一個小鎮上不及格的驅魔士〉，就探索形而上／神學的文學可能；王定國的〈訪友未遇〉，也讓我們見到如何從日常的私己生命做出發，以輕盈、冷靜及不介入的姿態，尤其避免文以載道的沉重，做出另一種貼近個己內在性的文學風貌可能。這樣拉遠與現實的距離，讓更客觀的內在與想像空間出現的處理手法，基本上已經廣為新世代小說家運用，譬如羅浥薇薇的〈斷代史〉與蕭培絜的〈在船上〉，都是有著這樣特質的小說。

2 語言的世代差異

此次選出的小說作家世代並陳，資深作家的穩健與宏觀能夠繼續扎實共進，新進者則呈顯出鮮活的自我挑戰面貌，各自有其信仰與風姿，也難以直接做並比。比較有趣的是小說的語言使用，有著明顯從前世代習於將之嚴肅異質特殊化，尋求文字作為小說藝術的一個重要面向，同時也是作為塑造出獨特風格的個別語言，逐漸轉成廣泛去承接與貼近日常口語的傾向，然而二者對文字簡約與節奏的追求，大抵仍然相同，奧義與直白、反溝通與溝通或就是其明顯可見的差異點。尤其，創作者定位自我與閱讀者貼近／遠離的牽動關係，應是另一個背後動機策動的判斷點，譬如童偉格的〈任意一個〉與陳柏煜的〈寫信給布朗〉，就是可以拿來對照的二件作品。

3 文學是什麼？

王德威在觀看新世紀華人文學走向時，溢於言表的某種憂慮，也同樣顯現在資深作家對文學的綜觀回顧上。董啟章的〈愛妻〉，就直接卻清淡地做出質問，對於文學與市場的關係，或是對於為何以及為誰寫作，都有著深刻的自省與批判。黃錦樹的〈論寫作〉，則是以對友人一生的凝看，來表述文學是否已然偏離初衷的沉痛感受；並以友人類同川端康成〈睡美人〉，那樣對著青春女體之美的純然崇拜，反而招引來社會道德的指控，這位退休者最後決定要燃盡自己的生命餘燭，只祈求能夠顧惜到殘缺的幼者，以能重回母體的溫暖懷抱，有如那隻因破殼失敗遭棄的雛雞，令人驚喜的奇蹟復生，是在生命的哀嘆後，依舊寄予的微弱希望。整體來看，我覺得黃錦樹的〈論寫作〉，是很清楚點出文學整體狀態隱憂的作品，就是當小說文學在面對資本市場的強力傾軋時，究竟如何尋回文學的初衷，如何能藉此而在對抗的過程中，還可認真去顧惜那些不免殘敗受傷的軀體，然後依舊能選擇「寧願獨處一隅」，為「一二知音」寫作下去，所做出來的低調期盼吧。

年度小說獎得主為王定國的〈訪友未遇〉，因為書寫裡成功掌握短篇小說的侷限篇幅，以悠長緩慢的自信節奏，細緻迷人也精準內斂的語言，逐步地描述著一個暗隱的內心傷痛，同時展現出人與人之間，依舊能夠相濡以沫的溫暖情懷，是能夠有著宏觀大氣，卻身姿謙遜的優秀作品。

此外，王定國捨棄直接控訴現實、選擇以影寫光的書寫風格，讓我們見到在華人百年小說發展裡，某個程度過度籠罩在魯迅藉文學以救國族的寫實主義長久影響，得以往著類同自然主義方向移轉的可能。這樣書寫的特殊處，就在於能從幽微處下手，以見出大宇宙的鏡照，手法精妙卻毫不炫耀，有時甚至流暢平淡到會教人不小心就視而不見地疏忽掉。

那麼，這樣的文學，又究竟有何好處呢？我個人尊敬的小說家宋澤萊，在一九八八年前衛出版社個人作品集的序言裡，曾這樣寫道：

> 提及自然主義文學，在大學時期我就知道它了，在未十分了解寫實、浪漫、超現實、意識流這些文學作品之前，它就被我喜愛了，並且懂得它的內涵，這種藝術是擯除主觀、直觀，以客觀的態度來平鋪題材的一種藝術。……最重要的是自然主義者一直努力揭示罪惡警惕人，而居然可以完全不帶說教的味道。

此階段的宋澤萊相信小說「只能張著眼睛，注視悲劇的到臨」，因為「世界的真貌其實就是那樣的」。這種相對來講顯得宿命的客觀與退讓態度，可能恰恰是對於另一浩瀚抽象世界（命運、神或上帝），因為尊敬而自然顯露出來的某種謙卑，此外也常可藉此冷靜的距離，抽離開或會導人涉入過深的此刻現實。

於我，王定國的〈訪友未遇〉，就是這樣時代價值的展現。

任意一個——童偉格

主的平安，祈願確是，因祢再找不到，如我這般險詐的間諜了。盡我所能，我默擬這份草稿，如同之前，我記憶它每回修改，盼望將來，我終能將最真版本謄寫出來。這是我這類人的用處：如影隨形，記錄經歷，成為見證。一百三十年前，皮薩羅麾下那無名小卒，是我最尊敬的嚮導與對手。不僅因為那時，他隨皮薩羅僅剩百餘兵眾，在新世界據點，熬過近十萬印加大軍壓境的恐懼，在決戰前夜亦不動搖，盡責站好最後一班崗哨，冷靜自持，與敵軍聚成的黑夜對視，如為自己亡靈守夜。不僅因為次日，他張大一雙因飢餓而朦朧的眼睛，仔細觀看薩帕·印卡，「獨一無二的君主」，如何坐在印加貴族肩扛的王轎上，一步步晃動整個帝國，晃進流沙般的陷阱裡。更是因為那時，在完成關於那場戰役，最詳實可信的見證後，他選擇不署名，彷彿那樣做，會落實某種玷汙。我知道：平靜看待自己將臨之死，與細心觀望一整個帝國潰敗，兩者，都需要巨大勇氣。我亦知道：要如我嚮導般，衷心認知到見證之必要，但那遠遠絕非個人成就這件事，除了勇氣，你還需要更難解的美德。

據我嚮導所言，彼日，當近十萬印加大軍，在約定會談的廣場上列陣，從某個隱密門洞，皮薩羅用他顫抖食指，發出一道密令，遣動埋伏城外，孤孤一門砲放響，空擊太陽。隨後，百餘殘兵趕二十匹瘦馬，向印加軍吶喊衝鋒，零落發射火繩槍。這令人臉紅的兒戲，不意竟發揮奇效，使累世以降，從未見過火器與馬匹的印加軍張皇失措，如羊群相互踩踏，瞬時潰敗。陣列中如如不動的，只有薩帕．印卡：印加貴族青壯一撥撥擁上替手，把穩王轎，在人人得見的高度，彷彿那是他們最寶重的武器。直到亂軍中，皮薩羅手起刀落，劈出血路，迎上前去，用他依舊顫抖的左手，一把將新大陸至高人神扯落王座，重重摔在地上。我相信那時，人群有片刻屏息。我相信皮薩羅真就那樣咧嘴長笑，真誠開懷。皮薩羅，這名在故鄉備受輕賤的私生子，浪游的納西瑟斯，瞞天過海的投機客。十年前，在遠方荒島，他還險些被幾名由他騙來，同尋黃金城的人給分食了，而今，他如此唾手，就將整個帝國踩在腳下，一名從眾也未傷亡。討論此事，神父問我：這等奇勝，難道還不足以對你說明，神恩確實嘉許我們的進取嗎？我說，我也能看作是：主的榮光，向來如此輕率厚許，如此難料反覆。因為這樣，格外令人震顫。

神父終於熟睡，在這破敗茅屋裡。一日前，暴風過境，帶走這人稱美麗島的雨霧，在這深夜，燦亮星光照亮屋內，近處，乾燥空氣底，海潮聲響無比具體。聽著，你不會感到漂遠意念，如大海總給旅人的，那無邊際的感受。今夜，你只會感覺邊界正襲捲邊界，彼此碰撞，彷彿已過今日，很可以是我們在世上無數已歷日子的，一個共同的合宜尾聲。如我現在，真誠願意祝福神父，若我有權。我願他就帶著臉上未乾淚痕，從此熟睡不再醒來。神父的悲傷是真誠的。神父一言一行都發乎本衷：在這世上，你再也找不到，如立誓要終身穿著黑衣的他們這般，任何狡黠變貌，無不出自真誠的一種人了。他們立誓成為牧者，對羊群，永遠保持崇高。他們立誓成為借勢於虎的狐狸，對所有操縱生死的帝王，他們恪遵聖典所示：「汝當順從」。在這世上，你再也找不到，如他們這般，全心執著與夜暗周旋，只為仰望一點光明的人了。他們大多與我相似，來自窮鄉僻壤，在一個由無數窮鄉聚成的，所謂文明世界裡。他們卻又和我絕然相異，今日之前，我一生都只想盡我所能，遠離故里，想知道命運規範予我的邊界外，有著什麼。想知道若我跨界將如何。但他們，無論他們是誰，他們只希冀一種漫長的重逢。

他們生涯肇啟於誤解：在學習成為黑衣使徒時，他們才發覺，理論上，自己絕無與祂對話的權力。雖然，在生命早初，在話語迢遠的孩提時代，他們皆確信自己必見過祂，在不同鄉里，憑各自方式。那可以是在邊境，牧羊曠野，或在城郊河渠。當寂夜獨自守望，當午後昏瞶，陽光將水網交映得無可直視，祂就走來，由虛空，從水上，喚醒他，接引他投身嶄新知覺，而後又離開他，將他重置在同一人世裡。這就是起點：從此，他得成為在自己短暫生命裡長行的旅人了。他得奮力去尋索一條，能與祂重逢的道路。如我神父，他得先跋涉過重重話語：生命裡最好那幾年，他皆在圖書館學習。他坐石室，偶抬頭，看頂上梁架成拱，像模擬天空，也像以其強韌結構，負載其所模擬的巨重。石室主光源，白天來自東牆馬賽克窗，透光一幅群聖沉思圖，半空煥發五彩光屑，駕臨桌面，紙頁，與一切游離。夜暗，石室垂炬如星，一桌一小燈，煙濛中旖旎似海舟。他貼眼尋字，姿態低抑莊嚴，像亦在模擬同時負載自所模擬。他一思一停若有神，看字行行近前，再行行隱沒，時光如此，一時完足，悠長而從容。但祂依舊並不在此。因提示最末回晚禱的鐘聲，每日仍響起，既準時，又總顯得突然。他聽聞，嘆息，感覺對他而言，日夜永遠都太短。

對我而言，日夜卻永遠都太長：在他們莊重置身的石室裡，永遠不乏會有，供我這類人竄身的猥瑣門洞。像馴獸般蹲踞待命，我學習成為僕傭，以及日後，當他們受派去啟蒙邊陲時，隨同派令，黏緊他們的侍者。我是他們珍重的情感記憶，像他們從石室書案上，取走同行的一尊燭台，日後，無論空間如何改換，我永遠會微不足道，又無比放亮地佇立寸前。我亦是他們最想無視的世俗，以渾噩肉身，永遠鬧著飢渴與風土病，持續在他們耳邊，用粗俗鄉音抱怨，重複一種絕對膚淺的反對，提醒他們，教化志業這等艱難，因為來自故里的頑石，從不對他們點頭。彼日，當我被配予神父，受派前往荒渺東方時，神父必須默禱竟日，才能平息內心失望：他期待前往的，是西方，集結無數皮薩羅們的墨西哥城，及其綰合的遍洲教區，與四野敞開的待領牧民。而我，卻感到全心愉悅。怎樣都好，在我看來，能遠遊即好。直布羅陀，好望角，馬六甲，直至我們至東都城，馬尼拉。在那經年航途中，神父遁回艙底，與一斗室經典永夜沉浮。對我而言，世界卻程程受光，船每繞過一海岬，我的雙眼就更愈明亮些。我內心最深願望，正逐日實現。自有識以來，我就訓練自己，成為能牢牢攀附大能體制的節肢蟲。我知道，羅馬嘗試封鎖的，正是即將成真的未來。不多年前，那孤絕科學家，伽利略，在無數如今夜這般燦亮星夜裡，從獨身斗室，憑幾片稜鏡遠窺虛空。羅馬禁制他的發現。羅馬難以禁制的是：有人如我，以全副心力低伏，以便利用它，成為自己遠望的稜鏡。

你應當小心如我這般的僕傭，應當在我額上，烙印使用警語：此人對我類終局，有非人的好奇。高坐馬尼拉城內，那胖大總督，又使我們坐困經年：他一派親善，敷衍神父每回邀兵北向，重與荷蘭公司爭鋒，跳島再布灘頭堡的提案。等候每日，我佯裝欣喜，在馬尼拉城內漫遊，特別是那喧囂雜亂，引我無限好奇的華人街區，以隨遇而安的從容，反激神父急欲離境，拯救溺民的鬥志。我嘲笑他每個想越過荷軍防線，自取教區的籌謀，以此坐實他心中具體仇敵。我們密切關注美麗島上公司動態，以至去夏，當我們得悉名震近海國姓爺，正將公司圍困島南內海時，神父與我都知道，不容錯失的機會來了。我一臉無奈，隨神父跳上最快出航的走私船，去投國姓爺。國姓爺，我生平所見，智識最堅定，亦最瀕臨瘋狂的人，大約需用一百名皮薩羅，才能蒸餾出一滴他的意志。如許多東方首領，他像終身戴著面具，似乎永遠，都張著那口刻意磨尖的牙齒大聲咆嘯，你得掩耳，才能聽清他的指令。然而，幾月虛實往還，用心觀察後，我們仍確信，一切只是時間問題：國姓爺必能戰勝公司守軍，也明白，某種難對人言的病症，正淪肌浹髓地，在這濕熱絕境，加速掏空他的生命。光天化日，他正在孤絕地死去。你從他的暴跳，從流徙時日，即便堅壁清野圍城期間，他成群妻妾接續懷孕，就能判明他自己，對此的深切自知。他真正的對手，正是時間。

神父問我：何為？我滿臉憐憫，說我同情同樣知命，卻都傾力扭轉乾坤的兩造，不如我們敬遠南還，坐觀一方悲勝。神父皺眉，流露我期待的鄙視。我敬遠，看神父進取，向國姓爺輸誠。如何傳達對情勢的鞭辟理解，卻不冒犯國姓爺，成為神父最耐心克服的難題。針對國姓爺視為大患的歐式稜牆，與犄角砲堡，神父焚膏繼晷，手繪攻略圖，且以一種東方儀式般的迂迴，故作細瑣，夾藏於日常舉報中，片斷進呈國姓爺。主的真誠的狐狸。我必須說，這方面，神父表現超乎我預期，在你必須退萬步，才能稍稍看清的共舞中，神父漸漸和國姓爺對上話，取得信任。直至今年初，當國姓爺步步佔先，終令公司中樞，決議獻城出降時，我看見國姓爺與神父，像熟識一輩子的朋友那般互擁。我察覺的情誼，使我必須壓抑心中狂喜。我以為事功將成：不久，當國姓爺全軍休整，重布商網，我們就能借得庇護，與一艘信風北送的船，翩抵中國，或日本，兩個我們同樣朝思暮想的未來。然而終究，神父與我所搭上的，只是艘彷彿全部東方畛域，所圍成的愚人船。美麗島立足後，狂暴國姓爺，再次展現他的不容駕馭：出乎意料，他命我們回返馬尼拉城，向總督投遞勸降檄文。他說，為拯救數代流散，屢遭欺辱的華人，他將親率王師，跨海興仇。

那是四月，我們由國姓爺率軍親送，專船駛出那仍遍地炙熱，時刻地動天搖的潟湖。國姓爺立岸邊，顯露一種近乎微笑的表情。東方的，死神遮障自我的神祕。在船尾，我靜立神父身邊，感覺他的懊喪。那時神父並不知道，這是他最後一回見到國姓爺了。神父知道的是，這不會是最後一回，他親見如眼前這般水火之地，如此旗幟錯雜，站滿各色人種。那是武備特色橫跨兩世紀的傭兵群，具體，像個戰事傷停時刻的博物館。像個特異的夢境之地：以我們輕估的複雜，它將我們想像中，前瞻未來的轉運站，倒轉成最後的最後，一個重啟一切探問的解答。而我們由此回航，無疑地，成為重啟與重聯戰亂的使徒。我必須非常努力，才能裝出樂意回返的模樣。佯作一個無足輕重的玩笑，我問神父：有無可能，我們拚盡力氣，讓船改向，或令其永無目的漂航，不再著陸，去對世上任一角落，發出折扭命運的訊號。這是說：我們洗淨自己雙手，豁免於這般網羅。這是我真誠所想，亦是生平首次，我向神父告解。然而，一如預期，我領受他對我的輕蔑。神父認知自己是使徒，傳訊接近天職，噩耗亦然。神父認知我們無能逃脫更大意旨的網羅，倘若那是主之所欲。神父認知現在，他成為那位需得獨力扭轉乾坤之人，於是，他回艙底，一如既往，獨自默禱。是在一海合圍的靜默中，我明白神父與我一樣，明確預知的事：我們駛回的，果真是艘瘟疫船，它滿載致命恐懼，預告總督治下群島間，華人街區的再度寂滅。由我們帶起，屬於他們族裔的競速是：

國姓爺得非常快，比快過自己死期還快，才能親臨馬尼拉城，找出他倖存的鄉鄰。

我們連總督都輕估了：傳達檄文後，總督不讓神父多言，而是立即軟禁他，不再見他。我成了神父雙眼，代他見證遍島間，總督為徹底阻絕敵軍內應，而施行整季的種族清洗。直到新夏，當國姓爺被壓延的死訊，輾轉傳至馬尼拉城，總督才重展笑顏，恢復慵懶，將神父釋出地牢，且像福至心靈終於想起，交付予他檄文正式回函，要他北返完命。那是數日前，我隨同神父，重探那片風沙。那裡，連屋基都不存了，你無法想像昔時樣態，倘若你不曾像我，流連過那些街巷。你當然也不會像我一樣知曉，就在那片像時間未及生根的煙塵底，入土十分，許多昔時住民，站立群擠，雙手高舉，被嚴密封藏在地層裡。我心中遲疑，不知是否該為形容枯槁的神父，描述所有這類細節。或我應當描述，裨益神父，實然知解此事：那無論如何，並非如皮薩羅揮動他顫抖食指，世界就如兒戲般暈頭轉向，那般迅捷。那是一種遠比我們任一人，所能對你描述的，永遠更緩慢而周詳的全滅：累世以降，你備受威脅，你不可能無知有人正舉槍向你，卻吝惜昂貴火藥，只憑此手勢，就驅趕你的一整個苟安家園，去厚葬你。或若我已對神父描述，則神父的悲傷，也許，就不會如他對主的謙卑，那般龐然而淨持。我見他低頭深思，胸懷回函，伴隨他，重回美麗島。

低抑且深思，那就是一天前，當我們在海上遭遇暴風，船將覆時，神父絲毫不變的神情。或許，他同時想起已逝國姓爺，那位奇特朋友，以及他的上帝，那位更奇特的遲到者。

於是，他或也不無好奇：身兼兩種使者，倘若就此殉職，在那另一世界，他將先見誰，先向誰覆命。或許，當他再次跪坐禱告，風雨中，那海舟搖傾，也讓他如終獲賜福，再次如履他生命最好年歲，那為一個穩確未來，去全盤備妥自己的學徒年代。那時，在每個日子告罄後，他記妥筆記，收紙卷，將打火石等什物拾入衣袋，起身前最後照眼，總看見自己墨染的，遺跡般的手指頭。起身後望去，一班如他這般墨黑旅眾，披衣蓋頭，成行成列，魚貫前行。室外，是同一幅高窗聖徒，祂們如今反照，以一石室靜思的餘燼，追想一個具體像是由他們墨黑身影所馴領的夜。露水，吐息，衣袍或腳步，在石板路上窸窣。有時，他確覺得他們造影彼此，在他們各自，不斷繼起去追想的同一啟靈裡。每晚睡前，相聚在另一石室，他們唱誦，朗讀，在常習儀式中，再一日去熟悉祂仍不在此的隔闐。因祂的形象就在眼前，如此寫實。那同一亙古形象，依舊雙手平伸，屈膝，低眉傾首，停駐在受難處，每一寸肉身，都刻鏤了懸掛在十字架上的艱難。他們於是，將馴領是日，與心裡懷疑，溫柔而謙卑，撲殺於每日最末晚禱中。唱誦是義，朗讀是義，一切從隔闐中迫出的話語皆是義。他們就這麼靜默學習著，有朝一日，成為那個有權代祂說話的人。

我能見證：神父確實一無所懼。我亦能見證：是在之後，主賜平安，並賜與神父一道親歷難題。彼時，當船漂過暴風，停靠一港灣，我們都以為是隔世了。我們下船立腳，看風景橫倒。草澤間，一群人攜弓奔出，環抱我們，摸神父衣袍，說著難解的話。他們出示念珠，畫十字架祝聖。我們這才意會：我們已漂流到美麗島北，二十年前，我們教會離棄的教區。數年前，當神父抵馬尼拉，不斷要總督出兵收復的戰略灘頭堡。所以他們說的，是我們的語言了，一種總督怠慢經月，才覆文給死者的語言。一種受過洗的他們，在多年隔閡裡，勉力記起的聖潔話語。他們帶我們去村莊，看多年虛席以待的教堂，看各家懸掛的聖徒像。他們且唱詩歌，念經文，嘗試告訴神父，無論他是誰，他們一直，在等待與一位這樣的他重逢。如今終得重逢，分外歡欣。無論他是誰。神父聽著，不知所對，兩眼靜靜垂淚。神父淚流竟日，像是明早醒來，還要繼續哭泣，像是將要哭過所有他忍抑過悲傷的時光。像那是他僅剩的，唯一屬神語言。因為這樣，我深願這位胸懷無可投遞的信息，並因之徹底心碎的使徒，我的宿主，從此長眠，不再醒來。因為這樣，我預感自己此段旅途已然告終。我預感在這終局，我將徹夜無眠。我明白所有這些草澤倖存者，累世以來，我們已殺死過他們隔絕先祖的後裔無數回，那也許，真確是在兩世紀前，也許終究是某種輕巧的指尖接觸，甚至輕巧過皮薩羅。彼時，當我們下船，一碰觸，我們及身的病毒即朝他們渙散，將他們綿延萬年的世界，瞬間風化。因為這樣，在信使回報，追兵到來，此地終成鬼城前，以最後一點人性，我想正式向神父告解：我錯了，彼時離鄉，我不該那般雀躍。我應當謙卑，慶幸是我離鄉，慶幸不是任一人，前來我家鄉，指證生而為人，我們的歸宿。

本文收錄於二〇一八年三月出版《K書：試刊號?》（黑眼睛文化）

汪正翔攝影

台北藝術大學戲劇碩士。著有《童話故事》、《西北雨》等書。合著有《字母會》系列。

斷代史——羅浥薇薇

我在北京過的生日，三十三歲，清早起來躡手躡腳移開枕邊夢迴的香肉軟語，走過荒沙搭公交車去老書蟲和一名菲律賓導演碰面，我們從杭州糾纏到北京，理智告訴我這女人活在自己世界裡生性殘忍我會被踩到土裡，但身體堅持著聽完她一生的故事，看了她用以尋求資助的樣片，怎麼也狠不下心拒絕她的劇本邀約。她說好幾個編劇都令她失望，他們全都無法堅持，一旦不在眼前就斷了信息，於是我們抓緊時間，光在北京就碰了兩次面。這之前還一同去了此生所見最空虛的城市名叫義烏，看了全世界的勝地紀念品。我好怕使人失望，就和她吃早餐，拿黑色簽字筆在手記本上潦草寫下整頁訪談關鍵字，她還買一本傳記給我讀、為我付了早餐錢。與她告別之後我在偌大的北京迷路，我得再搭幾個小時的高速火車回杭州搭機，買完車票已經幾乎沒有錢。我訂了便宜的虎跑路青年旅館，與一名重慶男孩和幾名女孩同宿，男孩說上大學前想到其他地方走走。杭州好淡，淡到水過無變痕，我緊摟著護照與錢包睡著，醒來上帝保佑又是個堂堂正正的台灣人。

那過後幾天我和男人第一次見了面，再過幾個禮拜他問我要不要一起吃飯。我從早上了一天課，放完一部偽裝成推理動作劇的愛情故事，周迅還重唱竇唯，我站在台上徒然解析一番，鈴響了，放學生走，把教室鎖上。時已昏，目光低限，我走過石橋流水，男人在門前抽菸，看見我走來只抬了下巴問聲怎樣，我垮著臉說好累，他沒應，低頭深深吸了最末一口把菸丟掉，說先進來吧。男人做的事比說的話好看很多，而且不解釋自己，這品質使我瘋狂。我跟他說你說話的聲音，你說話的聲音好像我振叔，一九九二年乘著大機遠去不再歸來的振叔，臨行前聽了我的鋼琴沒有應聲稱讚，只把我叫到跟前，正色說做一切事都要頂真毋需花俏，那十二歲女孩虛榮的心，皺著臉幾乎要哭。如舊如慕的聲音，沒有在喊我的名字，又喊得這麼成情我胸口都要再奔出幾個光手光腳的小我與之廝磨。我沒有辦法像對其他人一樣用表面的喉嚨與他說表面的話，彷彿聽見他說話的不是我，是史前斷層處深掩空待的骨與隨雨化開的臟器，在多雨且溫暖的夜應咒復合。

我可以記起斷層開始震晃的時刻，我在卡斯楚戲院看完了一百二十七分鐘的《Z》，片尾女人開始一個一個念出所有被軍政權禁制的單字：長髮、迷你裙、托爾斯泰、罷工、社會主義、杜思妥也夫斯基、流行音樂，字幕捲上時候我坐在椅子上靜靜流淚，電影怎可以如此現實美麗。我遺下戀人獨自來到這個城市，卑鄙的我感覺快樂，朋友的學校要上山，門後是乾涸的噴水池，迪亞哥的壁畫。圖書館仍未電子化，我一眼瞥見遍尋不著的攝影集躺在書車上，坐在窗邊頁頁翻去生出翅膀，已許久未敢拍動於是疼痛；我可以記起，我的眼睛寫壞了，戴著沉重的大眼鏡，坐在法靈頓車站附近的酒吧裡，剛結束一場慘絕人寰的面談，領頭的捲髮資深教授對著在席的其他學者說你們知道她是哪裡畢業的嗎？是台灣最好的大學，像劍橋哈佛那樣的學校畢業的，他揮揮手上的稿子：「竟寫出這樣的東西。」我向坐在桌對岸的人描述，想當笑話講，忽然就委屈到極哽咽起來，太丟人了沒辦法，只能把額頭緊緊頂著木桌等屈辱退潮。失態把我們的手猛然拉向對方把面具摘開，歐陽趁弱伸來揉揉我的髮。

當我回到家愛人已搬走所有衣物，我坐在廚房對著安娜與蘿拉大哭，「我沒有要她走，只是不願意看到有關她的事物與我同在一室。」任誰也聽得出來這當中致命並且可笑的矛盾。蘿拉顴骨上隱隱發亮的穿環還是像淚，安娜跳到公車站牌上為我跳舞，我洗了把臉，看鏡子裡的自己很害怕，身體會自己想辦法活下去，會等待下一次傷心時刻，或者你永不傷心。

二十年後我終於抵達振叔。自他離開，我是家族裡第一個漂洋過海去找他的人。他開車帶我到春田市，他開會，我鑽進遊客中心看了林肯的一生，在漫布塵灰的二手書店買下Diane Arbus的傳記，然後躺在市政廳的草地上等他領走我，我們去探他在大學讀建築的女兒，吃了飯，臨走我先上車，夜暗，他們在宿舍樓下緊緊擁抱。在芝城的最後幾天我的背像給人綁大石，坐不好躺不下，大概是在紐約睡壞的，我不敢告訴振叔，怕他阻止我踏上接下來的長途旅行，我偷偷查了中國城的中醫診所，魚貫進門排隊，先用英文說了症候，大媽醫師以濃重的鄉音問我哪來的，我們釋然地剝下他人的語言進行更為精準的醫療行為，臉朝下接受大媽整脊的時候歐陽的訊息來了，說她在外頭，我沒能及時回覆，走出診間臉色甚慘，歐陽說妳像給醫生痛毆過那般。

歐陽是特別來找我的，她前一日開始住宿在市中心的沙發衝浪處，我則每日自芝城裙腳搭通勤火車過來與她碰面，我們半年多沒有見面，擁抱的時候我暫時還沒有辦法敞開胸口。我們都是第一次來芝加哥，十一月比想像中更冷酷，我把行李裡的冬衣全都套齊了，站在廣場中央的杜布菲雕塑前等她，她從對面和我招手，笑了一下把頭低下，散著髮跑過馬路，我把手上的紐瑞耶夫攝影集遞給她，幾週前在跳蚤市場看到的，想起她說過自己童年迷戀兩樣事物：紐瑞耶夫的臉與短刀，便掏出十美金買下它。

補充咖啡因之後像個觀光客那樣打開地圖，我們決定出發到自然科學博物館看T-Rex，她沿路都在和See-Yo傳訊息，單手打得飛快，趁空檔與我對應幾句近況，最末歐陽把手機遞給我：「他想跟你說話。」我接過手，耳裡傳來洛城的完美豔陽：「May！」

See-Yo的中文名字是思佑，他出世這天家中阿太過世，父母沒能來得及回台灣奔喪，遂應阿太之名佟大佑將他取名為思佑。See-Yo是歐陽的情人，歐陽說他們本來不相識，那週末朋友替See-Yo問到歐陽的便車往舊金山，「他說是台灣人我馬上感覺與他好親近，我還跟他說起妳。」後來他們整個週末都膩在一起，沒有住在一起，只是很想與對方繼續說話，兩天結束就又一起開車回洛城。See-Yo活躍於西岸的跨性別與種族平權運動，歐陽並不特別熱衷此道，但她欣賞有定見並且自成一格的人，「我沒想過自己會對一個trans guy心動，」歐陽看起來並無她說的話那樣苦惱，「但他和我提起過去在紐約做單車快遞，我想著他骨架清楚且瘦小的手腳如何以巨大的力量控制沒得煞的單車，就覺得好想緊緊扣住他的手腕。」她本來和一個樂團的鍵盤手約會了幾個月，那女孩沒有辦法接受歐陽開放關係的提議，在早午餐廳拂袖而去，「那天晚上去了See-Yo的公寓，他做日式料理給我吃，小盤小盤排滿了整桌，每個盤子裡頭就一點點菜，疊得漂漂亮亮，我都捨不得吃。」

我不知道歐陽是否和See-Yo提及我們睡過一次，他的聲音裡有一種「我們理當親密」的預設。他在電話那頭對我說自己正向歐陽提醒一些與海外台灣人說話的禮節與禁忌，其實心訣無他，只有「台灣不是中國的一部分」。我淡然回答：「這我早跟她說過。」See-Yo沒理睬我話中心機，以輕快的語氣總結：「我就說嘛，May rules.」歐陽搔搔頭髮，像是被貌似教訓的寵愛夾擊的大狗，她按下電話，鬆了口氣，把手搭上我的肩頭。

我和歐陽在一個陽光很暖卻不燙人的午後睡在一道，我們從飯廳開始接吻，她提議不如進房間吧，她的房間只用了一塊白棉布遮住面朝行路的大窗，我褪下淺橘色的薄洋裝，她無法自持地重複說著：「真不敢相信，我看見妳的身體了。」她興奮起來說話像奔跑的鹿，有三分之一我都聽得半懂半疑，好在她年紀少我五歲，我還可以用高明的姿態掩飾溝通無能。我不是毫無顧忌的人，我們都沒有高潮，但那一點也不妨礙我對她熱烈的渴求。自第一次見到她起，我已經夢她多回，最近幾次約會要分別，我聽見自己的心臟裂開一道細細的縫，是時我輕輕按住，讓血與祕密凝在裡頭。

那是我們的唯一一次。歐陽後來在泰特現代美術館裡拿出一張字條說明她必須與我保持距離的幾點原因，她擔心自己面對我失了準說不清楚，於是寫成要點整理思緒。You are too much for me. 最後她把紙條摺起收回口袋之後抬起頭這樣總結。台上的人物仍以誇張的聲調進行表演，我把這句話譯成中文之後在心裡默念了無數次依然理解未果，覺得好膩，從袋裡拿出筆在筆記本裡寫下：「我不想再見到妳，請不要寫信或打電話給我。」撕下遞給她，然後頭也不回地走出會場。她的電話追過來，幾通過後恢復沉默，我這才把手機掏出來，盯著螢幕上她重複的名字，看了許久，看了之後一則一則刪去。

那晚之後我們不曾見面，我發了狂似地寫信給她，用八十磅的A４紙寫，每封只寫一面，用她不可能完全懂的中文寫，有時真的寄過去她家，有時寫了就夾在書裡，多數時候一寫完我就撕掉，那段日子心裡的野獸數度奔逃出來囓咬撕下我的面皮，重組我的骨骼，我很清楚自己的對象是一個不存在的、遭我特殊化的歐陽，因為求不得而火燒愈入骨，我為了自己如此想要她而感覺羞恥，只得以打工與約會填滿生活縫隙。有幾夜走出公車站，凌晨大路上我把手握成拳頭狠狠磨過購物中心以便溺與髒話抹面的石牆，關節處有血靜靜滲開，是那些緊縛的祕密，隔日我會以繃帶一圈一圈包裹，因為受傷而感覺可以暫時自慾望中鬆懈。

我從來也沒告訴過歐陽這些，她確定要離開倫敦那天我到公司找她，我們與她的同事共桌談笑，她試著向我解釋自己的新工作，說這新創公司將如何幫助中低收入階層的美國家庭與銀行打交道，我聽了一陣仍不能確定這該算是資本主義的極致分工或者是項慈悲為懷的公益事業，她問我要不要帶點免費餅乾和水回去，硬塞了幾條巧克力到我的提袋裡，送我到門口。我獨自走到街角，一時間不確定該去哪裡，從缺口穿越維多利亞公園走入愛麗絲的夢境時女王正辦派對，許多頭戴手工羽毛帽飾的女人捏著香檳經過我，我開始流淚，兩隻袖子都抹到濕了還止不住，一名穿著西裝的男子追上我，「妳還好吧？」我勉然一笑，他遞給我一只酒杯。

那都是一年前的事。這次相約，我們在芝城市區打滾三天，其後她回去上班，我還有一些採訪的行程要跑，約好兩週後到洛城過感恩節。

吃完感恩節晚餐回到歐陽的公寓，我們一身酒累相擁入睡，大概睡了兩三點鐘，像鬧鐘那樣準我們同時醒來，我看著她的臉，順順她的眉毛，她親吻我的臉，我們做愛。再醒來的時候她不在身邊，我披上毯子看書，她從門外走來時手裡拿著一本電影雜誌：「買咖啡的時候看見這個，《挪威の森林》電影導演的訪談，我想妳會喜歡。」

歐陽開車帶我到LAX機場接See-Yo，他回德州過感恩節。我有點怕德州，一名朋友和我說過當年到戲院看《斷背山》的情景，還演不到電光石火一夜，小戲院後頭的彪形大漢便站起來破口大罵，接著忿忿離去，這故事使我坐在德州酒吧時背弓如貓。上前搭訕的老人見我獨自駕車：「妳該備支槍。」說著輕佻地比畫起擊發手勢，坐在吧台邊戴著墨鏡的男人轉頭對我們一笑。

See-Yo堅持要帶我去吃韓國料理，初下機的深夜他和歐陽坐在我對面吃著火紅冷麵，然後禮貌地問我們感恩節過得如何、感覺洛城如何，並認真與歐陽討論起該帶我上哪去見識一下這城市。歐陽載他到家門口、沒熄火下車與他告別，我坐在副駕座看他們笑著說話，歐陽從身後一把抱住他。

See-Yo腳板上有一幅拳頭大小的人像刺青，那是他的哥哥，長相據說與他一個模樣。See-Yo的哥哥是職業軍人，兩年前某晚在營地睡去再也沒有醒過來，See-Yo自此順理遞補為家中長男。他母親對他病態的依賴使他不得不離開家鄉，「我的母親是一種十分複雜神祕的生物。」他苦笑著，彷彿談論一名分手未果的女友。

我在洛城待了五天，搭十多小時的飛機回到台灣，載我去機場的前一個小時，歐陽焦急地為我把Mp3輸入我電腦裡的itunes，我在她房間裡聽到的黑暗珍珠Melody Gardot，聽她明明唱一首甜蜜輕快的情歌卻感覺悲傷，後來歐陽說她近乎失明，而且據說脾氣很壞；還有孿生影Twin Shadow，洛城之夜的背景音樂，第一次在車上聽我便一直問歐陽這是誰，七〇年代復古聲響與新世代電音編排，多明尼加男人背著電吉他似陰亦陽的抒情浪蕩，至此每再聽見他們我都心念無他唯有洛城。

暫住台南的第一個月，我在租屋處收到歐陽的越洋包裹，裡頭有三分之一都是緩衝用的氣泡布，只為包裝一台輕巧的USB黑膠唱機。多麼美妙的科技，要多奇巧的愛才能想到將黑膠唱機與電腦跨越時間無礙連結呢？我小心翼翼地將唱機取出，歐陽另外附上了施特拉文斯基春之祭的唱盤，我們一道在倫敦聽過交響樂團的現場，我記得她那天穿了一件丹寧襯衫，第一樂章開始沒有多久，她以一種非常科學的方式分析曲式給我聽，在那之前我只看過碧娜．鮑許的詮釋，那是褪下一層皮又痛著長出鱗片的感性，這使得我對歐陽的理性格外因為無法理解而著迷。

See-Yo的禮物靜靜躺在最底，那是和Christopher Nolan電影裡頭一模樣的圖騰陀螺，木製的，只有拇趾頭大小，非常輕。我捏著那陀螺在桌上試轉，大約是太輕了，轉不滿一圈它便頹然消停，我只在離去的清晨與歐陽說過，此處與他重逢，如諾蘭電影，需要圖騰作證。而最終為我打造夢中圖騰的竟是See-Yo。

我想我不會再見到歐陽或者See-Yo，我與歐陽通信的時間漸次減少，我開始和一些不具破壞性的對象約會，偶爾也睡。我最後一名睡覺的女人是在北京的房東，我們在台灣認識的，她那時正苦於曖昧無展的戀情，打過幾通越洋電話問我的建議，我對她別無他想，那晚我們在公寓裡酒喝多了，她斜倚在沙發上向我伸出手、喊我，「May。」我接住她的手，我們擁抱。隔日清晨我自己打的士去坐火車，抵達南方之後她打了電話過來，想確定我沒事，仿若害怕我是個糾纏不清的女子，我大笑，覺得她很逗，她也笑了，很有經驗那樣，「You know? friends with benefits嘛。」

遇見男人的時候我已經不哭了，我跟他說不快樂一切都是空談，我的時間已經很少，沒有辦法再浪費在痴纏戀苦。他帶我上廟裡，我們看端坐的虎爺與范謝將軍，牛墟裡鮮食雜貨古玩賊物散落在地使我想起巴黎的Saint-Ouen，邊緣地帶馬路邊醉漢叫賣著電器插座破球鞋，我看著這新世界，心想他們不會明白我，不會試圖明白我，這樣再好不過。

我和男人在床邊的牆上立下字據，說百日過後還不厭倦彼此就結婚，男人的臉看不出悲喜，我捧著他的下巴，覺得自己好不了解這多麼像獸的生物，「如果是這個人的話我可以。」耳裡淡淡響起這句話，愈來愈近，愈來愈近，可以做什麼呢？可以投胎俗世，可以再次生活，可以甘心再長。我不覺得自己已經長大，只覺得直接老了，我的肉體我的愛，都老去而衰敗，那自找的愛與衰敗，一次一次，移時換代，我們的高潮總不再使對方狂亂。

菲律賓導演早年拍了一部紀錄片名作《愚公移山》，那也是北京一間地下酒吧的名字，眾多無名樂團曾在那演出，還有好些確信北京是世界中心的外國人同場取暖，每個人都非常努力，換取自己在這擁有無限可能並同時迎接失敗的城市的存在感。朋友帶我進胡同裡的三合院，台灣攝影師和上海來的藝術雜誌主編說話，他們說話的方式是一種有距離的親暱，那晚我一個人，從過去到未來都沒有人打電話給我。

——原載二〇一八年一月《聯合文學》第三九九期

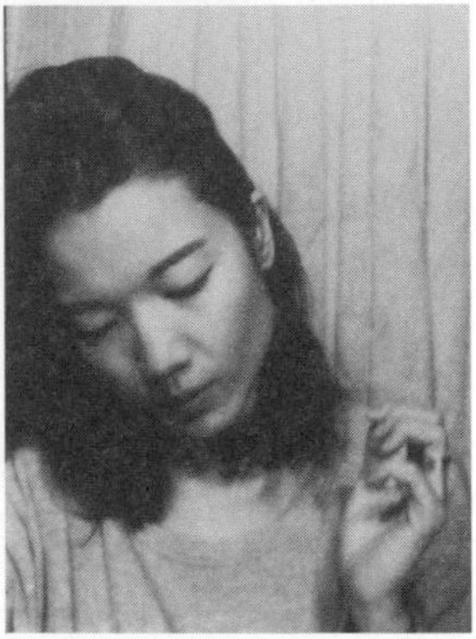

學經歷跨足藝術、文學及文化研究。著有《騎士》（寶瓶文化，二〇一三）、《情非得體：致那些使我動情的破美人》（逗點文創結社，二〇一八）。現職為全職家庭主婦、不自由創作者。

一個小鎮上不及格的驅魔士——宋澤萊

1

那一年的某一天，H又從彰化的鹿港鎮回雲林縣的二崙老家。在中途，他習慣進入C鎮的教會去做禮拜。那一次的禮拜，是他最後一次的進入C教會，從此再也不敢踏入C教會；因為，他終於知道自己是不及格的驅魔士！

當時，H已經臨老，正來到壯年期的末端，頭髮已經出現了第一根的白。那時他一事無成，繼續在一個國民中學執教，混一口飯吃。他也從事文學創作，但是闖不出名氣，很少人看他的小說；他的存在，彷彿文壇角落的一抹殘山剩水，可有可無。同時，多年的宗教追逐也證明一無所獲，最後他受洗了，勉強成了一位基督徒。

H在基督教的經驗中，學會了說「方言」，方言又有人叫它作「靈語」。

那麼，什麼是方言或靈語呢？那就是一種與神溝通的語言。雖然說方言的人不明其意，但是遇到有翻譯方言本事的人，還是可以把它翻譯出來。內容當然是五花八門，大半都是對神的讚美，但是有時內容還頗為嚇人，甚至就是一些可怕的未來預言。

H是在學校下課後的休息室中發現他有這個能力。當時，他被聖靈控制住了，舌頭不停轉動，發出了一連串宏亮的語言，渾身大力震動；為了不使自己跌倒，他抓緊茶桌的邊緣，結果整個茶桌隨他跳動起來，人與桌子沿著休息室的牆邊繞了一遭，差一點無法停止，嚇壞了現場的同事。大家都說：「H竟然起乩了！」

有一本書說，說方言能使人進入信仰的深處，與神緊緊站在一起；這倒是真的！因為自從H會說方言後，他常感到神就在他身邊。還有另一本書說：我們甚至能藉著方言驅魔趕鬼！

H本來是不信後者所說的，不過，發生了一件意外的事，竟至於使他盲信了起來：有一個要好的同事帶著一位別校的T老師來找他。那位T老師很怪，說是四十出頭，長得還算精壯，但是臉面的皺紋過多，橫七豎八糾結在一起，不明究裡的人一定以為他七十歲了。

聽說T有一個弟弟，在戀愛失敗時精神出了問題。由於僅有一個弟弟，T非常不捨，就帶著弟弟遍訪幾十家寺廟，想要治好弟弟的瘋病，沒想到弟弟的病沒治好，T自己卻在半夜裡見神見鬼，弄得不知如何是好。

H在客廳裡接見這位半夜裡見神見鬼的T老師，馬上知道T被附身了。因為T一直打嗝，彷彿有某種東西卡在喉嚨，要吞下去不能，要吐出來也不能。

同事對H說：「聽說你們基督教徒是用來為人禱告的，你現在就為T禱告！」

H趕緊推辭說：「不！T的病我沒辦法。」同事就說：「你不是會說神的話嗎？就請神來治療他，我對你有信心。」

H怯怯地敷衍同事說：「那這樣好了，我就做一次禱告，沒有改善的話，你們就趕快離開。」

同事就說：「好！」

H覺得他被趕鴨子上架，可能要鬧笑話。

於是，H要T坐在椅子上，他按手在對方的頭頂上，開始禱告。

剛開始，他用一般的語言禱告，懇求耶穌前來趕走邪靈。

後來不知道為什麼，他彷彿又被聖靈抓住了，竟然渾身震動，大聲用方言禱告起來。那方言的語音非常有重量，H感到他的方言的每個音都重擊在T的身上，密密麻麻，彷彿一場傾盆大雨。

於是，T坐不住座位，整個人彎下腰來，後來跪在地上。

H方言禱告更加大聲而有力，他知道，那些聲音能穿透T的肉體，抵達內在。

於是，T開始嘔吐起來，吐得滿地。

赫然都是綠色的汁液與穢物！

半個鐘頭之後，禱告結束。

T說他舒服多了，某個東西已經離他而去！

2

一次的勝利，不免使H沾沾自喜起來，他覺得自己一定是能用方言趕鬼的驅魔士，深覺自己說方言的能力很不錯。

接著有一件事使他更加盲信自己：

當時，C教會裡為H作洗禮的牧師是大忙人，他開拓了幾家教會，常分身乏術，沒有辦法每個禮拜都在C教會講道，需要信徒替他分擔勞苦。有一次，牧師就找上了H。

牧師說：「下個禮拜日我有事，沒有人講道，你幫我講一次道。」

H趕緊推辭說：「不行！我沒有講道的能力。」

牧師說：「你是老師，怎麼沒有講道的能力？」

H說：「我看不懂〈四福音書〉，甚至連〈保羅書信〉都不懂。」

牧師說：「你只要講你懂得的那一、兩句就行。」

H說：「那麼我教人說方言好了。」

牧師笑了起來，說：「在這個基督教界裡，我第一次聽說有人能教導信徒說神的語言。」

H說：「說不定我能。」

牧師說：「那你要先準備才行。」

H說：「好。」

於是，H在家裡翻箱倒櫃，去陳年的舊物堆中找到幾捲已經不聽的聖歌錄音帶；還有在《聖經》中找到幾則有關聖靈的經文，準備教導教友們說方言。

C教會放出風聲，說有人要教導信徒說「神的語言」，歡迎大駕光臨。

於是，那個禮拜天來參加禮拜的人居然不少，竟然有從北部專程前來的，總數赫然有四十多人！

H其實沒有自信。不過，他私底下也曾教導過別人說方言，效果不錯。

H知道，說「神的語言」這個現象其實一點也不玄，這只是聖靈感動的現象而已。

凡是信徒，就會常常被聖靈感動。比如說當你在走路時，突然會想起《聖經》裡一兩句經文，因而顯得精神振奮，這就是聖靈的感動。當你煮個飯，在碗盤之間，心裡掠過了一首讚美詩，使你感到舒暢無比，這也是聖靈的感動。這就是聖靈來臨的現象。照理說，這時信徒應該能發出方言，傾訴出他的感動！

那麼，為什麼有百分之九十的信徒只會感動，不會說方言呢？這原因是：他們沒有接受過訓練！就好比說，一個嬰兒，你從不讓他看人說話，聽人說話；那麼他雖然長大了，依然不能開口說話。

因此，就在那個禮拜天，H站在C教會的講台上，他先播放三十分鐘的讚美聖靈的歌曲，直到他感到聖靈的的確確盤旋在教堂內的空間裡為止。他又做了三次說方言的示範，要信徒們注意他的發音。然後，他要信徒們按照他的嘴形反覆而快速念誦「哈里路亞」這四個字，速度越快越好，直到語音模糊時，就能說出一連串的方言。他按手在每個人的頭頂上，催促他們更快速念誦「哈里路亞」。他拿起麥克風，與所有的信教友一起比賽說方言。

H再度感到，他的方言透過麥克風被放大，重擊在教堂四周的牆壁間，發出了巨大的回音，彷彿能穿透一切，進入了學習說方言的人最隱密的心靈地帶。

五分鐘後，H開始發現有一位教友渾身震動，能說出比H更大聲的方言，聲勢驚人，H就勉勵他更大聲說出方言；十五分鐘後，能說方言的人此起彼落，許多人都說出了方言；三十分鐘後，能說出方言的人更多。四十五分鐘後，H的力量已經用完，他停止了教導，查問已經能說方言的有幾個，赫然發現，居然高達二十個！

這次教導方言的成功，加強了H的盲信，他竟然以為自己是說方言的大行家！

他更是覺得他應該盡量使用方言來為教友醫病、趕鬼！

於是，在C教會裡，每當有人身體不舒服或精神不佳，H總是顯得非常勇敢，當仁不讓；他甚至敢直接按手在教友的患處，一心一意為人禱告治病了！

3

現在，我們返回到最前面，有關最後一次H在C教會聚會的經過：

H記得，那是一個梅雨下個不停的季節。

H其實有許多的教會可去，他所以選擇去C教會的原因有三：一來，是為了幫助牧師，使教會能開拓得更成功。二來，是因為他對基督教認識還淺，必須在教會團體裡接受資深教友的教導，使自己成長起來。三來，是因為教會剛好在回鄉的路上，愉快的心情使他不計較多花一點點時間在許多人雜沓的禮拜聚會上。

當中以第三點最重要。當時，生活與前途都不如意的H，返回雲林故鄉是他唯一的安慰。尤其是在春天、夏天的時候，從C鎮到故鄉二崙，沿著台十九線的平面道路，所有農鄉的作物都生長起來了：綠色的稻浪、架網子的綠色菜園、一畦畦的工整田疇，由這邊連綿到不可見的那邊，終止在一片藍天白雲的遠方，人的靈魂落在大地之中，能教人忘我。特別是在梅雨季節，H會故意停在路邊的農村裡的小店歇息，坐看整個農鄉接受雨水的洗禮，從村屋與樹木滴落下來的雨水會慢慢洗清他所有的俗慮與塵勞，他發現他所屬的任何東西到最後都會消失，只有故鄉永存！既然如此，他怎麼會計較半路上的一兩個鐘頭的聚會？

這一次的星期天，他又把車子停在C鎮教會旁的小樹林下，走下車，準十點鐘，踏入了教會門口。

這次，有一件事使得聚會的教友都竊竊私語起來。

原來S家的一個女兒M也來參加聚會了。

在C鎮上，S家不是簡單的家庭。S家的大家長是賣金銀紙錢謀生的人，私底下與各寺廟的關係非淺。有一個女兒M則是從事香精按摩的工作，聽說她的按摩技術非凡，生意應接不暇。H曾經見過M一次，大概二十五、六歲吧，長得漂亮，是個標緻的大姑娘。不過，由於幼時走路不慎，跌瞎了一隻眼睛，所以裝上了義眼；但是儘管如此，如果不注意看，根本發現不出她失去了一隻眼睛；卻因為裝上了義眼，使她注意化妝，因此就更加楚楚動人！

S家全家五人經常都來做禮拜，緊緊攀著教會不放，生怕離開教會就會出事，這是因為女兒M中邪了！

M是在某一天為人作按摩回家後，失去控制，開始哭笑無常。後來又自稱自己是「玄女」，能為人預卜未來，也能畫符治病，並且招徠了鎮上的甚多信徒。

在民間信仰裡，並不覺得這是壞事，甚至誤認為是一種光榮！

不過，那位附身在M身上的「玄女」禁止M走進廚房，不准她煮食，凡是她一走進廚房，一定渾身僵直，動也不動地站在那裡，使她什麼事也不能做。最令S家感到害怕的是，

M曾經自殘了許多次，原因不明，大概是M痛感她被「玄女」所控制，覺得活得沒有自由、沒有意義吧！

S家的大家長頓時感到大禍臨頭。不要說自殘這件事使M的名聲不佳，光是她不能下廚房的這件事，就能使M這個閨女將來嫁不出去，因為很少男士會娶一位不能煮食的妻子。

於是，S家的大家長為了拯救女兒M，立即改了行業，停止再賣金銀紙錢，斷絕與各寺廟來往；並且帶著全家，來到教堂中乞求上帝的憐憫和幫忙。

牧師與教友也不嫌S家的古怪，盡力為S家的人禱告；並且辦了典禮，在鮮花與聖歌中，為S家全家的人舉行施洗儀式，包括M也受洗了。

不久，S家的狀況立即好轉，M的病況有改善，聽說不再自殘。只是M的病還沒有完全好，她會抗拒教堂，經常不來做禮拜。

不過，這個禮拜天，M卻極為順服地來了。她安靜地坐在最後面那排椅子上，兩旁坐了她的四個家人。

4

這次的禮拜，牧師因為有事，無法到場，講道的人是信仰經驗豐富的林執事，他是牧師的姊夫，頗得人望，已經六十出頭，頭髮白了一大塊。教友說他有屬靈的恩賜，很能為人禱告治病，頗具有神祕的能力。

H還記得，當天林執事講道的內容是「女奴與邪靈」。這是《聖經》裡明確記載的一個真實故事：在〈使徒行傳〉16章11－18節，提到公元一世紀初期，有一次，聖・保羅與路加醫生一行人來到馬其頓地區的腓立比城市，想要去一個猶太會堂禱告，他們在河邊遇到一位女奴迎面而來。那個女奴有邪靈附身，能夠占卜未來的事，因此替她的主人賺了許多錢。後來，她就屢次跟隨在保羅一行人的後面，大聲喊叫說：「這些人是至高上帝的僕人，要對你們宣布那得救的道路！」她一連好幾天這樣喊叫；保羅覺得不勝其煩，就轉過身來，對那邪靈說：「我奉耶穌基督的名，命令你從她的身上出去！」那邪靈立刻就出去了。這麼一來，導致那個女奴不再具有邪靈的能力，她的主人的財路立即被斷絕。也使得保羅一行人被羅馬官方鞭打，還被下到監獄裡，最後被驅離腓立比這個城市！

這個故事是很吸引人的，並且具有一種簡單明晰的力量。林執事深藏不露，口才極好，他的話語有一種力量，能重擊在信徒的內在深處。所有聽講的人都坐在前幾排的座位上，專注地聽著，好像與聖・保羅一行人置身在奇異的亞得利亞海邊的腓立比城。

H無法知道，為什麼M前來做禮拜的這一天，林執事要講這段《聖經》。是一種恰巧呢？還是林執事故意這麼做呢？這些，H都不很清楚。不過，H特別記得，當林執事講到保羅對那邪靈說：「我奉耶穌基督的名，命令你從她的身上出去！」的時候，特別把這句話的音量放大，一連說了三次，聲音透過麥克風，在教堂裡引起迴聲，繞梁奔騰，彷彿轟雷。當整個講道將要結束時，林執事又大聲把這句話講了三次。

就在那時，從最後排的椅子上發出了重物掉落地面的沉悶響聲。大家回過頭一看，發現是M從椅子上跌下來，雙膝落地，渾身顫抖。

M的家人害怕出事，立即把M扶到椅子後面有紅色地毯的空地上，讓她靠牆半躺，保護著她。

林執事馬上放下麥克風，從講台上走下來；所有的教友都站起來，向M的地方圍過去，想看看到底發生什麼事。

這時，H才看清楚M當天的打扮：

M的確是標緻的女子。雖然半躺，但是仍然可以看到她身材婀娜修長。在這梅雨的涼爽初夏，她的上身穿一件無袖的黑色滾邊背心，露出了無遮的白皙手臂；下身穿一件米色的高腰短褲，露出潔白的腿。腳上穿一雙赭色羅馬涼鞋。手腕佩戴一個金色手鍊。這是流行的初夏黑白搭配的服飾，顯示出一個女性的高段服裝品味。她的臉部比較細長，所以把瀏海垂下來，頭頂的髮壓平，兩側的髮略微豐厚，馬尾全部打薄，捲抵兩肩，遮住了後頸，看起來相當輕巧活潑。主要的是她兩眼的化妝，顯出了一種特殊的功夫。她有一雙鳳眼，本是美麗而有神；不過可能為了遮掩左邊的那只義眼，不致過分吸引別人的注意，在畫眼線時，特別小心，不選擇鮮明的色彩，使用了淡妝；不過，她的淡妝使黑色睫毛鮮明起來，更使鳳眼明媚，顯出了另一種高雅，教人看了非常舒服。

她就半躺在那裡，略帶疲憊地看著所有的教友。

5

林執事立刻把S家的大家長拉到人群外來，拍拍他的背說：「我再為她做一次禱告，如果趕不出裡面的『玄女』，那麼我就沒有辦法了。」

S家的大家長臉色焦急，說：「就麻煩您再幫忙一次。」

H一聽，才知道林執事為M驅魔已經不是第一次了。

林執事又過來拉著H說：「你的方言禱告很有能力。等一下我開始驅趕她身體裡的邪靈時，你就朝她的腹部做作方言禱告，那是邪靈盤據的大本營。拜託你！」

H就說：「好！我會配合。」

於是，林執事與H走進人叢中，準備驅魔。

M看到林執事，忽然就清醒起來，眼睛瞪大，口中發出了尖銳的叫聲，如臨大敵。忽然，她翻轉整個身驅，臉面朝下，匍匐在紅色的地毯，好像要逃避林執事的驅魔。

林執事不為所動，他叫圍住的教友開始大聲禱告，斥責邪靈，於是，轟轟然的禱告聲立即響起來。

林執事就半跪在M的肩膀旁邊，用手貼住M的背部，沿著脊骨向上移動，反覆大聲說：「我知道妳就是『玄女』，奉耶穌的名，立刻從這個女孩的身上出去！」

M的內在好像受到重擊一樣，大聲喘氣，羅馬涼鞋立即被踢飛，氣力驚人。

幾分鐘以後，M開始作嘔，對著地毯，似乎要吐出什麼，但卻什麼也沒有吐出來，終致變成巨大的乾咳聲，震響在地面上。

林執事非常老練，他有力的手掌迅速移動到M的後頸，好像抓住了什麼似的，又大聲驅趕起來，彷彿那邪靈已經被驅逐到頸下的喉嚨部位。

M受不了，身子扭動起來，突然翻過身，整個人仰躺著，瞪著所有的人看，本來尖細的聲音轉成低沉，有如悶雷。

林執事立即示意給H，要H開始禱告。

H本來有點害怕，因為對於驅魔的這件事，他不像林執事那麼有經驗。但是，既然他已經在這裡，就不能不與教友一起驅魔。

H就跪在M的下半身的地方，沒有膽量碰觸這位年輕女病人的身子。他把手掌懸空平放在M的腹部上頭十公分的地方，開始用方言禱告起來。

剛開始，可能由於準備不夠，H感到有些勉強。但是只經過一會兒工夫，他覺得聖靈的臨在忽然明顯起來。他又被聖靈抓住了，方言的聲音變成很宏亮，每一個音好像鉛彈，重擊在女病患的腹部一帶，幾乎能發出迴響。M忽然驚懼起來，扭動她的身子，好像一條蛇，整個人都要浮升上來，情況變得詭譎異常。林執事起先有些不解，後來看出H的禱告奏效，為H樹起大拇指，叫他加緊禱告。

十分鐘以後，M扭動的、彷彿要浮升起來的身子逐漸安靜下來，但是容貌開始變得紅潤，就像即將開放的一朵花，越來越紅潤，越來越美麗。

林執事說邪靈再也藏不住了，就要由口中出去了！

H受到鼓舞，他加緊了方言禱告，聲音越來越大聲，在所有教友的禱告聲中，好像高音單號，在千軍萬馬中異常響亮，勢破如竹。

就在H非常得意的時候，他眼前忽然出現了一個奇怪的景象，教H感到震驚。

一個女性美麗的胴體幻影竟然出現在他的眼前！

6

那不是一個普通的女性胴體。白色光滑的肌膚如雪，特別是在腹部的地方，玲瓏有致。H感到那腹部的地方鬆軟，彷彿軟白海綿。就在瞬間，H感到他的整個懸空的手掌似乎被吸入那腹部，整個人前傾，幾乎要與那胴體碰觸在一起！

巨大的驚懼，叫H把他的手用力地縮回來，由於使力過度，他整個人都跳站起來，「蹬！蹬！蹬！」連退了好幾步，撞上了後面圍著禱告的幾個教友。

事出突然，所有的人都轉頭過來，不解地看著他！

H覺得他一定是滿臉通紅，羞愧得無地自容。顧不得向林執事做解釋，突然，他衝出了教會的門口，跑向車子停當的那個小樹林裡。那時，細細的梅雨漫天，他坐進車子裡，發動引擎，扭轉方向盤，頭也不回地離開C教會了！

7

在回雲林的台十九線路上，漫天的雨霧加大聲勢，變成暴雨，形成一個簾幕，把前路的可見度幾乎消除了。雨水從車頂不斷往前窗玻璃流下，雨刷都來不及掃除，他頓覺那些雨水很髒，如同他內在那層可怕的邪情私慾。

他來到高聳狹長的自強大橋中段，大雨略停，他茫然地把車子靠邊停下來，撐了傘，站在牆欄邊，向西望遠。此時，濁水溪因為暴雨剛停，水量充足，滾滾的流水迅速越過高低不一的河床，衝向西邊的出海口，洶湧翻騰。在出海口的遠方天際，十里大片的黑雲有如潑墨，渲染了天空，帶著重量感，朝著萬物覆壓下來，能教人心悸。然而，H的心比這片黑雲更加黯淡而沉重，他覺得彷彿落入了地獄。

H開始數落自己：為什麼行將進入老年，他的心仍然充滿邪惡的念頭?!為什麼身為基督徒的他，心裡仍然這麼不乾淨?!就算是年輕的時候，他的眼前也不至於隨便出現裸身的女體幻象，更何況是行將進入老年的這個時候！就算是平日起居，也不容易有這麼強烈的邪惡念頭；更何況是在神聖的教堂做禱告的時刻！他究竟是一個怎樣的人，滿腦盡是邪惡的念頭！

他究竟要欺騙自己或別人到什麼時候?!

他能欺瞞神嗎?!

H不斷審判自己。那種好不容易從宗教慢慢移植過來的神聖感覺，頓時全部都歸於烏有。他才是被解除衣物，赤裸貧瘠身體，暴露在人與神眼目之下的人，難逃羞辱！

他在溪橋頓感尊嚴全都掃地，殘存的是一片無窮的虛無。

半個鐘頭後，他重新發動車子，朝著老家急馳而去，所經過的地方，大地彷彿全部變黑，再也看不到任何的綠色。

他實在無顏見自己的父母！

8

在入夜時，H由雲林二崙的老家又回到彰化鹿港，蹣跚地走進自己的家。自我譴責的心還未失去，他在妻子、小孩的面前，一句話都說不出來。

H匆匆梳洗，覺得空前疲累，早早就睡了。

那晚，他做了一個夢：

夢中，他被帶回二十幾歲時的軍旅，在砂礫遍地的荒野中，全副武裝地站在一個迷彩的碉堡門口。不知道為什麼，前方躲藏著許多的敵人，他們不斷叫囂，朝著碉堡門口丟著碎石頭。卻也不知道為什麼，那些石頭總不能落在H身上，全部都擊打在綠網的鋼盔上，發出了叮咚的響聲。他覺得那鋼盔有一種奇怪的磁力，才使得所有丟擲過來的石頭都落在上面，身體卻毫髮無傷。這個夢連續出現了三次，情節完全一模一樣。

在第三次出現後，已經清晨，H醒來，瞬間明白了夢的意思。

這是一個典型的聖靈所帶來的異夢。這個夢不是指責他，而是安慰他。聖靈的意思是告訴他，這是邪靈對他的惡整，但是不必懼怕，有祂的抵擋，將沒有任何的東西能傷害他。假如H願意，可以繼續幫助別人驅魔趕鬼，一點點都不成問題！

H醒來，就不再睡，在萬籟猶存寂靜的清晨中，他走到馬路對面的書房，打開門，扭亮桌燈，就看到桌上的《聖經》，他立即想到聖．保羅所說的一段話。

這段話記載在《聖經》〈以弗所書〉6章11－12節，保羅這麼說：「要穿戴神所賜的全副軍裝，就能抵擋魔鬼的詭計。因為我們並不是與屬血氣的作戰，乃是與那些執政的、掌權的、管轄這幽暗世界的，以及天空屬靈氣的惡魔作戰。」

他頓時感到空前地釋放，在桌前坐下來，在羞愧中感到無限的慰藉了！

9

聖靈的意思是保證H可以放心繼續為人驅魔趕鬼，祂必做H的後盾；但是H繼續去做嗎？答案是：H並沒有那樣做！不是他故意違背聖靈的意思，而是H那時才第一次注意到，活了半世紀，他緊緊被綑綁在自己的邪情私慾底下的事實，他覺得自己才是被魔所附的人！因此，他決意在自己的邪情私慾沒有完全去除以前，他不應該再隨便為別人驅魔趕鬼；特別是面對那些花樣年華的年輕女子。

從此，H再也沒有踏進C教會一步！

——原載二〇一八年一月《鹽分地帶文學》

本名廖偉竣，一九五二年生，雲林縣人。一九七六年自國立台灣師範大學歷史系畢業後，一直任教於彰化縣福興國中至二〇〇七年退休。國立中興大學台灣文學研究所碩士、美國愛荷華大學國際作家寫作班成員、現在就讀於國立成功大學台文所博士班。小說家、詩人、文學評論家、雜誌編輯。曾任大葉大學文學授課駐校作家；現任彰師大台灣文學研究所短期授課作家。

一九七八年以「打牛湳村系列小說」轟動文壇。兩年間又出版呼應寫實主義、浪漫主義、自然主義風格的五本小說；一九八〇年一度轉向參禪；一九八五年以《廢墟台灣》復出小說界，獲選為當年度台灣最具影響力的書籍之一；一九九四年創作魔幻寫實長篇小說《血色蝙蝠降臨的城市》以及二〇〇一年出版的長篇《熱帶魔界》則揉合了寫實、魔幻、大眾的文學技巧，神奇莫測；二〇〇二年又出版短篇小說集《變成鹽柱的作家》。除小說創作，尚著有梵天大我散文集《隨喜》、詩集《福爾摩莎頌歌》、論著《禪與文學體驗》、《台灣人的自我追尋》以及台語詩集《一枝煎匙》、《普世戀歌》。二〇一一年所出版的《台灣文學三百年》為其最新論著，此書並獲巫永福文學評論獎。曾獲吳濁流小說及新詩首獎、時報文學獎推薦獎、聯合報文學獎佳作獎、吳三連文學獎、東元科技人文獎。

寫信給布朗——陳柏煜

No.1

當完兵後，布朗搬回家住，當他坐在客廳餵魚，讓破碎的紅星星自打亮的缸頂從天而降時，幾乎就像時光倒流一般，四年來的外宿在他身上看不出痕跡，像是剛考上大學，我剛認識卻沒想過有一天會親近的布朗。他搬回去的那天，我並不在場，所以沒有看到他怎麼把我們的阿捲趕進籠子裡、把牠私自用舊衣服和浴室地墊做的小窩回復成原本物品的樣子，我沒有看到布朗把常用來作為看電影區的瑜伽墊怎麼捲起來（有了阿捲之後就又增加了它淺色的爪痕），沒看到他習慣讓我靠的那粒比較新的蓬鬆枕頭，還有他自己睡扁的我衝動買給他的賣場特價枕頭。可能那時布朗還不知道搬家後會發生什麼事，要不然他怎麼可能獨自完成這些？布朗以為這是單純的勞動，甚至不用太溫柔，他把凌亂的書桌因為他的疏懶而年代混雜的地層直接拖拉，以為可以將整片生長在上面的花園完整帶走，我們的第一個戒指很有可能就是這樣掉落在夾縫中，雖然他堅稱只是收在別的還沒撕開膠帶的箱子裡。

餵魚的布朗讓自己的臉在魚缸內，許多剛出生的孔雀魚在他顏色虛弱的眼睛與嘴唇穿行，他感覺一陣搔癢，好像魚幻想的分身同時正穿越他的腦袋游向客廳沙發的摺縫裡。布朗看著魚缸內，想像我也在裡面，和他一樣顏色虛弱，像兩只被水草困住的塑膠袋，在水流中有意無意地勾纏著，就像我們去逛水族館，我替他買下這個缸時，布朗趁四下無人時給我的那個吻，被它偷偷寄存影像在透明的心裡面。布朗以為我正坐在沙發上，和那些第一批買入如今已全數死去的孔雀魚幽靈在一起，他感到十分安心，也讓我的記憶不設防地隨時從後方穿過他；布朗也以為如今他所能做的，就是把那個透明的缸注滿水，養好同樣花彩的魚，並定時空降一些淡紅色的希望給牠們（雖然牠們張大了嘴巴，擠開了同伴，卻還是錯過了許多），布朗總是看著那些小小的天使在各個時刻與地點，似乎深怕不被接應而刻意在水中減緩速度，他看到那些小小的可以替牠們多維持一天生命的機會，最後無聲地加入底下的泥土與糞便，而牠們並不知覺這些。布朗以為他可以把自己裝在裡面，裝在我和他共同擁有的透明魚缸裡，他可以趁我走過來查看時，用小小的氣泡表演一些特技，一些我們樂此不疲的小玩笑。他知道怎麼做我會開心。

地磚很冰，我們棲在客廳的沙發上，我枕著布朗結實的大腿看著天花板，聽著二樓傳來的水聲，等布朗的媽媽洗好澡來換我們輪流洗。在這樣的時刻，我第一次來到布朗從小長大的屋子，好像之前換過的幾個租屋都是虛構的家，我們長久以來都在那樣的屋子裡吃消夜、做愛、穿彼此的衣褲，都是在排練某個幻想的生活，就像這樣他所熟悉的一間房子。空間裡注滿了我不明白的記憶氣味，使我微微的煩躁，布朗和我解釋那是他以前養的狗還有他現在身上的病的味道。主人長期不在家使牠得了嚴重的憂鬱症，皮膚病散發出讓人無法忽略的臭味，脫落的毛髮藏在屋子各處好像必須這樣；牠不配擁有完整的愛。這是布朗搬出去造成的後遺症嗎？牠不在客廳，卻彷彿坐在我胸口上，牠如此驕傲地炫耀著牠的不幸，讓我感到愧疚可又有些許的不平衡：因為阿捲並沒有跟著來到這個家，牠被寄養在姊姊的租屋裡。阿捲比我更不了解布朗，牠沒有機會跑過國小布朗的獎狀，還有青春期布朗睡過的床單。可是我真的比阿捲更幸運嗎——這些陌生的細節讓布朗被時光海浪沖回還不認識我的樣子，我和阿捲各自在不同的公寓房間裡發出微弱的呼喚。樓上的水聲止住了。

媽來到客廳的時候布朗在哭。她看著剛擰住的水龍頭又鬆了開來。這是我北上的一個月後。我還記得那晚洗澡前，布朗指給我看哪面是他獨力粉刷的牆，雖然沒有痕跡，可是經過他的手指比畫，便在我的眼睛裡留下隱形的界線，我可以照著比例在我房間的天花板畫出同樣的形狀。布朗指給我看過年替家裡布置的桃花，他的那株沒有折短，像一株小樹固定在甕裡，放在客廳雖然有些突兀好笑，不過就像布朗一樣長得十分有精神。是株非常美麗的桃花啊。

等待布朗洗澡的時間，我在房間裡看他新訓的大合照。聽著落在布朗的肩背、胸膛、臀部而疏密節奏不同的水聲，我在一整片迷彩樹林裡找他，伸一根指頭像一隻在叢林裡尋索獵物的老虎，掠過所有不認得的面孔，好一隻偏執挑食的老虎。某一刻我以為他不會被我認出，因糟糕的畫質而模糊成一名陌生的小兵。弓起來緊急剎停。好小好小的一個布朗，對著他所想念的我燦爛無比地笑著，無比清晰。我用指腹輕輕蓋住他的臉，希望能夠不動聲色地把布朗帶走。合照旁是幾件軍用汗衫，布朗說之後我當兵時拿去穿。連這個我都沒有記得帶走。

因為不能發出聲音，當晚，我們像兩尾魚在寂靜的黑暗的水中極盡所能地取悅彼此。在他高中時期的床上，在一個我不認得他的時間裡，在隔壁躺著的母親的耳朵裡，在一個沒有阿捲的房間。黑暗中，牠在房間裡不安地游走，三不五時跳上床試圖要抓住我或布朗其中一人的腳掌。我們責怪牠。可是牠不應該被責怪的。當一個月後布朗獨自從夢裡驚醒，視力逐漸將家具的輪廓浮出黑暗的水面，發現我並不會再出現在他的任何一張床上時，布朗更覺得不應該責怪阿捲，一次都不可以。在隔壁躺著的母親耳朵裡，即使貓的爪子畫過布朗的心，他極盡所能學阿捲對一切無來由的懲罰不表示抗議。甚至是在他頭髮還沒留好之前。甚至是，他傳了訊息和我說又開始養魚，他還說，「我的桃花都已經結出桃子啦。」在我們決定不再堅持的夜晚，阿捲第一次從姊姊家離家出走了。

No.2

自從發現丹利給我的糖果後，布朗就變成了一隻夜行性動物。當我急忙抓著太陽南下——即使被觀測到布滿可疑的黑子——我試圖抓著我可疑的愛盡力彌補這一切，當我打開房門將虛弱的白光手電筒探照進去，布朗已經變形完成，奄奄一息，一團脆弱易怒的暗影毛皮，上面掛著兩個疲倦而哀傷的紅眼圈。他不想和我說話也不想聽我說話。我把冒犯的燈關上。房間空無一物，三天後是先前約定和布朗一起搬家的日子。那兩枚紅月亮掛在半空像是不知怎麼處理的家具，布朗微微張著嘴，一隻看不出情緒的爬蟲。有時他看著我，看著另外一隻爬蟲。

幾個月過去，丹利的樣子漸漸在陽光中消解，在布朗的記憶裡轉化為某種遙遠的、具象徵意味的建築，同時他幾乎不再恨我了，甚至對我產生了固執的珍惜，似乎不更加愛我便是褻瀆了收留我的決心。我們逐漸在他租的第三間公寓安頓下來，並對於室內的擺設開始種下不同的規則與習慣，比如哪裡是我看書的位置（在小櫃子旁邊的地上但是夠靠近床，能讓趴在床上玩手機的布朗輕易碰觸到），比如說誰負責丟滿地的襪子（當然是他）誰負責洗襪子（當然是我）。

這一切平穩的日常使布朗安心，當我南下找他和他度過幾日時，便是他最安靜溫順的時候，我的在場與清醒守衛著他。那時我對布朗白天的嗜睡偶爾感到不耐。有時是早上的賴床，毀了安排好的早餐有時也毀了午餐；有時是餐後突如其來的昏沉。他說那是平日工作累積的疲勞，至少當時我是這麼相信。有時他也說，不知道為什麼，和我待在房間裡就想睡覺了。每當我起床準備做點事情，布朗會拉我陪他多躺一下，不要開燈，躺了一會兒，我也迷迷糊糊抱著他睡著了。半睡半醒間，我的臉頰隱約感覺到自己在他的枕頭上還沒有乾的口水圈，在我朦朧浮動的視線裡，如一隻很小的蛾的現實的光裡，布朗正看著我，幾乎不令人察覺的吻停在我的臉頰上，他好像不需要更多，好像我是一名對他的愛並不知情的陌生人。在他無止盡的賴床中，多數的時候我被困陷於深沉的睡眠，少數的時候，睏倦的布朗渾身發熱——我已經知道這代表再過幾秒他就要失去意識，縮成暖烘烘的貓，睡得這麼甜——我不相信自己或任何人能夠睡得這麼甜、這麼毫無防備，似乎不可能被我的任何暴力打擾。

不久我發現布朗並不是真的好了。那次事件沒有造成死傷，可是那粒子彈卻在布朗的體內碎成了花，那些細如粉末的毒素已經不再是原本的面貌，而是以一個我們都不甚了解的方式在他血液裡徘徊，像是夢裡躲在身後的殺手。起先，我和布朗快活地過著我們隔幾週度一次假期的甜蜜生活，並不理會虛擬的殺手，以為那是時間能夠對付的東西，以為那是爆破謊言的遺骸，以為是嫉妒、怨恨；可是令我擔憂的是另外一種可能：布朗已經分不清楚對我的愛與對我的恨，陽光與凍雪在他的眼裡模糊成一片亮白。

有時候是趁我洗澡，但大部分是在我和他激烈做愛後熟睡的後半夜，長大的不安支撐布朗清醒的蠟燭，夜行的布朗爬起來，像一個熟練的探員越過我警戒的手腳（可是卻冒險幫我赤裸的上半身蓋好棉被），張著他發亮的眼睛，逼近床邊的包包，並在我習慣的夾層裡面找到手機，流暢得像是一隻狡猾撬開垃圾桶的浣熊。我的小浣熊發現了他垂涎已久的大餐，捧著它，一口更深卻發亮的垃圾桶，堆滿廢棄的信息、不明的罐頭，發現新世界的布朗，憂心忡忡更沾沾自喜，東嗅一口西舔一下，他背對赤裸裹在棉被裡做夢的我，以為這是直通我更赤裸的內心的蟲洞，他用顫抖的手指碰觸那錯誤的洞穴，分不清楚陣陣痙攣是來自它還是自己劇烈的心跳。那蒙面夜行的小浣熊，同時無辜又可惡的無法抵禦來自內部的呼喚，他被照亮的臉，爬過文字的獨角仙、鍬形蟲，他精緻的鼻子是抹了蜜的陷阱，而更多被釋放出來：整個天都是膨脹的白影子，上面都是黑色的星星。我始終沒有醒來，事後他向我懺悔。

然後他也用偽裝成問候實則探聽消息的訊息打擾了我的朋友。然後他也特地北上做了幾次痕跡過於明顯的示威。

對於這一切我感到威脅、心疼、愧疚。因為便是用這樣的方式，布朗發現了我的不忠。在那一瞬間他就被困在夜裡，戴著浣熊的面罩，不斷回到同一地點，不自主地機械地繼續挖掘。或許在布朗的心底卡了小碎石——我會在重重廢棄物的底下等他拯救——可是一旦這個幻覺偏移動搖時，他感覺到疼痛。可是需要拯救的並不是傷痕，而是更容易被忘記的白日的事情，是幾乎沒有事件發生的單純的快樂。我想起兩個人躲到南方打工的暑假，所有的下午都是沒有班的，可是卻常懶於出門，只有不到一半的下午待在外面，不到四分之一的下午是在海灘上的。真的好少好少啊。我想到在一個隱密的海灣裡，我們與各種熱帶魚一起全身赤裸地擁吻，熱烈地抵住對方的大腿；我想到我們正午騎車去後壁湖的沙灘，所有一切都是白的，幾乎睜不開眼睛，布朗的背影是唯一小小的顏色，趕我前頭跑得遠遠地，專注地找著珊瑚砂裡美麗的貝殼，我感覺到熾熱的陽光曬進他脖子、肩膀——他知道我看著所以又走了更遠更遠——到他頭髮與脖子的間隙、到他的肩胛骨、到那些無法注視的白光中，專注地找著美麗的貝殼，那就是當下最重要不過的事……布朗，你現在也正在看著我寫的這些嗎？

No.3

即使是在布朗當兵時，我沒有給他寫過信。每當打開柵欄，第一個就是飛來我身邊曬黑翅膀的鴿子布朗，一名帶著蹺家的滿足與些許愧疚感的天使，連夜趕路，旅途上沒有記憶，彷彿穿越黑夜的深海，直到見到了我才用力地大口吸氣，翅膀都掛著冰涼的水珠。在我手臂搭建的巢裡，他對我說著話，吐著溫暖的氣息在我的臉頰，說著淺淺的音樂一般的失去語意的話，可是每一句聽起來都像是：我很想你，記得寫信給我呀。布朗失去了營區內焦慮製成的燃料，忘記等待幾乎使他啄禿自身的羽毛，他昏頭昏腦如一架電力不足的收音機，有氣無力的說，記得……我呀。

現在我後悔沒有寫信給他。尤其是在想念布朗的時候，我努力想要用更多的文字抓住開始氧化變色的布朗，他在我的手中做輕微的掙扎抵抗，就像我們家不愛洗澡的阿捲貓。我用鹽水洗切開的蘋果，我在腦海裡經過他每一種令我想念的樣子我也保留了鹽水。我的信與字在那時已經達到它們價值的高點。寫什麼都是黃金，寫什麼都是奇蹟，都是使盲人復明的手。

當時我也努力試過，可是卻不知道怎麼說話。愈是誠懇真實的話，看起來愈是言不由衷。不經思考就敷衍寫下的我想念你，和殫精竭慮一小時後才用力寫下的我想念你，最終的產物並沒有差別，這是多麼令人驚訝啊。我想到相隔兩地時布朗和我的通話中時常出現的空白。無話可說卻偶爾善意偽裝成收訊不良的空白。空白的深淵凝視著我，布朗凝視著我，期待我更加努力一點說些什麼。什麼都好。我只會慌亂地開始說些不正經的話，要他模仿我們的阿捲。可是這是千篇一律的套式，漸漸地，布朗有點倒果為因，以為在我心中他不過只是一隻寵物不是愛人。可是，布朗又是這麼甘願地配合我，一次次重複同樣的戲碼。每當空白的籠子出現，布朗就自己乖乖地走進去，變成我養在電話裡的一隻貓。

（事實上，阿捲還比我強些，牠長期住在布朗在廁所裡幫牠做的小窩，天沒亮時固定撒賴叫到布朗爬起來給牠早餐再倒頭去睡，每當布朗蹲馬桶時總是親暱蹭去他腳邊湊熱鬧。我不住那裡的時候，布朗喜歡和牠說話。）

我們都沒察覺的是，我不自覺寫了更多更長的信給布朗。分離兩地時，我常在我隔絕的方形小房間裡塗寫，弄一些虛構與非虛構的實驗，這時布朗會徒步越過空白的紙，我甚至沒注意到他的出現，他不時低頭看看自己是否留下腳印，當然他沒有帶著鏟子之類的除雪工具。他會像打開柵欄一般打開我麥克筆畫出的方形其中一邊的手臂，探頭看看我是不是在裡面工作，好像我非常有可能在裡面替乳牛擠奶。他貼著柵欄的縫隙看我，像看西洋鏡一樣，我在裡面繼續寫著，並且假裝沒看到他的黑眼珠以及活跳如小金魚的翹嘴唇。分離兩地時，他都這樣接近我的房間卻不進入。布朗喜歡透過惡作劇驚嚇別人，以博得他親近之人的注意，因為他們總會在原諒他的情緒中更加溺愛他。在我夜夜祕密的擠奶中，他熟門熟路地準時報到，一隻固定車頂跳下來領晚餐的虎斑貓。他或遠或近地蹲在作品的空間裡，有時位於畫作中央，有時在畫框邊硬伸出一截尾巴，難怪會被外人以為那團呼嚕作響的小毛球其實是作者的簽名。就像他對我的生活領域做的事一樣：在喜歡以及可能有地雷的地方插上小旗子——布朗大獲全勝。

我寫更長更自私暴烈的信給布朗，也寫一些沒有完全進入正題的溫柔的話。我不打算在收信人大聲呼叫沒有敲門的布朗，像在半睡半醒間不敢亂動，怕把尚且附著在身上夢境的露水抖落。可是一旦落入文字段落，我便在小說的夢境裡低調或高調地使用這個名字，彷彿做夢的人是布朗而我只是不小心從背後進入了他的身體。這裡你必定注意到了，這並不是那種用來對話的信。我所無法面對的是那個因空間上的隔離而得虛設的「你」；布朗只能是第三人稱。布朗不擅長好好待在我面前，或者相反，我總是不能好好待在他面前，被他的眼神的十字瞄準線定位，布朗想看清楚想抓住我的喉結、心臟、勃起的陰莖，可是我說話，可是我用力愛他的時候都是運動的。布朗喜歡有房子喜歡將死去的昆蟲做成標本的習慣，在在說明了他對一個定點的著迷。他對於家的著迷，對於他出生長大而離不開的屏東，布朗如一尊無法從基座抽身的公仔。布朗只能是第三人稱，就像我影響了他的用餐習慣，在四人餐桌上把他從我的對面換到了我的側面，我在信裡面不打擾他地替他挪到旁邊的位置。也像我們平時一人各選一片的租片習慣，註定在接下來的幾小時輪流在對方選的片子中打瞌睡。在那試圖了解對方而睡著的時候，我和他都是那個被深愛的第三人稱。

我寫那些信給布朗在分隔兩地的時候。見面的時候，沒有信也沒有布朗。多麼短暫見面的時候，在那短短的幾天或幾小時中，我們通常選擇曬太陽睡覺或是擁抱彼此。

——原載二〇一八年三月二十七日《自由時報》副刊

一九九三年生，台北人，政大英文系畢業。受木樓合唱團委託為〈吹動島嶼的風〉計畫作詞，二〇一七年發行同名專輯。曾獲林榮三新詩獎，以及道南文學獎現代散文、現代詩、短篇小說三類首獎。出版散文集《弄泡泡的人》，正在準備第一本詩集。

論寫作——黃錦樹

他在窗口愣坐了幾天，竟寫不出一個字來。

——郭松棻〈論寫作〉

收到林君的來信：

雖然稍早時氣象預報說，今年依然是暖冬，不料寒流一波接一波，一躍而為十年來罕見的寒冬。中年以後的身軀畏寒，手套帽子衛生褲都用上了。且多雨，間歇下著。雖然都不是很大，卻增添幾許寒意。即便有陽光，也十分短暫，要把衣服曬乾也不容易。冬日衣多，曬衣間很快就掛滿了。

後園裡的紅毛榴槤葉子掉了一地，原產於赤道的樹，不知道還挨不挨得過去。今年結的果特多，高枝、低枝，甚至主幹上，至少十多顆，只可惜不對時——它似乎還沒能準確拿捏結果的時節。往年即便不是很冷，寒流過後，葉落遍地，果子來不及熟，沒有一顆不是泛黑、摔落，像被重重踩了一下，皮開肉綻。

聽到雞雛叫聲，印象中母雞孵蛋並沒有多少天，兩隻小雞卻突然破殼而出。兩天後，母雞就帶著小雞離巢了。但窩裡還有兩顆蛋被遺棄了。稍稍檢視，其中一顆有一處被啄破了，微微凸起，而蛋殼冰冷。握在掌心，約莫十分鐘後，靠近耳窩，可以聽到鳥喙輕輕敲擊著蛋殼。把那凸處剝除，撕開膜，硬實的鳥啄即穿透而出，發出清晰而細微的叫聲。開了暖爐，小盒子裡鋪了枯草，臨時的窩。牠還必須靠自己的努力，讓肚腹處的蛋黃養分充分轉化，完整的破殼而出，絨毛長齊，憑自己的能力站起來，方可能存活。

完全正常的文字。不料剛讀了幾段，就從幾個不同的管道接到這位老朋友的死訊。平時不太聯絡的舊識都給你打了電話，告知同一個訊息。據警方發布的訊息，寒流來，獨居老人，也許突然就心臟病發了。是房東發現的，幾天沒看見他，又聞到臭味，房東開了門，才發現的，報了警。發現他被壓死在書堆下，至少已經死了一個禮拜。可能是站上椅子拿書時腳沒踩好，一失足摔死了，書把他就地埋了。

他是你們認識的人裡讀最多書的（文學博士），也最戀舊，已經是著名的學者教授了，在他出狀況前（也差不多十年了），回鄉探親還一定找老朋友敘舊吃飯，他懷念的炒粿條、羊肉咖哩、叻沙、肉骨茶、釀豆腐，榴槤，紅毛丹。可能因為貪吃，中年以後他就發胖，體積不止是年輕時x2。高血壓、糖尿病、高膽固醇，自己大概也心裡有數。不像你，一直努力維持標準體重，太極，游泳，登山，騎單車樣樣來，一直沒長贅肉。

到你們這年齡，每年都會有幾位認識的人過世。如果住得不遠，你會順便向死者家屬推薦你設計的「老友特惠方案」，看家屬捨得為死去的人花多少錢、家裡拜什麼神，一切都好安排。他的父母的後事也是你協助料理的。雖頗以兒子在國外的成就為榮，晚年的他們還是寂寞的。你是最常探訪的友人之一，像對待自己的家人那樣對待他們，送點吃的，閒話家常，有時甚至載他們到醫院就診。過世後，遺體當然也交給你處理。樹葬，海葬，河葬，沼澤葬，花葬，雜草葬，瀑布葬，標本葬……只要客戶提得出要求，你的公司都辦得到。

你和林君是少年朋友，高中同學，因對詩的共同愛好而熟識，甚至喜歡上同一個女孩，人如其名的顏如玉，彼此都為她寫了許多情詩。父親是成功商人的她，終究選擇了門當戶對的男生，共同留學英倫習商。你和林君都很傷心，有深刻的遺棄感，把怨嘆和祝福都化為嘔心瀝血的詩句。

在你為詩癡迷的那幾年，父母有時難免焦慮，但還是支持的。你和林君獲福建會館贊助各自出版了一本薄薄的詩集《如鳳》、《其他》，心腸好的評論者譽為「那是我們的時代最深情的雛鳳之聲」。印量三百，你父親各買了一百本送給他的朋友，泰半是事業夥伴，和比較有文化品味的家屬。只是他經常提醒你別忘了將來要繼承他辛苦開創的家業。當你決定到台灣讀哲學，父親更明白的告知，可以任你玩四年，條件是畢業後就回來準備接手他好不容易拚下來的事業。

他的口頭禪：「不要以為死人的生意好做，也是很競爭的。」

因為高中成績不太理想，你只被一家私立大學的哲學系錄取，心情沮喪。家境清寒的林君以優異的成績進入公費的紅樓，非常用功的埋頭學習，寒暑假猛打工，因而你們往來常只靠書信。即便是寫信，他也比你勤快。但你知道他詩也越寫越少，雖然信中還經常聊到文學，但幾乎是越純學術的課題，從《詩經》、《楚辭》到李白、杜甫，從李商隱到李賀……他說他一首首的背誦抄寫。他多次坦言難以自拔的迷醉於古典的富麗精妙，甚至一再感嘆：「再怎麼寫，也無法超越古人。」他被他的導師說服，古典研究才是正途，「以你們的資質，就只能寫一些雜草！」但可以研究天山雪蓮那樣的古典時代的天才之作。每一個時代只有幾個天才，其他的，不是雜魚就是雜草。但做研究憑靠的是過人的毅力。只有努力取得博士學位，才有可能留在「自由中國」，或許能有一番成就。

而你，實在搞不懂那些哲學課程有什麼意義，搞不懂那些哲學家頭腦出了什麼問題。如果說哲學就是思考死亡的學問，你從小耳濡目染的，不就是最為具體的死亡嗎？於是你的功課，就像時下蔚為風尚的自然農法——作物和雜草競爭著成長，很多時候種植者根本忘了把種子埋在哪裡，甚至不記得自己種過些什麼。弱的幼苗，就自然消失得無影無蹤。那是殘酷的自然法則。

寫作之路上，即便有一些文友，但兄弟登山，各自努力，腳力差的，就提早下山。有的遽得大獎，一夜成名。但也不見得能順利的走下去，得獎之後就消失於文壇的，也不在少數。能一直寫下去、持續有推進的，幾乎就是寫作這條路上的倖存者。事後回想，幾次文學獎失利、多次被副刊退稿後，你的自信心無形中受到相當大的打擊。你不知不覺把時間花在玩，單車環島、登山，交女朋友。詩不只寫得少，語詞黯淡如舊幣，句子也營養不良。對文學的激情遠不如對女人青春身體的迷戀。大學還沒畢業，少年時以為明亮的路已蔓澤蘭花盛開、死樹橫陳。

不只一回，談婚論嫁的女友一聽說你即將返鄉接父親的殯葬事業，即打退堂鼓，或要脅求你改行，就算是到獨立中學去教歷史和地理都好。

時間過得很快。稍不留神，二三十年過去了。你從父親的得力助手，到從他手上接過棒子，日日與死者為伍。見過太多的家屬，太多的悲傷，太多的虛情假意。

即便沒什麼共同話題，林君還是持續來信，你忙時懶得回，他也不以為意。有時就好像是純粹為了保持聯繫，心血來潮就給你寄張卡片，寫幾行字；有時竟是獨白式的長篇大論，讓人不知如何回覆。即便到了電郵、臉書的時代，還堅持手寫信。字跡和他肥大的軀體不相襯的秀氣，一直到老，還沒什麼改變。他時不時還勉勵你如果有感覺，應該持續寫作；還經常給你寄些他認為對你有幫助的書（從《殯葬人手記》、《秦始皇陵》、《曾侯乙墓》、

《中國古代墓葬大全》到《墳與詩》、《屍與文》、《殯葬詩學》）。林君的來信（連同信封）你收滿一餅乾桶。你料想，他的遺物裡，也許也有一箱你給他的信，雖然少得多。

多年以來，林君也反覆感嘆：世上的好詩太多了，再怎麼寫也是多餘。與其寫出爛作品，不如不寫。況且，研究的工作更重要、更有意思，也必須全力以赴。你早就知道，他在為自己的不寫找理由。也許不是最好的理由，卻可能是最常見的。更糟的是，他可能是對的。

林君的一生，概略的展現在他的來信和出版物中。你返鄉那年，他在歷經數百日焦急準備後如願考上碩士班。忙碌的課業。拜那位堅稱《詩經》中的所有作品都是由尹吉甫撰寫的紅樓學術巨擘為師（那時還沒有搞笑諾貝爾獎，否則此君將是第一個得諾貝爾文學獎的華人），以《古詩十九首的作者》的碩論取得學位，隨即考上同一間學校的博班，找同一位大咖指導教授。與大學時暗戀他多年的學妹訂了婚。結婚。入中華民國籍。長女誕生。到某校任講師。長子誕生。以《先秦兩漢的作者》取得博士學位，升副教授。《著者與述者》在台北出版。到香港開會。到北京開會。以《甲骨文的作者》升任正教授，那本千多頁的巨著還得到國家文藝獎、中山文藝獎、教育部文藝獎等多種獎項，被譽為與董作賓《殷曆譜》比肩的民國甲骨學最高成就。每有出版，林君都不會忘記給你寄上一本，即便是期刊論文，也會不吝寄上抽印本，即便你根本不在學術界，也不一定會去翻那麼森冷僵硬如木乃伊的學術著作。

就那樣過了很多年。

除了熟人死亡的訊息，你的信都是些雞毛蒜皮瑣事——年少時常光顧的那家老戲院拆了，某某書局轉手改賣炸雞，天下第一的炒粿條老闆被車撞死了，那個一直給你們白眼的「蘇丹街第一美女」×××竟然嫁給了一個大她十多歲、滿身毛的孟加里星。

當年你們共同喜歡的那女人如玉死於乳癌，不過五十歲，剛發現時不肯動手術切除，一直到癌細胞蔓延全身。葬禮是你親手操辦的，她加速衰老的肉身慘不忍睹。三十多歲時就因先生習慣性外遇而離婚，之後幾段情感皆不順遂。屋漏兼逢夜雨，兄長接手父親的生意後不敵有國家當靠山的土著對手，破產入窮籍。她返鄉時容顏已如枯棗，儼然一滄桑老婦。你忍不住向林君細述她的慘狀，也很慶幸自己是那個為她送終的人。「真沒想到這麼美的女孩竟然那麼不幸福。」那封信的結尾你下了個悲傷的結語。你沒告訴林君的是，你曾在深夜無人的殯儀館，在她枯魚般的冷凍屍身前痛哭流涕良久。你在她的屍身旁鋪了數千朵藍蝶花。那花你沿著殯儀館鐵籬笆種了一圈，一年到頭盛開，和所有熱帶植物一樣充滿生命力。那時，你相信自己是世間最傷心的人。你當然也不會告訴林君，垂死的如玉後來在你勸說下，在你投資的那家醫院治療時，醫藥費幾乎都是你偷偷埋單的。你當然也不會告訴任何人，你請主治大夫偷偷保留著的那一撮她的癌細胞，到今天還強韌的活著。

不久，林君也出事了。

傳聞很多，和女學生談戀愛，談上床，談到子宮深處。也有一種說法，說他是被陷害的，那女孩本身就不正經，閱人無數。一輩子都在學院裡生活的林君過於單純，反而是受害者。你收到好事者寄來若干剪報標題「臨老入花叢，杏林之恥」。「春暖花開日，學院又現狼蹤」。「老狼自辯——『化做春泥更護花』」。但林君來信中從不談這些感情的事，好像就沒那回事。但你知道，如果是空穴來風，對他傷害不會那麼大。不只被迫提早退休，離婚或分居，獨自到鄉間租了間老房子。還好孩子都成年了，都大學畢業，有自己的生活重心了，再無後顧之憂。

有好幾年林君的語調和氣氛都改變了，你約略記得他曾多次在信裡提到，提前退休是「為了寫作」。而為了重拾手感，他把瀏覽時欣賞的詩作，仔細謄抄在筆記本裡。像書法臨帖那樣，接著這裡換幾個字、那裡重組一下，有時一句全新的詩就誕生了。那一陣子突然對詩恢復了熱情，接連寫了好幾十首情詩，興致盎然的給你抄了寄來——那時你當然不知道，也不可能想到，那些詩都是抄來的，抄自比較不著名的作者。一直到他自費出版了詩集《沼澤》，分贈友人時，被好事者舉發，才變成醜聞。報導過他緋聞的那分羶腥小報當然沒放過他，「大牌教授、過氣老文青新詩集竟然全部作品都是抄的——在抄襲頻傳的民國文壇，抄整本還是堪稱創舉！」

那詩集當然也送了你一本，在扉頁鄭重其事的題獻給你——給我少年時的詩友××君。

出事後也沒向你要回去，似乎認為你能諒解他的苦心。你收到他簡短的來信，「……我不是故意的，」你幾乎可以聽到老友的啜泣聲。「這些年，我常會覺得『我』變成了多數的我，不同年齡的『我』同在一身，成了『我們』，不同的我有時會做不同的事，譬如寫信追求女學生，和軟心腸的貌寢女孩談一場黃昏之戀……」「我很羨慕你還有機會為如玉做一點事，就算腦子已被癌吞噬的她已不認得你是誰。」

那之前一年左右——那可說是從不憤世的林君的「感慨之年」。他在信中提到幾個令人覺得難以忍受的學界怪現狀，令他重拾對《儒林外史》的興趣。紅樓B君提升等正教授，多次被系上A同事以這樣那樣的理由攔下，氣到三天兩頭便祕。有一回蹲馬桶時突然想到，好像不曾見過A君的教授升等論文（因職級較低，沒權力過目），心血來潮，收買了助教，從辦公室深處上鎖的櫃子取來此君的升等論文（只需買個書號，印個十來本，不需正式出版），讓他偷看一下，看了後下巴差點掉下來。那「著作」竟然原原本本，從題目到參考書目，一字不漏的抄襲他十多年前完成、一直沒機會正式出版的碩士論文。他不知道A君竟然那麼崇拜自己。憤怒之餘，不禁有一絲微微的感動，腳底卻莫名的隱隱抽痛。那抄襲的傢伙除教授證書和溢領的錢被追回之外，因人際關係良好，好像也沒什麼事，B君還常在校園碰見他。這事給B君留下意想不到的後遺症，常當面糾正那些以副教授稱呼他的人。買了新衣服或新鞋，經常掛著一串標籤出門去，被反覆提醒也不願意剪掉，好像不如此不足以顯示它是新的。

「碩論太有原創性也不好，說不定會影響升正教授。」林君為這件事做了個頗具調侃意味的總結。

一位資深草根詩人，授意兒子碩士論文研究老爸的詩作。口試時，對其作品之解釋，處處引述其父未曾文字化之「作者原意」（「我爸說……」「我爸認為……」「我爸可能會認為……」「這個……我可不可以打個電話問我爸？」），以致口試時，口考委員的舌頭好似吃錯藥過敏，膨脹了三倍，語塞於喉。

但這例子遠不如下一個令人驚駭。同鄉某詩人、昔日紅樓才子在M大之博論採取了前無古人的策略：以自己的作品為研究對象。在世界學術史上，那可能是個創舉，不知道有沒有入選金氏紀錄。口試時，一個可能事先被收買的口委盛讚說，這個案深刻的挑戰了「作者已死」的西方理論，因此有「不可小覷」的理論意義；某君的指導教授高度評價說，這個案對中國固有的作者論意義非凡，可以彌合「以意逆志」和「知人論世」間可能產生的不確定性。某君還因為已發表的作品不夠用，為了順利完成碩論，趕寫了四百多首、差不多是三本百餘頁詩集分量的「作品」（後來精選出版為《蛋殼上的雞屎》和《鳥屁股上的羽毛》，有大膽的年輕評論者公允的寫道：「某君唯一值得稱道的進步是他終於懂得自嘲。」）

為此，他交代公司裡大學中文系畢業的美麗能幹的女祕書（他曾涎著猴臉淌著汗壓著她抽動、在她耳畔喘著氣哄著：一旦成功離掉那老查某糟糠，將立馬迎娶她的鮮嫩），把這十年（沒錯，因為忙於賺錢和應酬，至少十年沒寫「詩」、沒空做「政治抵抗」了）重要的政治新聞整理一份清單，應用她在大學「現代詩習作」上學來的那幾套「生米變熟飯」的技巧，擬好初稿（業務上的代辦事項都是那樣處理的），他老兄咬著菸斗吐著濃煙催發靈感稍加潤飾、重組一下——慎重起見，還用上有毛的筆，不消十數天就完成了感時憂國百分百的手稿。隨即可以進行分析，不夠用還可隨時補寫。論文口試時，認真的考試委員當然嘴巴像被塞了鞋子，無言以對。某君引述範圍不只他獨家擁有的大量筆記本、日記本，還包括若干個夢。不然就乾脆兩手一攤、聳聳肩、喉嚨咕嚕咕嚕如火雞抱怨，曰：「我回去修改論文時再補幾個例子總可以吧？」

什麼問題都難不倒他。

以林君描述之詳細，似乎他就在現場，身為作者論的大師級人物，那是一點都不奇怪的。

也許因為這樣，林君不止重讀《儒林外史》，還以毛筆小楷工整的抄寫了幾個章回，裝訂了寄給你做紀念。

沒想到那麼快，他自己也出了事。

詩集出事之後，你看到有人抬出法國媽寶學者（網路上是那樣寫的）羅蘭．巴特的「作者已死」論為他辯護。「作者即抄寫者」，某君的申辯令你印象深刻，「寫作無非就是抄襲、拼貼、引述、重組」。你心想，媽的，好一句現成的墓誌銘——但只適合那些喜歡抄襲的人。你還不確定林君是不是。身為一個處理死者（而非作者）的專家，你雖早已不寫詩，書展時看到好的名家的詩集如果夠便宜（和衛生紙差不多）你還是忍不住會買的。即便曾經買過，還是整箱抱回去，淡季時（奇怪，有的月分真的不太死人），拿來翻一翻，覺得糟的，就丟進燒冥紙的金爐燒了。《沼澤》你還留著，雖然是抄的，好些詩還是相當耐讀的，老友的品味還是不錯的。你猜想他的小情人應該不會醜到哪裡，就算貌寢，也應有動人之處。《雞屎》和《羽毛》你倒是混著冥紙不知燒過幾多次了。

漫長的殯葬生涯，你還真的處理過幾位自稱是寫作人的傢伙，好些還是交代家人指定要你幫忙處理後事的。不止是因為你是某方言會館的理事、華校董事、拿督，墓地可能可以打折，方位或許可以商量。你最怕聽到家屬轉述這樣的遺言：「大家都是寫作人，我相信他會善待作者。」你翻閱過那些人作品，每次接到家屬報喪的電話，心裡都忍不住一陣叫好——說話的聲音當然要裝得哀戚——這可是文壇的重大損失啊。那些文友送的輓聯更是不堪入目，什麼「天妒英才」「文壇棟梁」「大漢山崩矣，從此誰來守護馬華文學？」。

你心底邪惡的評語如雨林沼澤爛泥深處的氣泡浮起——死得好啊，寫得那麼爛。家屬常忍不住要求你幫忙處理死者留下的藏書、手稿、書信，有的搞不清楚狀況的還以為可以賣到好價錢（以為外國的圖書館願意出高價收購），你都直接叫他們找老陳，他負責你旗下的冥紙廠，他和管理紙紮店的老李、主掌棺材鋪的馬先生、火葬場的老高，都是你重要的生意夥伴，沒有他們的努力，你哪有時間看點閒書，預知哪些作者該死。近年環保意識高漲，連冥紙都講求用再生紙，因此你們還設立了廢紙回收部門，可能有價值的書會挑起來讓你過目，你再精選若干擺在殯儀館讓守靈者無聊時翻閱以打發盡孝時間。真正受不了的作品才當場燒掉。當然，那些殘灰收集了，也是能賣錢的。

你不敢給老友打電話，害怕聽到老友的啜泣聲。你寧願躲在手寫信的時差後面，給他寫信，聊一些有的沒有的殯葬趣事。每每收到信時，發信人多半已經離開情緒現場。但你直覺他是病了，一種文學愛好者特有的病。愛癡成魔。你快郵給他寄了本你旗下冥紙廠印的《金剛經》，原先附了張卡片「老友，這本不怕抄」，讀來有反諷意味，被你投入金爐，另書「抄經可靜心」五個字。

恰好一位長居國外，有學問但不常返鄉的死者家屬F博士（那龐大的家族是你們的「常客」之一，你已經先後埋葬了他家二十多口）竟然知道你曾經是個詩人，收藏了你年少泛黃、白蟻、衣魚嚙餘的詩集找你簽名（雖然書名只剩個「也」字），還意味深長的送你一本西班牙作家Enrique Vila-Matas的《巴托比症候群》作為贈禮，建議你無聊時不妨一讀。

你仔細讀過一遍之後，快郵寄給林君，他讀後果然大感安慰，長篇大論的寫他對寫作的新體悟。接連好幾封快信，興奮的程度遠超出你的想像，好像在戀愛。

《巴托比症候群》以一種近乎文論的方式探討、展示了他命名為「巴托比」的症狀（典出《白鯨記》作者梅爾維爾的〈抄寫員巴托比〉），首先是文學史上某些名家，出版一本名作或幾本著作之後，餘生都陷入難以理解的沉默。最常被提起的，如法國天才詩人韓波，《麥田捕手》的作者、美國作家沙林傑。

書中列舉了一些有趣的個案：

葡萄牙語作家佩索阿以七十二個不同名字寫作，每一個異名都有獨立的人格和作品，「幾乎可構成一個文學流派」。

發明男生小便斗的杜尚認為他最好的作品是他的行程表，另一位老兄則認為自己最好的作品是「消失」。

海德格晚年非常著迷的詩人荷德林，人生最後三十八年都在以無人認得的文字在精神病院寫作。

西班牙大師貝尤對諸多名家大有影響，自己卻沒任何作品。他拒絕寫作。存在著「沒有作品的作者」，以及「沒有作者的作品」。

有一家圖書館專門收集那些沒機會出版的書。有一位作者編纂了《從未出版或從未被寫成的書目手冊》。

有人認為，一個作家真正能寫的、唯一能寫的，實質上便是「寫作的不可能性」。

那位西班牙佬的創意在於，不只以那類作家的狀態為討論對象，更延伸向寫作本體的思索——關於不，沉默，不寫，無法完成，沒有窮盡。

你和林君都意識到，「不」其實內在於寫作裡，寫作的可能和寫作的不可能、有和沒有、寫和不寫、生和死，都是唇齒相依的。

但是可惜，林君說，他沒談到抄。譬如波赫士的〈吉柯德的作者皮埃爾．梅納爾〉關於抄寫的思考。

林君甚至在信裡宣稱「從此生命要轉入小說」，他認為，抄先於寫，於是他開始抄寫名著，托爾斯泰《戰爭與和平》、福樓拜《波華麗夫人》、《紅樓夢》都入列。「抄了就燒掉，免得不小心被當成自己的作品。」林君也學會自嘲了。

那時你就有股不祥的預感。

接到寄來印在A4紙上的訃聞，寄件人的名字你沒見過，也許是他學生，字體很稚氣。你決定跑一趟林君晚年隱居的鄉下向他道別，順便看看新南向有什麼跨國死人生意可以做。

大學畢業後，除了那回參加他的婚禮，你不曾再到寶島台灣。

葬禮公祭會場相當冷清，這頗出乎你預料，你一直以為他人際關係很好，桃李滿天下。家屬也幾乎可說是冷淡的，似乎也沒預期你會來，甚至不知道你是誰。一時間你也沒認出遺孀是哪位，不是很確定他有沒有再娶。從規模來看，是最陽春款，打齋超渡也是隨便敲幾下，也省掉許多跪拜。

小鎮殯儀館裡的儀式後，你向林君的女兒自我介紹說你是他的年少友人，多年來一直有書信往來。你向她提出參訪林君晚年居處的要求。小徑盡處的那地方，你發現家屬其實和你一樣陌生。迎門是一株腰圍粗大的樟樹，幾根粗大的枝幹幾乎就壓在瓦片上。紅磚灰瓦的老屋，內部空間並不大，幾個人就塞滿了，空氣中一股濃郁的漂白水味。小小的客廳有一面牆看來原先層疊著書，幾乎是從地板堆到天花板，地板上墊了塊空心磚，但有部分已崩塌。家屬已決定把他所有藏書捐獻給鎮上圖書館。林君任設計師的女兒說，那件事之後，爸爸和家人就很疏離了。這些書都是送不掉的舊版書，捨不得丟掉就找工人幫忙搬過來堆著。他退休後有價值的書都給了某大學圖書館。壓在屍體上的書也有二三十本，都是厚重的精裝書，一本本陷進腐爛的肉裡了。她記得多是她爸自己的著作，加上十三經、《資治通鑑》之類她們一向嫌占地方的。吸收了她爸的屍水血肉，又髒又臭，早就堆在外頭和落葉一起燒掉了。確實，從樹下殘剩的扭曲書皮來看，多數是藝文印書館或學生書局出版的。

從房子出來，你們還遇到林君的禿頭房東，他就住在附近。林君之死就是他的狗發現的，他忍不住對著你們大聲抱怨，幹恁娘，攏變成凶宅了哪裡還有人敢租？看來只好把上面的牆打掉，家具賣給回收廠，重新隔間，飼幾隻山豬卡實在。說罷猶憤憤不平，猛吐口水、跺腳。

在田間幹道旁等車時，有一個女孩叫住你，「李□□叔叔，你是李□□嗎？」馬尾素顏，深藍羽絨外套蕉葉綠色長裙的女孩，說她是林君的朋友，叫小茹，「林教授交代了東西要給你。」她說。你心中暗嘆，這女孩好美。頂多二十來歲。不認識，卻又似乎有點似曾相識……好像在哪裡見過。很快你就會想起來了。

女孩騎著粉紅色小綿羊，載你到附近一家藤蔓垂覆的咖啡館，恰是炮仗花盛開時節，屋簷上花團錦簇，顯得喜氣，原木招牌上陰刻行書小川。小茹悄聲告訴你，某退休校長離掉很愛護他的元配，領了大筆退休金，和小他二十歲的妖嬈小三合開的，所以她們私下都叫它小三咖啡，口碑還不錯的。她從機車箱裡搬出一個盛香珍蛋捲桶，一個紙箱，寫著「手稿」二字。桶裡是整齊疊著的信。你認出那是你多年來給林君的數百封信。一本薄薄的詩集，以塑膠薄膜封了起來，像是未拆封的新書，《其他》的「他」被嚙掉了。你記得扉頁有你年少時的字跡，日期註記著高中畢業當日。一個沉甸甸的墓碑型制的黑膽石紙鎮，他獲博士學位時你寄贈的賀禮，有你以墓碑手藝人式的虔敬親自鐫刻的五個大字：作者之謂聖（從他寄贈的著作裡抄下的引文）。她說，紙箱內是林君未發表的小說手稿，她建議你路上再看，有機會再幫他出版。她時間不多，四十分鐘後還要去上班。

原來小茹是檳榔西施，林君有一回經過她的攤子，驚為天人。不買檳榔不買菸就是要找她談天，直說小茹很像他的初戀情人（這是石器時代的泡妞老梗了）。小茹朝你遞出一張泛黃照片，說是林教授到照相館複製了送她的。竟然是少女如玉的回眸一笑。你心中一陣抽痛，點點頭。這照片你也有的，素顏的小茹，確是有七成像。當談話結束後，她為了上班而濃妝豔抹時，卻簡直是另外一個人了，你不知道林君是怎樣從雜草中辨識出黍米的。

她原以為這色老頭是要包養她，其實不是，老頭別有所圖。林君告訴她，十年前他為了一個長得有幾分像（只有悲傷的神情像）初戀情人的女學生搞到身敗名裂，想來真是不值得。老頭大概實在太寂寞，竟然願意付錢請她聽他講自己的故事。

「他一再提到你的名字，李先生，我想他在台灣應該沒有什麼朋友。他非常懷念與你共度的年少時光。還有他的初戀情人，她的不幸遭遇讓他非常悲傷。他一直希望我可以回去讀書，認為不然太可惜了。他還經常寫情詩送我。沒有男人對我那樣，我覺得很浪漫，雖然他老得可以當我阿公。他死前一週，把要交給你的東西交代給我，還對我提了個一般人可能會覺得是變態的要求。」

你心想，他似乎知道自己的死期。資深慢性病，停藥數日，斷食，再加上寒流。

「他答應給我一百萬塊，而且大方的預先付給我。」她眼裡似乎泛著淚光。

林君向她要了帳戶資料到郵局，老頭匯款，數目太大，櫃台工作人員以為他遇到詐騙，不只阻止，還通報了警方，更威脅要通知他的家屬。林君在郵局氣得大鬧，郵局職員通知了小茹，她匆匆趕到郵局把他接走。那時她並不知道，那一百萬幾乎是林君郵局戶頭裡所有的錢。還好他銀行也有戶頭，他學乖了，化整為零，一次不超過二十萬，不在同一個銀行重複匯，必要時向行員說是資助外甥讀書；在ATM把錢領出，再用無摺存款的方式存進她戶頭。於是幾天內就完成對她的承諾。

那天夜裡很冷，還下著雨。但她請了假，依約到林君住處。床已經布置好，米色的床單，一支支紅燭沿著床架繞了一圈。原本說好要裸身的，但天氣實在太冷了，雖然開著暖爐，林君還是給她準備了件溫暖柔滑的袍子以包裹她的肉身。她披髮躺在指定的位置，林君把準備好的紅色玫瑰花瓣一把把的撒在她身旁，撒了一圈，給她喝了兩大口陳年高粱，微醺中，請她閉上眼睛小睡，好讓他平靜的欣賞那光滑、因天涼而表皮微微收縮的青春肉體。事前，林君曾仔細的和她講過日本變態作家川端康成〈睡美人〉的故事。故事裡老男人和睡美人接觸的律則是「只能看，不能碰」，讓她稍稍放心。雖然她自十五歲那年被一個「長輩」睡過後，也陸續睡過幾塊小鮮肉，對男人這種動物並不陌生。但林君的要求還是讓她感覺心在冒冷汗。

林君掀開她的睡袍，像深度近視閱讀小字那樣，眼睛貼近得不只可以感受到他的呼吸——簡直是在對她吹氣——濕濕的鼻子還常碰到她發起雞母皮的嫩膚。小茹說，就好像被一隻老狗全身上下仔仔細細用力聞了一遍，癢癢的，有點噁心。突然她感受到有少許水滴落像大雨來臨前的雨哨，是林君在啜泣。他愈哭愈傷心，很用力的呼吸，之後用力在擤鼻涕，依規定她不能睜開眼也不能動，就任由他非常傷心的哭了很久很久。久到她都累得真的睡著了。朦朧間，彷彿聽到老頭以嘶啞的嗓音說了句「我死而無憾了」。一雙手輕輕為她蓋上溫暖的被。身旁鼾聲平穩的咆哮起伏，讓她憶起童年時、那個幾年後將被好友砍殺的父親，喜歡牽著她坐上老火車去取貨，火車搖搖晃晃的穿過一個又一個黑洞洞的隧道，她不禁為那已逝的幸福濕了眼角。

次日早上，林君送她到路口，目送她離開，很依依不捨的樣子。他騙她說，接下來一週他要去環島，這期間他不在，不要來找他。他再度叮囑她不要再繼續過這樣的人生。

小茹輕輕擦去淚水說，她將信守承諾，回去把高中念完。工作她已經辭了，只做到這月底，剩沒幾天。多半會繼續念大學，將來可以去偏鄉或離島當個老師，也許會學寫詩。現在大學那麼好考，聽說報名就錄取了。尤其是中文系，都招不到生，等到她考上時，說不定學校還會貼錢給她念。說罷，她嘴角一抹甜甜的笑，唇邊一小顆痣，一個風情無限的小酒渦。

你心底不禁一陣陣抽痛，笑也像，傷心也像。難怪。難怪。

察覺大顆大顆的熱淚烙在手背上時已來不及。

「你不要太難過。」小茹好像被嚇到。「人死不能復生。」

「對不起。」你快速掏出手帕擦去淚水。「我不是為他哭泣。」

「他一再交代我如果他死了一定要聯絡你，他說你是世間難得的好人，一定會來參加他的葬禮，他的家人不一定會聯絡你，要我千萬不要忘記通知。聽到他的死訊後，我給他家屬打過電話，愛理不理的；從林教授過去的學生裡要到一份訃聞，影印了寄給你。林教授給過我一兩個他老學生的電話，都在大學當老師，平時我也不敢隨便聯絡。」

那不是形同「託孤」了嗎？難怪那訃聞看來怪怪的，原來是影印的，名字用立可白塗掉，歪歪斜斜寫著你的名字。

打開公事包裡仔細挑了張只寫著「××華校董事」和××廣肇會館理事的名片給她。有手機號碼，電郵，臉書及其他亂七八糟的聯絡方式。

「將來如果妳有什麼麻煩，別忘了通知我，我黑白兩道都有不少朋友。」你用力拍拍胸脯。

「聽說他年輕時是詩人，出過詩集，不知道為什麼沒有送我一本？我問他，他說他連自己手上那本也弄丟了。你如果有多一本，可以送我嗎？」

她向你出示林君送她的那十九首情詩，你看了驚詫不已——半數是《如鳳》中寫給如玉的詩，半數是你送給如玉的少作，只有一首是從你們的少作中重組的。你額頭不禁冒出大顆冷汗。

你只好說林君的詩集只怕是世間無存了，連你手上那本也不慎掉進屎哈坑了。她要求你把林君還給你的詩集轉贈給她，也被你婉拒，誑她說那可是世間僅有的孤本，你自己那本也掉了（「也掉進屎哈坑了？」她笑問）。林君歸還的那本你打算原樣封存，以感念老友對你的贈書的珍惜。你進而要求小茹把林君抄送給她的詩讓你影印一份，你返馬後會自費把它出版（「別忘了那一箱。」她提醒），到時會寄幾十本給她留做紀念。你心想，你旗下專門印製冥紙的長笙印製廠也許可以規畫一個「現代詩系列」，以回饋文學界。

老友給你的驚奇不止如此。那紙箱裡所謂的未刊手稿，拆箱時竟發現是工筆謄抄的《出殯現形記》，你知道那是福克納《我彌留之際》的早期譯名，你早有收藏。只有這手稿封面上，竟然大搖大擺的題寫著林君自己的名字。

你想，世間擁有你和林君少作的人應該很少了。保險起見，還是為「作者」杜撰一個新筆名凡鳥，那「情詩十九首」就命名為《雛音集》？

林君遊說小茹共同演出〈睡美人〉，但那床上的花瓣，讓你想起另一個故事。你的殯葬藏書裡有多個版本的沈從文小說選，每每都有那篇以戀屍症為主題的〈三個男子和一個女子〉。

在返程的飛機上，你再度展讀他最後的來書。從信末的日期來看，說不定那天他出門給你寄了信不久，就給自己的著作砸死了。如此看來，這幾乎就可說是他的遺書了。那信的最後一段還是寫著那顆他搶救回來的雞崽：

暖爐照了一天，牠還是出不來，我只好幫牠把殼剝了，連帶剝除堅韌的內膜。牠伸出來一隻爪不成比率的大，看來可以支撐起相當大的雞胸。都剝開後，牠還是很弱，站不起來。躺著，閉上眼，幾乎是奄奄一息了，雖然不時還發出宣告「我還活著」的叫聲。天黑後，我把看似垂死的小雞，偷偷塞到那遺棄了牠的母雞的肚腹下方。一入夜，母親就看不到了，憑感覺胡亂啄，我的手被啄了好幾下，才成功達成任務。我心想，那麼冷的天氣，好不容易來到世間，還沒機會體驗母親的溫暖。就算死，死在母雞的懷裡也好吧。

第二天早上我到園子去，想說是不是該挖個洞把牠埋了。你猜我看到什麼？母雞身旁有三隻小雞！牠不只是活著，而且絨毛長齊了，還用自己的力量站起來了。雖然腳力明顯不如其他兩隻，危顫顫的，有點跟不上母雞覓食的腳步，但沒有被遺棄，母雞放慢腳步等牠。牠的其中一隻哥哥還是姊姊頭上有一個黑點的，還會走到牠身旁雞雞叫，等牠，好像在給牠打氣。

這時你才想到，竟然忘了順便繞到林君的屋後，去看看那幾隻雞雛後來究竟怎樣了。

——原載二〇一八年五月八～十日《聯合報》副刊

出生於馬來西亞，福建人。國立清華大學博士，一九九六年後在埔里暨南大學中文系教書。曾獲中國時報文學獎等。著有小說集《夢與豬與黎明》、《烏暗暝》、《刻背》、《土與火》、《南洋人民共和國備忘錄》、《猶見扶餘》、《魚》、《雨》；散文集《焚燒》、《火笑了》；論文集《馬華文學與中國性》、《謊言或真理的技藝》、《文與魂與體》、《華文小文學的馬來西亞個案》、《論嘗試文》等，並與友人合編《回到馬來亞：華馬小說七十年》、《故事總要開始：馬華當代小說選》、《散文類》等。

練習生——吳億偉

1

李行瑞每天起床的第一件事，就是上網投票。網站裡那些年輕男孩有的側面有的正面，像站在展示櫃裡，對螢幕之外的人燦笑。李行瑞把箭頭停在支持的男孩臉上，按下按鍵。一個人一天只允許投一位選手一票，李行瑞支持的只有一人，剩下的就隨便投，是位稱職的「中間選民」，不知道自己在點擊的那一刻，會選擇誰。

這是近幾年風行的韓國選秀節目，聚集了一〇一位練習生，就是仍在經紀公司接受訓練的年輕人們。他們大多尚未出道，仍懷抱明星夢。第一次走進攝影棚，他們將會看到一〇一張椅子擺成金字塔狀，椅背寫著不同號碼，代表每個人的名次，金字塔的頂端，是一張造型特殊的巨大王座，椅背寫著一。這第一名的榮耀，意味的不只是勝出比賽，更將成為視覺中心，領導這十一位成員所組成的新團體。

李行瑞對這樣的節目原本不感興趣，甚至有些反感，認為這是消耗年輕人追夢的商業行為。但是娛樂產業總知如何惹人興趣，那天只是隨意在網路上瀏覽，點開了第一季節目的視屏，這一季是以女練習生為主角，畫面裡的女孩們在排練室裡辛苦練歌練舞，短短幾天就要上台，一張張努力的，拚命的，挫敗的臉充滿鏡頭。不過，那時他還沒瘋狂到每日上網投票，他知道，朋友們若曉得他在追蹤這些女孩，必會對他投以鄙視眼光，懷疑他觀看這些穿著華麗的女孩在燦爛燈光下搖擺的企圖。他也知道，解釋自己只是想看這些小女孩追夢，朋友們必然不會相信，只會笑他都中年了，思想怎麼還那麼「不純」。

2

第一集，初來乍到的男練習生們，怯怯登上舞台，面對空蕩蕩無人的大廳，一張張空椅子，徬徨著到底要選哪個位置：是選擇金字塔的頂端，還是坐在最不引人注意的位置上。那些年輕人在鏡頭前談著自己的練習生生涯，超過五、六年的人憂心忡忡，不知還有沒有出道的一天。

3

現在的李行瑞，住在南港一間頂樓加蓋的小套房裡。在這憑空闢開的空間裡，空間又被更小地劃分了。他占據離大門最近的一間，每個人出出入入，都聽在耳裡。他曾經一整天就這樣聽著門開開闔闔，猜測這狹窄的空間到底住了多少人。每個人出門，帶著不同的聲音，有的急促，奔跑，木製地板登登登，出門不到幾分鐘，又急急忙忙回來，罵著髒話忘東忘西。有的關門大力，那力道似乎要把房子拆了。有的人不關門，聽不見轉動鑰匙的聲音，走遠之後，李行瑞會像個家管一樣，走出自己的房間，幫他關上大門。

在這擁擠的小空間裡，人跟人之間的連結，就是聲音。李行瑞對房的小伙子喜歡看棒球，房裡常傳出棒球比賽的轉播聲。李行瑞很久沒有注意棒球了，對台灣的棒球就停留在一些負面的報導上，那些他曾經追過的球星參與了簽賭案之後，全都散了，過了幾年再看到，有的開了餐廳，有的成了通告藝人，對著鏡頭呼籲球迷捧場。看他們日漸變樣的身材，失去的球員氣質，李行瑞倒也不覺得唏噓，情緒從當初受騙的氣憤轉化成如今坦然的接受。人生總是要往下走的，如果還繼續以他們風光的過去來要求他們，反倒是自己苛刻了。

4

參賽的練習生一開始，便會根據第一次的舞台呈現，被節目的導師們評定為不同等級，從A到F，A級的練習生們，瞬間成為節目焦點，舞台的中心。鏡頭盡隨著這些優等生跑，F級的只能是舞台的邊邊角角，一個可有可無的影子。要脫離影子的詛咒，就是不斷的練習。

節目總愛拍那些落後的練習生之間的無助與奮鬥，他們沒有什麼時間可以浪費，舞台一個接著一個；他們唯有在夜晚無人的練習室裡，面對鏡子前的自己，一個人不斷重複所有舞步，才能繼續下去。

5

房東偶爾會在白天過來打掃公共空間。李行瑞能認出他的聲音，他的出現總會搭配器具的撞擊聲，水桶提把叩的一聲打在水桶上的清脆聲，掃把沙沙摩挲木質地板，拖把敲撞牆壁。搬進來的時候，他三十七歲，結束了一場戀愛，決定辭職，離開舊有的生活，參加高普考。房東是六十多歲的退休公務員，李行瑞還沒考上，對待他已經像對待自己學弟一樣，鼓勵他，說著穩定的工作有多好，還分享考試的祕笈。李行瑞覺得這是一個好預兆，從南部上來，雖然身邊的錢只能租間簡易的頂樓加蓋，但他不在意，反正明年就考上了，馬上搬走，這不過是暫時的居所。

本以為這件事就跟換工作一樣，但沒想到就這樣耗了三年。四十歲的生日，他壓根沒料到會是在這樣一個房間裡度過。不惑之年的當天，他唯一不惑的事是不見任何朋友，關閉所有通訊軟體，不想看到連珠砲似的恭賀話語。他沒做什麼特別的事，只是一個人面對房間裡塞滿的各種參考書與講義：行政法，法律知識，公共管理，政治學等等，生日之外的每一天都一樣。他感覺到人生還沒開始，就已經過一半。

這樣說當然帶點情緒化。從二十幾歲退伍之後，他在好幾間公司上過班。年輕氣盛，對助理工作不滿意，對創意工作不滿意，對業務工作不滿意，對整個世界都不滿意。就這樣東轉西轉做了餐飲，做了金融，做了補教，他人生充滿資歷，每幾年就轉上另一個跑道，似乎是能力多元的最好證明。時間久了，他發現一切的不滿並未因為這樣的轉換而減少，他每次都得靠暫時的新鮮感來掩蓋，像打著嗎啡。問題是新鮮感久了，也不再新鮮。嗎啡也有失效的一刻。

他父母本來是支持的，相信李行瑞想找份公職，就是對人生「定下來」的證明。他們覺得李行瑞在工作與感情上總是晃來盪去，轉眼要四十，什麼都沒有著落。但是準備考試幾年後，卻換這兩老動搖了，勸他放棄，這樣下去一年一年，不知道盡頭在哪。越是這樣，他越是不放棄，那股拗勁也不知是為了什麼，就是一股氣悶在心。每個人的人生步伐都不同，有些是加法，有些是減法，李行瑞是兩者。他不斷加上再減去，人生到現在就這樣不上不下。

6

來到節目的練習生，並不是每個都是未出道的。很多載浮載沉的偶像，也想藉著這個節目，尋求再次成功的可能。有一個出道多年的偶像團體，曾大紅大紫，上遍各大音樂節目，也特地到海外宣傳。但這幾年面臨零活動的窘境，沒有任何表演機會，只能在這個節目裡，回到過去練習生的狀態。

他們出現在大家面前時，嚇壞了真正的練習生們，出道歌手有豐富舞台經驗，還有一定的粉絲支持。是勁敵。意外的是，這些出道歌手卻都落到了C、D等後面的等級，比練習生還要練習生。

種種風光的歷史，如今成了失敗的證據。求個翻身。踏上再次練習的旅程，對成為練習生的偶像們來說，是重生，也是拋棄。

7

頂樓空間裡的人總是來來去去。李行瑞隔壁房閒置許久，讓他偷到一點奢侈的安靜。上位房客是個二十出頭的年輕人，每天晚上他下班之後，李行瑞總可以聽到這年輕人跟女朋友說電話的聲音。那聲音忽大忽小，像吵架又像談情。在頂樓加蓋的隔間裡，儘管聲音流竄，但內容總是模糊，好幾次他嘗試去理解這年輕人喃喃些什麼卻總是失敗，他能感覺節奏韻律上上下下，但內容進不了他腦子，無法反述隻字片語。他索性享受這年輕人的聲調，一會兒興致高昂，一會兒低聲下氣。薄薄的木板傳來另一個人的感受，在鮮少與人互動的生活裡，李行瑞像是一台電腦複製貼上他人情緒。

這也算一種竊取嗎？

寧靜一段時日之後，有天晚上，隔壁房間突然傳來聲響。有人拖著東西，說話聲音模糊。是新房客？李行瑞想聽聽看是誰搬了進來，將耳朵靠上牆壁，聲音突然中止，只剩空心木牆裡的空氣聲。他不以為意。隔天早上出去買早餐之前，他又聽到有人走動，然後是開門與關門聲，那人關上門特別小心，李行瑞想從窗戶窺望是誰，但那人走得飛快，連背影都沒看到。

從那天起，隔壁房間總會在夜裡傳來聲音，李行瑞知道好日子結束了，寧靜暫告一段落。幸好那人不特別吵，只在回來時發出一點聲響，很快就歸於寂靜。但這樣刻意的安靜反倒是一種不自在，他有時會想起上一位年輕人說電話的激動與雀躍，那些紛雜的聲音是那麼屬於人的，那麼溫度。

8

李行瑞開始票選偶像，是在初等考試落榜一個多月後。那次他自信滿滿。參考書及到處搜羅來的考試祕訣都讀了好幾遍，考試那天答題也算順手，走出考場，覺得勝券在握。但放榜那天，他打上自己的准考證號碼查詢，畫面卻說「未通過」。他反覆試了好幾遍，自我催眠或許網頁一更新，結果就不同了。

總說網路世界虛幻，但到關鍵一刻，卻那麼現實。

電腦螢幕就停在未通過幾個字上。他看著那些字，突然感覺到四面牆往他身上倒下，所有的家具與物品都壓著他。這時候他才看清楚這三坪大小的房間，一間小衛浴，一張床、桌子和櫃子，是那樣的侷促，那樣的令人喘不過氣。牆壁上的水漬清晰可見，一條條像蛇，從天花板蔓延下來，環伺他的床，他每天睡覺翻身，就是跟這些蛇同床。天花板的裂縫，暈開了水漬，旁邊的裝潢紙因水膨脹。浴室裡，白色的磁磚上竟然長出一點一點的黴菌，密密麻麻地像爬滿螞蟻。他無法待在這裡，抓了錢包馬上跑了出去，走到鄰近的公車站牌，上了一台剛到站的公車，挑靠窗的位置坐下。

在不知道往哪的公車上，李行瑞沒有終點，只有一個清楚的目標：不下車。這部公車從城市的邊緣往北開，過了一條橋轉向了內湖，在市區裡東轉西繞，是他不熟悉的風景。一轉，美麗華摩天輪映入他眼簾，側面的，正面的。公車繼續行駛，通過隧道到了外雙溪，故宮，一路又轉到了天母，最後停在石牌。等到李行瑞下車，已是一小時之後的事了。陌生的所在，把他從房間裡抽離，也抽離了失落帶來的麻木。那是繼新鮮感之後，李行瑞找到的另一個嗎啡。搖擺的公車上，風景是丟棄的過去，目的地宣告一切重新開盤，可以回到任何狀態，不必理會那些字，水漬與黴菌。

回家之後，他點開YouTube，發現選秀節目第二季開始了。一位染紅髮的練習生引起他的注意，已經二十來歲的他，是男偶像出道的最後關頭。在緊張不安的氣氛下，他卻對一個十來歲的年輕參賽者特別照顧，打招呼，擁抱，幫助他學習生澀的舞蹈。在如此擠破頭競賽裡，他們不是競爭者，是彼此的照顧者。節目的溫暖賣點。

他看著節目裡練習生們跳舞，一組一組人馬輪番上台，舞台上每個人身影交錯，歌詞一句接著一句，看似混亂的空隙都是舞動的空間。每個人整齊劃一地揮舞雙手，擺動身體，身體關節都打在音樂的節拍上。李行瑞欣賞著這些舞蹈，不厭煩的，一個又一個，一次又一次。

這個紅髮的練習生，在鏡頭前永遠瞇著眼笑。他突然下定決心，要幫助這個練習生出道。

這成為李行瑞通過高普考之外，第二個重要任務。他在年輕時沒追過什麼偶像，這麼一刻突然惦記著這個異國年輕人。這件事情他誰也沒說。這個年紀參與這樣的投票，最適合是個祕密。

9

每週有幾天，李行瑞會到南陽街上課。擁擠的教室，台上老師整理重點一直強調哪裡必考，底下的人拚命抄寫。來上課的人大多是年輕人，但很多看得出來跟李行瑞年紀差不多，甚至還有更大的。在南陽街狹小的巷子裡窩著，只有吃飯時才能出來透透氣，但一走出教室，看到的還是滿滿人頭，整座城市變成了更大的教室，湧進更多人。他想找一個地方吃飯，但是每家店都排著長長的隊伍，他繞著繞著，過了二十分鐘，還在這幾條小街裡走不出去。

下午課程開始前，李行瑞會到二二八紀念公園的魚池旁坐著看人，午休的上班族，打盹的工人，也許是翹課的學生，還有像他一樣無所事事的中年男子。他發現自己很久沒說話了，決定考公職之後，世界就縮小了，他的眼睛與耳朵成為最敏感的器官，成天看著背誦的法規條文，聽著老師說什麼會考，他一面看，一面聽，但外界的景觀與聲響卻與他無關。

房東是他連結世界的真實存在，每次聽到房東進門打掃，他會主動跟房東聊個幾句，房東剛開始還會問他考得如何，一陣子後，這問題成了禁忌。第一次落榜的那天，房東開門進來，他沒有主動出去打招呼，反倒不自覺屏住呼吸，不發任何聲響，整個空間只剩房東的掃地與拖地聲，他輕輕關掉桌上檯燈，房間頓時變得昏暗，即使是白天。他默默聽著房東的呼吸和輕鬆哼唱聲，那曲子是他小時候爸媽常播放的小調。他不動也不動。那時候他才了解到，這房間不是過渡，是囚禁。

還好這感覺沒有維持太久，跟房東聊天還是他生活的一部分。隔壁房間的聲音出現一段時間後，有天回家碰巧遇到剛打掃完的房東，隨意聊了起來。房東詢問一下最近生活如何，漏水情形有沒有改善，接著提到現在找房客不簡單，他已經上網廣告很久，但是房間還是空的，來看房的人也不感興趣，房東還要他介紹朋友來看，一直說著是怎麼用心保養這棟房子。

李行瑞覺得奇怪，那房間不是已經住人了嗎？怎麼還是空房。他告訴房東隔壁房時常傳來聲音，房東瞪大眼睛，要李行瑞別嚇他，那房還是空著的，怎麼可能會有聲音，可能是其他房客太大聲了，才會被誤認是隔壁。房東接著還跟李行瑞抱歉，畢竟是木板隔間，隔音比較差，但是那房真的沒住人，不要誤會了，傳出去還以為房裡鬧鬼，更難找到房客。

李行瑞想，或許真是自己搞錯了，但是那聲音是那麼真實，不像假的，而且早上還聽到有人開門離開，難道真的是幻聽？還是自己的幻覺？考試壓力太大了？感官亂七八糟了？

那天晚上，到了九點多，隔壁房間還是靜悄悄，正當他要說服自己，這一切只是錯覺時，隔壁卻傳來開門聲，那腳步聲特意壓低，一下子就安靜下來。也許真的鬧鬼，這樣一想，他寒毛直豎，想靠牆壁聽得仔細，腦子卻冒出一個幽魂穿牆而來的恐怖景象。他制止自己這種漫無邊際的想像。鬼只會找上聽見他們的人，看見他們的人，李行瑞如果按捺不住，現在馬上過去敲門，就露餡了，自投羅網告訴鬼他的存在。那聲音或許真不是日常聲響，是餌，誰回應了，誰上鉤了。

隔天起床，隔壁的房間安安靜靜，他不知道是因為那人出門了，還是真的一切都錯覺，但現在房間裡讀書都覺得毛毛的，不能專心，背後似乎有什麼人盯著，悄悄監視，但他一回頭，什麼都沒有。

他把這件事告訴對面房客，一個三十出頭的男子，他一臉疑惑說自己什麼都沒聽到，反倒問李行瑞是不是讀書讀太累了？這男子其實在附近有份不錯的工作，收入也不差，李行瑞不懂他為什麼還要來住頂樓加蓋？擠進這個四坪大小的房間裡，冬冷夏熱的。這男子回答，要存錢就只能住這種房子。不然薪水都被房租扣光了。他的女朋友也常來找他，小倆口為了省錢，常常哪都不去，就窩在這小空間裡。每當看到一雙女鞋放在室友的房前。李行瑞總會特別小聲，在這幾乎沒有聲音隱私的房子裡，這是李行瑞可以給他們的一點小小私密感。

10

轉角最後一間，本來住了一個來台北當廚師的小師傅，因為工作不順利，好幾個月沒繳房租。房東要他搬出去，小師傅一開始還很客氣，後來口氣越來越差，說明自己沒錢也沒地方去，只能繼續賴著。之後房東聯絡他也聯絡不上，敲房門也不回應。最近，房東決定不收他房租，只要他離開就好，小師傅幾天前終於搬走了。

李行瑞對小師傅沒有什麼印象，在這裡，房裡的誰誰誰似乎都不重要，只有房間本身才是存在的。

那天看了小師傅搬離之後的房間狀態，實在太糟，一個人無法清理，房東臨時來找李行瑞幫忙。

李行瑞答應了，看到房間還是嚇到了，垃圾滿地，還有廚餘，棉被床單枕頭沾滿汗漬，一拍打還有白白一層灰，牆壁上一點一點黑，也是黴菌，衣櫃裡留著很多衣服，但應該沒洗，帶著很重的廚房油煙。地上擺滿了酒瓶，這小師傅應該喝了很多悶酒，米酒高粱都有，還有菸頭，整個房間瀰漫一股臭酸味。拉開床墊，單人床架破了洞，可以看到床底下塞滿東西。

房東與李行瑞把所有的垃圾都收集起來，丟到房子外，然後把地板與牆壁都刷洗一遍，但是很多汗漬怎麼刷都刷不掉，白色的牆壁看來全都變黃了；房東一邊清一邊抱怨現在租房真辛苦，要處理這些鳥事，改天把房間全都收起來好了。邊說邊生氣。

李行瑞知道，這間房必須重新整理，家具得重買，牆壁得再粉刷，住進來的新人不會知道這段有小師傅的過去、髒亂與味道。這將會是一個新場所，就像小師傅搬進來的第一天一樣。

11

說實在話，李行瑞不相信有什麼鬼。隔壁房間發出的分明是人的聲音。一天早上，他五點多就起床，躲到頂樓的另一處窺望，想知道到底是誰在那個房間裡。六點多，大門開了，一個年輕人小心翼翼，動作輕慢，從門口跑了出來。那個人身上掛著一個大背包和一個睡袋，看看兩邊沒有人，就往樓下跑了。李行瑞非常確定，雖然沒跟這個人說過幾次話，但他就是之前隔壁房的年輕人。竟然又跑回來了？

知道是誰之後，心底也沒放鬆。李行瑞現在想的是，為什麼是他？他離開前沒有把鑰匙交出去嗎？這樣偷偷摸摸可以嗎？這個年輕人繼續在夜晚回來，儘管持續壓低聲音，李行瑞還是察覺得到。

還在考慮要不要跟房東說的時候，那天中午準備去買午餐時，他的房門和隔壁房門一起開了，他們同時出來，同時尷尬，不知道該退回去還是繼續往前。李行瑞還在想要裝作若無其事很自然地說嗨，還是直接問他你怎麼能偷偷回來住時，那年輕人反倒主動開口打招呼，不慌不忙把房間鎖上，背上大包小包東西準備出門。

李行瑞回應寒暄幾句，兩人一同下樓。五層樓的階梯走得很長，他們往下，有一句沒一句搭著，年輕人說自己正在找工作，但沒說細節，反而關心李行瑞近況，把話題推到他身上。離開公寓之前，誰都沒有談到敏感的話題。年輕人也沒說自己搬回來了，李行瑞也沒開口。這件事變成兩人的默契。最後，那年輕人跟他說再見，一溜煙離開了。

12

在屋頂上遇到另一個房客林大伯。他老家在台東，老婆小孩沒有跟他上來，獨自來台北當建築工人。

李行瑞問他如何，他說工程暫時停了，因為什麼工安問題，他不懂，工頭只說等通知，但已經等很久了，得找別的工程才行。

林大伯每個月都要寄錢回去，壓力大，李行瑞發現幾個月不見，林大伯頭髮白很多了。頂樓另一端是一處小花園，他們常趁樓下的主人沒上來，在小花園走動，玫瑰茉莉等花綻放著，讓灰濛濛的頂樓增添許多色彩。這花園的主人對頂樓加蓋的房客不太和善，看到他們都不打招呼。李行瑞也挺怕他的，有一年夏天，一個強烈颱風來襲，李行瑞的房間漏水嚴重，雨像是潑水一樣從冷氣孔衝起來，他把所有的衣服拿去擋了，還是不行。這暴風雨不停，頂樓積水嚴重，裂縫滲水，樓下幾戶鄰居突然上來，憤怒地敲打大門，李行瑞開門，那些人馬上要求看他的房間，看漏水問題，他們一進來，大呼小叫抱怨現在他們的客廳像下雨一樣，根本擋不住水勢。他們怪罪頂樓加蓋，搞壞排水系統，其中一個女住戶特別激動，說要通報市政府，把這個頂樓加蓋拆一拆。

就在這時候，這個小花園的主人突然出現在房間門口，一句話都不說，鄙夷看了看李行瑞的房間，他不像來看漏水的，是來看頂樓加蓋裡是什麼東西，和住在裡面的人。他看了看李行瑞的書櫃，又瞧了瞧他的衣櫃，不斷噴水的冷氣孔正對書桌，桌上來不及收的器具已經濕成一片，這花園主人一句話也沒說，冷冷再看了李行瑞一眼，走開。

就是這一眼，壓根地讓李行瑞覺得心底不舒服。

李行瑞和林大伯靠在圍牆，看著遙遠的山，起了雲霧見不到頂，林大伯點起了菸，看看四周，幾乎每棟公寓上都有一層頂樓加蓋，多出來的空間變成必須存在的所在，整個社會不斷往上蓋起，但在這裡住最高的，看的卻是最低的風景。林大伯問起李行瑞，柯P說要台北市的頂樓加蓋全都拆光光，若拆到我們這邊，也是好幾年後的事了吧。說完他自己笑了出來。最近頂樓加蓋失火事件不斷出現，電線走火，煮食等原因都有。前陣子附近有一個老先生，因為冬至想要煮熱湯圓吃，不小心引起火災，最後還以危害公共安全罪給逮捕。還好所有房客都逃了出來。李行瑞那時也在圍觀的人群中，看到那老先生被警察帶出，發黑的臉一臉無奈，人群中有人罵他沒有公德心，不管他人死活。那老先生不知有沒有聽到，李行瑞在回去的路上，突然想到自己很久沒有吃到熱湯圓了。

那件事發生之後，房東嚴禁煮食，林大伯影響最大，以前李行瑞總會看到他拿著好幾袋菜上來，苦口婆心教大家怎麼煮能省錢，他有套簡單的廚具，也可以料理出一桌飯菜，但房東堅決要他把廚具搬離，因為安全問題，他也沒能說什麼。

「也許過幾年後這間頂樓加蓋真的就會被拆了，希望那時候我們都不在這裡。」林大伯吐了一口煙，對李行瑞說。

13

練習生雖要萬能，卻無法萬能。他們必須善用自身強項。節目裡第二次舞台的考核，就是把練習生分成唱歌，舞蹈，嘻哈等組，每個人回到了自己原來的崗位，做擅長的事。

人生是尋找中心的過程。一場場舞台的考驗，就是為了反映節目的最終精神，尋找團體的中心。這個人是隊伍的靈魂，是舞台的焦點。他不見得唱得最好，跳得最好，但是必須能攝人心，眼神肢體魅力蠱惑。他是舞台上的聚光燈，照耀自己又照耀他人。

14

關於隔壁房間的事，李行瑞始終沒跟房東說。那年輕人還是在夜裡來白天去，他們沒交談。但一度他以為時間真的倒轉。那是他剛開始準備考試的時候，搬進這屋子時挺興奮，新的開始，看不到這房子任何一點缺點。年輕人是他每天的聲音調劑，跟女朋友說話的聲音，洗澡的沖水聲，有時候是看電視突然的爆笑聲，或是跟家人的吵架聲。不過現在他不敢發出聲音，怕打壞了祕密。

經過幾次投票，李行瑞支持的紅髮選手得好幾次第一名。決賽之夜來到，李行瑞在電腦前看著，一連串的表演，無數人的尖叫，之前出道的女孩們都回來了，這場秀將到尾聲，最後的二十二個男孩，分為兩個隊伍，演出不同的曲子作為出道的暖身。在前一集，兩組隊員分別選出了心目中的中心者是誰。名次領先的選手不見得是表演中心。

結果揭曉。當舞台打開，熱騰騰的中心者走出來，底下的女孩一陣歡呼。這結果李行瑞想得不一樣，他支持的選手成了邊緣位置。一連串的歌舞之後，是出道的排名宣告。現場轉播的節目，節奏拉得特別長，一直等到最後，那紅髮的男孩終於順利成為第一名出道，一臉靦腆感謝大家的支持，站在金字塔上位，帶領著另外十位練習生，向著鏡頭喊著：「請國民製作人多多關照。」

李行瑞感覺自己完結了一件事情。跑上字幕時，他切掉了視窗。畫面消逝彷彿什麼事都沒發生過，一場三個月的煙火熱熱鬧鬧結束了。幾個月後，紅髮男孩跟他的團員們回到舞台，李行瑞也經歷了一場考試，一場放榜，這次他終於通過了，也已知道分發地點了。李行瑞看著台上那些練習生，不，現在已經不能稱作練習生了，是出道藝人。他們跳著出道曲，娛樂新聞播報他們如何打破銷售紀錄，歌曲下載率超高，又接了多少廣告等等。

準備一場高普考，讓李行瑞的時間感混亂，這些選手其實只出現在李行瑞的生命三個月，他卻覺得這些人陪他好幾年了，在他搬進來的那一天，這場選秀節目就開始了，練習生

子裡的自己大喊。不斷上台下台，李行瑞也跟著不斷上台下台。他跟著唱，跟著跳，在夜裡的練習室，對著鏡

搬離房間的那天，房東特別來恭喜他。他把所有的考試用書全都丟了，只留著幾件衣服。他的面前彷彿出現一個螢幕，螢幕之外有一個聲音正在訪問他：參加這個選秀的感想是什麼？他對著鏡頭笑了笑，本來想來寫個官方說詞，感謝大家的支持與愛戴，但最後決定什麼都不說，秀結束了，練習也結束了。

——原載二〇一八年七月《印刻文學生活誌》第一七九期

台北藝術大學碩士，現為德國海德堡大學漢學系博士候選人，研究晚清民初政治漫畫。喜歡幽默無厘頭的影集，還有驚悚電影。曾獲時報文學獎、聯合報文學獎、林榮三文學獎、中時開卷好書獎等。著有小說集《芭樂人生》，散文集《努力工作：我的家族勞動記事》、《機車生活》。

廖齒科——鄭如晴

車子轉近中山路，兩旁老舊的建築與街景風貌，幾乎與我二十幾歲離開時一模一樣，時光就停格在我最後匆匆的一瞥裡。只是現在多了些五顏六色、七橫八豎的廣告招牌。有如一張珍貴發黃的老照片，被人搗蛋用各色彩筆在上面惡意塗鴉似的，觀照的人除了婉惜外，還隱藏著難以接受的無奈。記憶中的中山路，是條會呼吸、充滿想像的人文街道，能做的生意這條街都有，它總是活生生，要告訴我什麼似的。這麼多年來，它確確實實活在我心中，反反覆覆，對我訴說一段年輕時我不能懂的情愛。

下了車，我找到了記憶中的廖齒科，在接近市府路口。房子還在，只是變成一家咖啡館。我突然想起《在咖啡冷掉前》那本書，如果這是個神奇的咖啡館，我進去坐在某個特定的座位上，會有都市傳說般的故事發生嗎？在喝第一口咖啡後與咖啡冷掉前，能回到我最想念的一天？在廖齒科的診所裡，聽聽父親和廖太太的談笑風生，看看他們彼此獨處時創造出來的，只有她和父親能懂的一種寧靜和快樂。

不用喝咖啡，我朝向過去的時光走去，廖齒科診所的大門依舊在。

父親帶我去廖齒科，不是去看牙，而是去作客。通過診間光滑的磨石子地，戴著眼鏡正在看牙的廖醫師抬起頭，透過厚厚的鏡片，含糊地和父親打了個招呼：「鄭桑！」默契似的，父親點點頭，就快步地進入診間後的廖家客廳。這是間洋日合一的起居室，門窗外的天井下有一座小水池，假山、瀑布、流水，純日本庭園的造景，把夏日的灼熱擋在戶外。幾束陽光透過天井照在池水上，盪漾著銀花碎金，幾條錦鯉優游其間。

一個女人笑吟吟的從裡間出來，父親要我喊她「歐巴桑」，但她一點也不像「歐巴桑」。一頭燙得蓬捲的短髮，一襲無袖花洋裝，腰間一條寬皮帶，勾勒出姣好的身材。腳上一雙白色細帶涼鞋，露出擦著豔紅蔻丹的腳趾。我幾乎不曾在現實中見過這樣的打扮，除了在電影裡。感覺中，她好像從影片或畫冊裡走出來的女人。這個女人就是廖太太，我聽父親一直這樣喚她。

她給父親沏了壺茶，給我一盒內有一顆顆銀色錫箔紙包裝的巧克力。打開奶頭般的小巧克力放進嘴裡，巧克力的濃醇香甜立刻在舌尖化開。她和父親時而日語時而台語的交談著。說到開心處，她咯咯的笑聲，與銀色巧克力在我嘴裡的吸吮聲融在一起，成為午後的如歌行板。我很少看到父親如此開懷，自從母親過世後。一絲幸福感偷偷升起，人的有些感受，可能一輩子不會再有，只存在於某個特定的時空組合裡。

偶爾，廖醫師沒有病患時會進來加入談話，但大多時刻他們說著我聽不懂的內容，時不時的廖太太就添了句：「阿諾內，鄭桑……」廖太太和鄭桑一聊就好幾個小時。那時繼母還未進我家門，有次我忍不住問父親，歐巴桑不能當我媽媽嗎？父親嚴肅的看我一眼說，小孩子不可以亂說話。

後來，父親一去日本好多年，這期間我們姊妹和繼母住在一起。廖太太有時會差人來帶我們去廖齒科吃飯，第一次吃壽喜燒就是在她家，牛肉的彈牙和鮮美，一直是我對壽喜燒的印象。當時並未留下任何照片，但是記憶裡吃壽喜燒的片段反而比照片更清晰。那伴隨著兩家孩子分搶食物的熱鬧，與廖太太來回飯桌和廚房的移動身影，呼應著那個有水光瀲灩的夏日午後，撥動著看不見的溫暖的弦。

繼母不喜歡廖太太，有次在抽屜裡我看到一疊父親的照片，似乎都被撕成兩半，照片中只有父親，身邊的人不見了。正納悶時繼母說：「我把廖太太撕了！」聽到這話，我心中一驚，那意味著往後的日子，廖太太不會再來看我們了。

直到家變被迫搬離台中，寄宿到鹿港伯父家。國二那年暑假，我必須到學校補課。伯父和廖太太商量，讓我到廖齒科寄住半個月。那時我正值青春期，開始懂得害羞與矜持，下了課總是把自己關在房裡。早晚進出廖齒科診間，總是低著頭，地上光亮的磨石子地，照鑑我如喪家犬般的形影。每天早餐時刻，我就聽到廖太太在廚房指揮管家做早飯的聲音，還有鍋碗瓢盆的撞擊聲，譜成一曲家庭生活的序曲。有那麼一瞬間，我真希望自己是廖太太的女兒。

離開她家的前一晚，廖太太到我房裡，關心的問我這半個月住得慣嗎？我很少受到年長女性的關懷，開始想像各種的可能性，忍不住問她：「你喜歡我爸爸嗎？」

她愣了一下，笑著說：「喜歡呀！喜歡朋友的那種喜歡！」這似乎不是我期待的答案。她看我有些失望，立刻接著說：「我和你爸爸是在日本讀書時的朋友，我認識他很久了，比妳媽媽還久！但是後來我嫁給廖醫師，妳爸娶了妳媽。我們還是好朋友！」廖太太的話很輕柔，比我的呼吸還低沉；又像陣微風輕輕吹過，寧靜而安詳。好像他們彼此間的友誼比石頭還老，似乎不需太多的解釋。

愛情不都是轟轟烈烈，有淚有恨的嗎？看多了瓊瑤的愛情故事，我突然覺得自己過去好像想太多，一直盼望著某事的發生，但事實離我的浪漫遐思很遠。

十幾年後父親回台，他的朋友只剩廖齒科一家。他像早為人所忘的一顆蒼石，長滿青苔，把冰河時期的冷都包裹起來。歷經漂泊的父親，看來有些滄桑。廖太太設宴歡迎父親，把舊時的朋友全找來。她對著大家說：「鄭桑回來了，我家客廳又要熱鬧了！」已退休的廖醫師在一旁微笑點頭，父親充滿感激地望著他。

那天走在回家的路上，我勾著父親的手臂，感受到父親眼瞳裡閃爍的火光：

「爸爸，廖太太一直愛著你？」

父親一聽，停止腳步，像做錯事被發現的孩子。

「妳可不要亂說，破壞人家的家庭！」

父親急得一張臉通紅，我彷彿看到一座心海，浪捲濤飛般的翻騰著。也許，藏在父親心裡的話，可能要留到下輩子說吧。

這時，父親忽然嘆了口氣：「其實我們當年差一點就結婚，她家裡反對，要她嫁醫生。她確實也嫁了個好丈夫。廖醫師也知道我們以前的事，但從來不反對我們兩家交往。這麼多年來，我一直很尊敬廖醫師，他是個人格者。」

迎面而來的一名醉漢，嘴裡斷續的哼著一首憂傷的歌。月亮在大樓頂的一角現身，獨自漫遊在時間停止的夜空中。

幾年後我離開台灣，父親過世，聽說廖太太有來上香，沒有眼淚，只是默默地離開。我想像她的背影，長長的有若走在荒野般。

這個平淡無奇的故事，在平凡得不能再平凡的情節中，隱藏著強烈的自制和炙熱的情感。

廖齒科消失了，我又回到咖啡館前，時光好像只有一杯咖啡的熱度長。

——原載二〇一八年七月十九日《中國時報》副刊

本文收錄於二〇一八年七月出版《細姨街的雜貨店》（時報）

專業寫作兼世新大學副教授，曾任教於國立台灣藝術大學。獲大專小說創作獎、中國文藝協會「小說創作獎」、文建會台灣文學獎、九歌現代兒童文學獎、「漂母杯」海峽兩岸散文大賽獎。散文多次入選古今文選、小學國語課本。

著有長篇小說《沸點》、《生死十二天》，中篇小說《少年鼓王》，散文《細姨街的雜貨店》、《散步到奧地利》、《和女兒談戀愛》、《關於愛，我們還不完美》等，兒童文學《親愛的外婆》、《頭痛的狐仙》、《巫婆愛吃什麼》，翻譯德國經典兒童文學《拉拉與我》系列、《小巫婆》、《小幽靈》等。

失物招領——章緣

我掉了一頂草帽，在一家匹薩店。那是我們高中畢業班的聚會，我一直在注意歷史老師法蘭克，他戴著頂茶色的鴨舌帽。他有各種各樣的帽子，戴這頂看起來跟其他頂一樣帥，因為他有一張瘦長的臉，深麥色的頭髮和水藍的眼珠，笑起來嘴角往左斜，看起來有點壞，特別適合戴帽子，當然他主要是想遮住禿頭。我一直看著他，想著畢業後就再也見不到他，他準備搬到西岸去了，就是這樣我把帽子忘了。

第二天，我特地去取帽子，因為夏天才剛開始。匹薩店在美林鎮的主街上，所有的店都在這條街上，冰淇淋店、文具店、乾洗店、加油站、藥房和超市。如果你需要什麼到主街上去就對了。吃過晚飯後我就去取，老闆認得我，「安娜！怎麼樣啊？要不要來一片匹薩？」打從我有記憶起，這家匹薩店就在這裡了，即使不是如此，他也會認得我的。當媽媽推著一歲大的我在主街出現時，鎮上的人都記住了我。他問我要去哪裡讀大學，要我以後記得常回家。

那天晚上開始下雨，下了整整一星期，前院的石頭長了青苔，草地上冒出幾棵野蘑菇，細細的長莖打傘似地頂個小尖帽。好容易太陽露臉，要出門時，我發現草帽上長出了一朵黃色小雛菊。

「我的草帽長出一朵花！」我驚叫。

媽媽在起居間裡拼圖，這是她多年來的娛樂，她正在拼一幅梵谷的郵差，綠油油藍汪汪的一片大海，每片拼圖上都有同樣的白色碎浪，她在藍綠海裡找線索，對我的大驚小怪如常地答：「哦，是嗎？」

我沒法像她那樣，什麼事都胸有成竹，對生活有種天生的信心。這不在我的血液裡。我天生就極端敏感，沒有安全感。沒有用，即使我一直在試圖模仿，我還是會被草帽上一朵無害的雛菊嚇到。

我戴上它，照著門口的穿衣鏡，草帽有點大，完全蓋住我凸翹的額頭，小鼻子，唇厚，細滑的黃臉上有黑痔沒有雀斑，兩道細細的鳳眼充滿懷疑。這不是我的草帽。

一定有誰拿錯了。雖然這草帽挺漂亮，甚至還多了一朵花，但我還是想找回屬於自己的草帽。媽媽常說丟掉的東西只要你記得掉在哪裡，總是可以找回來的，有好心人撿到了你的失物，他們會在原地等著，或交到警察局或負責的單位，例如火車站的失物招領。

但我想我是永遠失去它了。

「我的草帽掉了。」我走進起居間。

媽媽抬起頭，拿下架在鼻梁上的老花眼鏡，溫和的灰藍眼珠困惑地看著我。「你正戴著它呢！」

「這不是我的！」

「是嗎？我看不出有什麼不同。」她心不在焉地說，端詳手中的一枚綠色拼圖，它跟桌上其他拼圖沒什麼兩樣，至少在我看來。這是二千片的拼圖。小時候，她曾耐心陪我玩，我的第一個拼圖是白雪公主和七矮人，一共十片，我玩到閉著眼睛都能飛快排出來。然後是五十片，一百片，五百片，到了一千片，那是紐約市的布魯克林大橋夜景，我在璀燦的燈火裡迷了路。沒排完的拼圖，我的十四歲生日禮物，就那樣日復一日鋪在房間地板上，走來走去都要繞路，非常礙事。媽媽後來說：「這是你的拼圖，如果你想把它完成，你就完成，你想收起來，就收起來，想扔垃圾箱，」她停頓一下，「我建議你捐給第三世界的小孩。」

第三世界的小孩！電視上那些骨瘦如柴沒有飯吃的小孩，那些瀕臨死亡極需善心人士救助的小孩！媽媽就是這樣一個善心人士，她定期捐錢給慈善機關，在鄰里間收集舊衣物捐給貧戶，在教會裡主持慈善募款，感恩節時做火雞給隻身在外的學生吃。我就是她的善心最大的受惠者。第三世界的小孩！他們哪需要這種昂貴的拼圖？我惡意踢著那幅半成品，把已拼成的部分踢散開來，有的拼圖塊滾進床底。現在它們不完整了。不完整的拼圖就是一種詛咒，那個缺口破壞了整幅圖畫的和諧。它基本上就是個廢物了。

我看著低頭專心拼圖的媽媽，逐漸被時光漂白的麥色長髮鬆鬆挽成髻，垂下的幾絡髮絲拂在鬆弛的頸肉上。她從過了五十就開始發胖，一年五磅，怎麼樣也瘦不下來，她總嚷著要慢跑要跳有氧舞蹈，但是美好的週末，天氣好容易才放晴，她卻窩在家裡拼圖。

「今天沒有人看房子？」

「哦，下午有一對夫妻，很急的。」媽媽拿下眼鏡，「好像是華人。」

最近幾年，有很多華人來看房，不是住在這裡的華人，是從中國飛過來的，專程來投資房地產。我們這個小鎮到紐約就是一班公車，過了華盛頓大橋可換搭地鐵，既享有小鎮的安全寧靜，又能直通大都會，所以他們就來了。

紐約市。當我還沒上幼稚園，還沒加入小鎮白人為主的兒童群時，我們幾乎每週都去「大蘋果」。媽媽帶上大包包，裡頭是尿布、奶粉、果汁、乾糧、濕紙巾、乳液、防曬油、一套乾淨的衣褲，我最喜歡的小鹿斑比布偶，還有一兩本圖畫書，沉甸甸地掛在推車上。我們在高速公路邊的草地上等巴士，太陽曬得我臉上出汗，背上發癢，時間漫長得讓人受不了。等我們一上車找了位子坐下，她會舒口氣，帶著鼓勵的微笑看著我，「出發咯！親愛的。」這些勞途奔波其實是不必要的，因為後來證明，我跟誰都玩不來，但這就是媽媽，她永遠想給我最好的，出於一種強大的責任感。

在我還沒上學時，她總是喊我的中間名，Moon-moon，月月，這是我的第一個名字，是趙院長取的。我進院的那天，剛好是中秋節後一天，一輪滿月。媽媽告訴我，月亮對中國人來說，比太陽還重要，在詩詞歌賦裡不斷出現月亮的意象，跟中國人的性格和情感也比較貼近，保持著距離，淡淡地，美好的念想。有了我之後，媽媽爆發了一陣中國熱，瘋狂地閱讀關於中國的一切，但她越是深入，就越是迷惘，一時抓到了，一時又溜走。她跟我分享所有她知道關於中國的一切，我敢說我比學校那些正宗華人家庭的孩子知道更多，她甚至送我去上中文學校。

我回家來跟她說中文：我七歲了，我想吃餅乾，我是好孩子……她灰藍的眼睛裡帶著驕傲和困惑，把我摟在懷裡。我的名字叫月月，我上學了，我會數數兒……她只是摟著我。

當她叫我Moon-moon時，我更正她，是月月。月月！她模樣滑稽地噘起嘴，模仿我的唇形，就像我過去跟她學說話一樣，但她發不出月月的聲音。我寫中文作業時，她盯著那些方塊字，就像盯住一個個找不到方向和線索的拼圖塊。我不了解為什麼媽媽不懂中文？她不是神通廣大無所不知嗎？

我在房間裡大聲一遍遍讀詩，媽媽探頭看。我得意地讀得更大聲了：床前明月光，疑是地上霜。舉頭望明月，低頭思故鄉。

你在讀什麼？聽起來是詩？

是的，這首詩裡有我的名字。我指給她看，月字像一把梯子，她現在認得月這個字了，因為它是我的名字。

那麼，這是關於月亮的詩？它怎麼說？

說一個人看到月亮，想到自己的家鄉。

媽媽臉上突然露出一絲緊張的神色，但立即就被溫柔取代了，她小心翼翼地問，月月想念什麼呢？

我想念……我不知道想念什麼。媽媽和我的世界似乎已然完足。爸爸早在我五歲時就離開了，從此再沒見過，我只記得他很高大，把我抱起時，我很害怕。還好他很少抱我。他走後，我很快就把他淡忘了。

後來，媽媽又試著問過我，以各種暗示和刺探，你想念什麼嗎？再後來，我明白了，這問題跟爸爸無關。我說，我什麼都不記得，也就不想念什麼。媽媽摸摸我的頭，嘆口氣。她到底是希望我記得，還是不記得？

媽媽從來沒有隱瞞過我的身世。從我記事起，她就跟我說起我是怎麼來的。房間五斗櫃最底層有個紙盒，裡頭收著一條小碎花薄毯，當初我就被這條薄毯包裹著，放在了南京火車站的候車室長凳上，此外一無所有。沒有一張紙條寫著出生年月日，父母萬般的慚愧和請託，像珍妮·芳芳·湯姆遜那樣。也沒有一條紅線繫著一個玉珮，作為孩子永遠的念想，像克麗絲汀·珮珮·懷特一樣。我，安娜·月月·海瑟勒只有一條舊毛毯，起著毛球。

我天真地問：有人把我弄丟了嗎？他們沒有回去找我嗎？

媽媽很誠實地搖頭（誠實是她畢生的信仰），她沒有試圖美化我被親生父母棄養的事實。他們肯定很窮，肯定是有各種困難無法撫養你，她說，所以我成了你的媽媽。

十七年前，媽媽瑪麗安．伊芙．海瑟勒在南京孤兒院認養了一歲的我，因為她自己無法生育。在美國認養一個同文同種的小孩是非常困難的，小寶寶稀缺，認養的條件太苛刻，還有很多寶寶是健康有問題的，因為未婚小媽媽酗酒吸毒。從歐洲等地認養小孩，同樣要經過漫長的等待和沒完沒了的申請程序，媽媽已經三十八歲，不能再等。消息傳來，中國人重男輕女，一胎化控制人口雷厲風行，人們傾向於放棄他們的女兒，換取生養兒子的機會，有很多很多女嬰等待領養，認養的條件和審查相對寬鬆。在大紐約地區，很快出現了數百個像我們這樣的家庭，大家定期聚會，交流各種資訊，什麼地方能買到可愛的小旗袍、燈籠竹筷、春聯窗花之類。那時候市面上買不到中國娃娃，媽媽堅持不讓我玩金髮芭比，所以我有了全套的維尼小熊家族，還有可愛的小鹿斑比。媽媽曾經幫忙組織春節義賣，元宵提燈，中秋吃月餅的活動，大家都燃起了中國熱。他們的做法得到親友的讚揚和支持，認為對孩子心理健康有益。

小時候，在幾個生日派對上，當彩色氣球飄飛，我們吹著紙哨子，轉著塑膠製的竹蜻蜓，在某個人家的後院或客廳跑來跑去時，總聽到大人們在說，哦，我們將來要帶女孩們回南京去尋根，一定要帶她們回去。即使我還那麼小，也感覺到這個心願是如此沉重。我知道他們害怕。他們拚命把在美國能找到的二手中國文化給我們，但他們自己在那文化裡找不到方向。

我曾經以為，所有的孩子都跟父母長得不一樣，而父母可能因為某些原因，會把孩子送給別的更稱職的父母。

後來，珍妮的頭在牆上磕出了血，因為她恨自己沒有媽媽的大眼睛和藍眼珠，沒有金色柔軟的頭髮，太陽曬了會泛紅的白皮膚……後來，克麗絲汀進了急診室，開刀取出她吞下去的那個玉珮，她拒絕跟任何人說話，休學了一年……後來，我沒有再跟這些玩伴見面，媽媽也沒有再提起她們，雖然她還是跟其中幾個家庭保持聯繫，關注他們的臉書。

我像個模範一樣，平順地長大，成績不錯，游泳校隊，十五歲跟男孩子約會，十六歲擺脫掉我的童貞，不是班上最早，絕對不是，但至少沒太落後。現在，我抽屜裡有幾份美國排名前五十的大學入學許可。

我甚至一直去中文學校，直到成為學校最元老的學生，直到成了助教。他們說我的中文說得很流利，這真是個奇蹟，尤其是生在這樣的白人家庭。

即使是青春期，當別的同齡女孩快把她們的媽媽逼瘋，我還是那個黃色小甜心，微笑幾乎是我的第二層皮膚。她們用各種方式背對父母，她們天不怕地不怕，只怕變成跟媽媽一個樣兒。但是我怎麼能背對，我從未真的像她，她甚至沒法給我什麼化妝建議。我的皮膚緊實細緻，黑髮多且硬，扁平的胸扁平的臀，鼻子這麼小，眼皮好像永遠浮腫著。我醜嗎？美嗎？誰能告訴我，到底要反叛什麼？看著鏡子裡那個長著中國臉的我，我的外表和內在是分裂的。

我沒有進入過她的身體，從她的血肉裡生長，從無到有。她簽了一些文件，捐了錢，然後有了我。後悔的媽媽不能把孩子收回肚子裡，但是如果我的媽媽後悔了呢？我們看上去那麼甜蜜和諧，並肩微笑走在主街上，人們友善對我們揮手。但是當我們走出熟悉的美林鎮，走到了外頭世界，就像上回我們開車去北邊的新英格蘭，那裡清一色的白人，人們會多看我們一眼，搞不清楚一個中年白人女性和一個年輕的東方女孩是什麼關係。他們疑惑的眼神拋給我一串串的問題。歷史課上學到二次大戰時，美國土生土長的日裔小孩被送進了集中營，在那一刻，基因種族勝過了後天養成。現在沒有戰爭，但任何時候家庭裡都能挑起戰火，父母和小孩，美國和中國……這些問題單是臆想就已經太瘋狂，沒有人會去討論這些。

那些看房子的華人可沒那麼含蓄。當他們在媽媽辦公桌上見到我的照片時，總是會問：這是誰？聽到答案時，他們張大了嘴。英語比較流利的就要多問幾句，他們才不管什麼隱私不隱私，就好像有個什麼明清古董被偷運出國了，有權要問個清楚。媽媽總是告訴他們，南京孤兒院。

一諾房產仲介公司裡，媽媽是最資深的經紀人，這一波華人顧客，不約而同都找上媽媽，可能其他幾個同事沒敢爭取，覺得媽媽更能勝任吧，有個女兒從中國來。有的買客聽講不行（一般讀的能力強一點），這時，媽媽便會請我放學後去公司一趟，或是像現在這樣，在週六的傍晚跑一趟。

一諾房產仲介公司就像一般的民宅，它是一座小巧的兩層樓房，白牆，淡綠色的窗框，窗台上有小花盆，門口插著木牌寫著「一諾房產，值得信賴」。上班族只有週末才看房子，我進門時快五點，瓊和艾倫都在，喝著不知第幾杯咖啡，桌上有甜甜圈。艾倫拿了一個草莓醬的給我。可以換那個巧克力的嗎？我正要開口。

「月月！」

有人字正腔圓喊出我的中文名，一個陌生的女人。媽媽在旁興奮介紹說女人從南京來，這句話就足以讓我的心跳停了半拍，忘了我想換另一種口味。

那是個穿著兩件式套裝的女人，身材嬌小，戴著閃亮的耳環項鍊和戒指，打扮得異常正式，一個鑲金的粉紅方包放在膝頭。她正上下打量我。她身邊坐著一個理平頭戴眼鏡的中年男人，略有點發福，穿著襯衫和深色長褲、尖頭皮鞋，帶個真皮公事包。從他們的打扮，我猜不出他們是什麼教育背景，從事什麼行業。在我們這裡，除非有什麼正式活動，夏天大家都穿著短袖短褲，年輕人喜歡穿人字拖，有些成人穿平底涼鞋。

媽媽介紹說他們拿旅遊簽證，其實是在美國到處看房子。他們說南京好一點的公寓要美金一百萬。一百萬，我們這裡獨棟獨院的好房子都可以買三間了。他們坐媽媽的破車往山坡上的深宅大院去，那些華宅藏在林蔭深處，五房四衛三車庫，現代簡約風格，處處透著氣派。他們馬上就相中了一棟百萬豪宅，跟媽媽回到辦公室，簽約付意向金，讓媽媽去跟上家商談。

媽媽明顯為這即將到手、得來不費功夫的大生意弄得暈陶陶，當聽到這對夫婦來自南京時，忍不住打開了話匣子，甚至當他們要求見我一面時，媽媽便拿起了電話。那個盛妝的太太一直瞅著我看，好像我是什麼奇珍異獸，好像白人家庭的教養會讓我長出犄角。我低下頭去吃那個草莓醬甜甜圈。

「你會說中文？」彷佛要測試我的中文水準，她突然用中文跟我聊起來，「你媽媽說你要去讀大學了？去哪裡呢？」

這個問題我回答過無數次了，但還是第一次用中文回答，我講得有點不順暢。語言畢竟是一種日常工具，不用就會生鏽。申請大學對我不是問題，但大學的學費實在太高了，為了我讀大學，媽媽一直拚命在存錢，沒捨得換車，連著幾年沒有去度假。房產經紀人的收入不穩定，媽媽一直在傷腦筋，我知道我必須貸款，課餘時間拚命打工，麻煩的是，我也需要一部車……

「月月小姑娘，你長得真好，住在美國，還要去讀大學了。」她搖頭，有點感慨，「你真是幸運啊，遇上了這種好心的美國人。」

「嗯。」我需要在陌生人面前，為這種幸運感謝老天嗎？

女人突然摸了一記我的手臂，我往後一縮。她可能是想表達善意，但我不習慣陌生人間驟然的肢體接觸。這陌生人卻壓低聲音，用一種推心置腹的口吻說：「你親媽把你放在車站，人多的地方，就是希望你能活下去。我聽說在有些鄉下地方，不要的女嬰會被丟在荒郊野外……」

一直沉默著的那個男人也開口了，「是真的，鄉下人把女嬰放竹籃裡，傍晚時在村子裡轉，一家家問有人要嗎有人要嗎？問到最後沒人要，竹籃就被放在村外的土丘上，天一黑，野狗就來了……」

「好了，請你們在這裡簽個字。」媽媽遞過買房意向合同。「我馬上給對方經紀人打電話。」

他們忙著簽字，我低頭看著那難吃的甜甜圈。你要嘛就吃掉它，要不就帶回家，或者丟垃圾桶，總之，你自己要拿定主意。我起身離開時，沒有跟任何人打招呼。只聽得瓊抬高聲調對媽媽說：「你可真有先見之明啊，讓安娜學好了中文。」

我沿著一諾房產前的大馬路往前走，拐進圖書館的綠地，從後面停車場邊門繞出去，走上一條小土坡，接上肯特路，走個五分鐘，就到了我的學校，隔著鐵絲網是我們的籃球場，現在裡頭空無一人。我一直夢想打籃球，但身高不夠，只好進了游泳校隊。他們都說，華人子弟身材適合游泳地板運動之類的。但這些都是冷門運動，籃球才是王道。

不爭氣的眼淚湧上，我慶幸四下無人。

你要她嗎？要嗎？就像提著的是一籃雞蛋或麵餅。他們親眼看到了女嬰粉嫩的臉蛋，張著沒牙的嘴巴握緊小拳頭在哀哀啼哭。誰能不救助這脆弱可憐的小生命呢？但一個個女嬰就這樣被放在了荒涼的土丘上，野獸的利爪劃開她的粉臉，尖牙咬進她的胸膛。拒絕收下女嬰的村人成了共犯，是他們一起把女嬰餵了野獸！

我是幸運的。雖然我被遺棄了，但我被好人家收養了，雖然我成為白人世界裡的中國怪物，但我還活著，所以我是幸運的……

此刻我才發現，手裡竟然還抓著那個吃了一半的甜甜圈。我使勁把它丟過鐵絲網，抓住鐵絲網使勁搖晃，像一個絕望的囚徒。我用盡所有力氣喊出來：「我恨你們，我恨你們，我恨你們……」

不知過了多久，我的嗓子喊破了，全身力氣也散盡了，坐倒在地，腦裡一片空白。手機響了兩次，或三次，我沒接。媽媽一定到處在找我。我站起身來，拍掉褲子上的土泥，慢慢往回家路上走。

「嗨，安娜！」

一個戴著棒球帽的男人朝我走來，笑容滿面，是法蘭克。我擠出一絲微笑。

「你在這裡做什麼？」

我在他關切的注視下低下頭去，「我，我正要回家。」

「嗯，你瞧，我本來是不想告訴你的，但既然遇到了，我想這就是命運。」

我抬頭看他，他的表情很嚴肅。什麼命運？

「我想說的是，我有你的草帽。」法蘭克嘴角扯開一絲壞笑。

「什麼？」

「是的，安娜，我拿了你的草帽，那天聚會結束時，你忘了帶走。」

「啊，是的。」

「你要我拿來還你嗎？」他望著我，水藍的眼珠本來閃著促狹的泡泡，隨著我異常的沉默，逐漸沉了下去，「安娜，你還好吧？」

他溫柔的語氣，讓我只想撲到他懷裡痛哭一場。

「有什麼事，你都可以告訴我，你知道的對吧？」

「你想還我，就還給我，不想還我，就帶它走，或者把它丟到垃圾桶。」說完，我快步朝前走。

「安娜？安娜！」

我把一切都搞砸了。注定要失去的，就會失去，你無計可施，這就是命運。

一進家門，聞到了我喜歡的烤蘋果派香味。

媽媽從廚房裡出來，「你怎麼了？」

「沒什麼，只是累了。」我故作輕快，「我聞到什麼？你又拿超市裡的來糊弄我？」

「從小你吃的都是超市的好嗎？」媽媽笑了，「來杯咖啡？」

我們母女在飯桌前坐下來，我切了兩片熱騰騰的蘋果派放到餐盤上，那是青花圖紋的餐盤，媽媽特地在日本超市買的。日本的，中國的，看起來都一樣是東方的。

「你後悔過嗎？」我問。

媽媽看著我，我知道她懂。可以這樣做嗎？可以收養一個外表跟自己完全相異、一個中國的女孩嗎？孩子將來會有認同危機嗎？在那些生日派對上，說著要帶我們回南京尋根的時候，迷惘和疑慮就在那裡了。

「下午那對南京的夫婦很健談啊，讓你有感觸了？」

「你後悔嗎？」

「我感謝上天的安排。」

我們安靜吃著蘋果派。南京棄嬰的故事感覺遙遠了，我畢竟是生活在一個文明的國度。但或者，南京並沒有那麼遙遠，因為媽媽說了，那個有玉珮的克麗絲汀・珮珮・懷特，發了臉書，他們在南京找到親人了！

珮珮跟媽媽一起回到南京孤兒院探訪，地方媒體一報導，網路上一傳播，憑著兒時的一塊玉珮，竟然真的找到親爸。親媽幾年前病逝了，親爸一直記得當初給了小女兒這塊玉珮，那是家裡唯一值錢的東西，後來也知道女兒被送到南京孤兒院。家裡有個小她一歲的弟弟，懂事後曾回到孤兒院探聽姊姊的下落。

我點開了臉書，看到珮珮跟南京家人的合照，她的爸爸又黑又瘦很顯老，倒是弟弟跟她長得像，都像媽媽吧？

「現在有幾個家庭在約著一起去南京，你覺得呢？」

南京更近了，近得不僅是故事裡的原鄉，不僅是五斗櫃紙盒裡那條薄毯子。

「怎麼樣？」媽媽摟住我肩頭，「我一直知道你想回去，今天這房子已經談妥了，現金交易，可以進賬三萬多，我們的旅費有了！」

媽媽灰藍的眼睛裡閃著光彩，終於能實踐自己的承諾，帶女兒回去了。或者她是對的，或者我潛意識裡一直想回去，去填補生命最開頭的空缺，找回失落的那塊拼圖，所以才這麼認真學中文。是不是找到有血源關係的親人，我就完整了，不高興時敢大聲跟媽媽爭吵，離家出走，做出各種叛逆的事，在氣極的時候也可以理直氣壯喊出「你當初就不該領養我」的話？

深夜，白晝的暑氣消散了，夜涼如水，窗外蟲聲唧唧。附近人家早就拉下窗簾就寢，只在簷下留了一盞黃燈。這個小鎮，我的小鎮，全世界我唯一熟知的地方。再三個月我就要離開了，離開這林木交合的馬路，路兩旁樸素古雅的小樓房，推著嬰兒車散步的猶太媽媽，遛狗的年輕人，還有滑著輪鞋呼嘯而過的男孩女孩。一年又一年，春天我們打著噴嚏整理花圃，夏天在院子擺攤賣舊物，秋天我們把落葉掃成堆，冬天清理門前的積雪。四季的任何時候，屋裡都是安寧舒適的，媽媽在起居間排著拼圖，在廚房裡加熱超市的蘋果派……

我蓋著薄毯，躺在床上無法入睡。我比較怕冷，他們說是體質關係。有些東西，即使離開了，一樣留在我的血液裡。身子底下的床越來越硬，硬得像木板。十八歲的我，細長的身子蓋著小花毯躺在木板長椅上，四周是嘈雜的人聲，火車進站離站，廣播聲，吹哨聲……我戴著一頂草帽，一動也不動地躺著，靜待我的命運。車輪磨擦鐵軌，唧唧，唧唧，發出分娩陣痛似地尖叫，一朵、兩朵、三朵，越來越多黃雛菊從帽裡長出來……

第二天早上，我給法蘭克發了短信：我想告訴你，我有錢去讀大學了！還有，你可以擁有那頂草帽，因為是你撿到的！

本文收錄於二〇一八年三月出版《Ｋ書：試刊號？》（黑眼睛文化）

台灣台南人，台灣大學中文系畢業，紐約大學表演文化研究碩士。旅美多年，現居上海。曾獲聯合文學小説新人獎等多項重要文學獎，已出版七部短篇小説集、一部精選集、兩部長篇小説及隨筆集。作品多次入選海內外重要文集，包括《聯合文學20年短篇小説選》、《爾雅年度小説選三十年精編》、《九歌年度小説選》、《筆會》等，大陸《英譯中國當代短篇小説精選》、世界英文短篇小説研討會作品選刊（二〇一〇，二〇一二，二〇一六，二〇一八）。

愛妻——董啟章

小龍的志向，是當一個專業小說家。在決定結婚的時候，我說：你放心寫作吧，不用擔心錢的問題，家裡有我撐住。她卻說：多謝啦！我的目標是經濟獨立。我會有很多讀者！我知道她是個倔強的人，以後也很少在她面前直接談及經濟問題。

作為一個自小在文學培育中成長的人，小龍當然有很高的鑑賞力，但是，在寫作的時候，她不願意被局限於某一類型。她打從心底討厭所謂「嚴肅文學」和「通俗文學」的二分法，但她的寫作並非旨在打破什麼限界。她避免高調和姿態，拒絕任何主義或風潮的標籤，但說她追求的是雅俗共賞，她又嫌太陳俗無聊。她從來不理會什麼社會責任，聽到什麼抗爭、顛覆或賦權之類的呼求，就會頭痛和皺眉，覺得文學不應成為任何立場的政治宣傳；但是，當聽到有人說小說不外乎是「說個好故事」，或者是「說好一個故事」，她又會忿忿不平，好像這樣粗糙的主張把文學的意義貶低。

說小龍想走的是「中間路線」也不對，因為這好像暗示必須對兩方面同時妥協。她只是單純地相信，文學不一定跟大眾無緣，而質和量並不是互相排斥的東西。當然，從實際方面考慮，她知道單靠香港的閱讀人口，根本不可能支撐一個專業作家的生計。所以，她從一開始就把焦點放在她由獲獎而出道的台灣。至於中國大陸，當時的條件似乎還未成熟，但長遠來說也是一個不能排除的對象。她的終極目標，是作品能翻譯成外語，成為一個國際小說家。

對於小龍的雄心壯志，我一直毫無保留地表示支持。不過，對於文學在當今世代的處境，我是個悲觀主義者。我肯定她能夠為香港留下有價值的作品，但要衝出香港，甚至是衝出華語社會，立足世界，並且以寫小說實現經濟獨立，我心裡是不敢看好的。小龍深知我的看法，但我從沒有說任何令她洩氣的話，一直堅決地當她的經濟後盾，讓她無後顧之憂地追求她的理想。然而，也許最後這一點，恰恰說明了她未能達到當初設定的目標。到了她寫作生涯的中期，她也不得不默默地承認，而且陷入了深深的迷惘。

也許，我屬於那些食古不化的高級文學信仰者。像我這樣的人，在創作路上遇到障礙，很容易便會怨天尤人，或者自暴自棄。文壇上也出現過因此而反彈，成為徹底的媚俗者和文學憎惡者的極端例子。我覺得自己依然堅守當初的文學理想。我之所以放棄創作，轉向文學研究，只不過是換了另一種形式，為保存文學價值而努力。如果研究和教學，而非創作，才是我的才能所在，我樂於扮演不同的角色。而能夠同時支持一個富有創作才華的妻子，那真是最完美不過的配搭了。對此，我不但沒有怨言，還感到了深深的幸福。

小龍的第一部作品叫做《圓缺》，是一本中短篇小說集，一九九八年在台灣出版。當中同題的中篇，就是之前參加台灣小說新人獎的獲獎作品。那是一個關於換心的故事。一個十三歲少年，因為先天性心漏病導致心臟衰竭，急需換心以保命。幸好一個剛去世的同齡女孩的家人，願意捐出女孩的心臟，少年才得以生存下去。少年長大後，查出捐心者有一個孿生的妹妹，便想盡辦法接近對方，甚至跟她一樣報讀了相同的大學學系。男生和女生成為同學和好友，但女生卻不知道男生的身分。男生在女生身上，看見了那個當年救了他一命的女孩的樣貌，有時甚至產生混淆，當她們根本就是同一個人。可是，對方的心明明在自己的胸口裡跳動著。男生發現自己愛上了捐心者的孿生妹妹，對方似乎也對男生有好感，但兩人卻好像被什麼所阻礙而無法發展下去。男生因為一直隱瞞自己的身分，對女生產生歉疚之情。當他發現女生的姊姊當年原來因為給男人侵犯，不堪羞辱自殺而死，而這事件對妹妹造成了不能磨滅的雙重創傷，他的心靈也受到了巨大的打擊，而自己身分的真相也更難啟齒了。他原來裝進了一顆受傷的心，而這顆心同時屬於兩姊妹。男生開始感到自己身上發生某種奇妙的轉變。他的男人身體裡住著一顆女兒心，不但具有字面上的意義，他甚至體會到那位姊姊當年受辱的痛楚，而彷彿同時變成了施害者和受害者。他經歷著身心撕裂的痛苦，在一個突如其來的機會中，忍不住跟孿生妹妹發生關係。這場半推半就的性愛結果以失敗告終。男生痛哭起來，對女生做出了告白，而女生也因為受不住刺激昏倒過去。當讀者以為事情就此終結，男女雙方卻決定畢業後立即結婚，但他們也明白，性在兩人之間是不可能的事情。死去的姊姊永遠也會卡在他們中間，但這也是讓姊姊重生的唯一方法。至於那個曾經侵犯姊姊的人是誰，作者卻沒有交代。

雖然聽起來好像一個頗為濫情的故事，但小龍的寫法卻是非常地克制。無須多說，這篇小說在閱讀時的真正體驗，跟我在上面的複述完全不同。平淡的筆觸、生活化的細節、合乎常情的心理描寫——在看似平平無奇的氣氛中，讀者被一個又一個的揭示殺得措手不及。怪不得其中一位評審有這樣的意見：「在平靜細碎的日常之中，在緩和宜人的節奏之下，上演著一場激烈的內心風暴。作者並沒有譁眾取寵，相反卻是忠實而誠懇地，把處於特殊的臨界點的心理狀態，細膩而生動地描繪出來。」它跟小龍幾篇同時期的少作，合成一個單行本，一出來就大獲好評。這也奠定了龍鈺文小說的基本寫作風格。

兩年後，小龍交出了她的第二本書《平生》。這是她的第一本長篇小說。自此以後，她便以寫同樣的長篇為目標，而完全沒有再寫中短篇了。所謂的長篇，對她而言並不真的非常長，至少不會像比她早出道的D那樣，專寫些令人望而生畏（或者生厭？）的大部頭厚書。小龍的長篇，一般都不超過十五萬字，算是比較輕短。而她的行文，又是比較易讀的，也沒有什麼令人頭暈轉向的形式實驗，所以受到較多讀者的喜愛。她對《平生》能更進一步拓展讀者群，是帶有很大期望的。

《平生》的主角是一位已婚中年女教授，在英國某二線大學教英國文學。她的丈夫是英國人，在同校任教物理學。兩人育有一子一女。女主角在香港土生土長，畢業於港大文學院，背景跟小龍自己有點相似。她後來到倫敦大學念博士，遇到她的未來丈夫，結婚後便在英國定居，沒有再回港。女教授一直過著簡單而安穩的生活，直至有一天，她的班上來了一個女學生。這個女生來自香港，令女教授對她產生親切感。女生十分好學，課後經常留下來問功課，成績也非常優秀，對文學有很敏銳的觸覺。不過，女教授也對女生抱有戒心，總是覺得對方有點古怪。經過整個學期的觀察，女教授放鬆了對女生的戒備，在期考完結之後，還破例邀請女生到她家裡作客，一起慶祝耶誕。這是她教學多年來很少有的做法。女生自此經常到訪，成為了老師女兒的知心密友。兩人終日形影不離，有時女生甚至在教授家裡留宿。後來女兒告訴母親一個祕密——那位女生原來是一個男孩，但卻是個跨性別者，正計畫進行變性手術。女教授對於女生隱瞞身分感到十分憤怒，覺得對方是個不誠實的人，但是在女生的苦苦哀求下，還是忍不住原諒了她。女生於是比之前更融入教授的家庭，連她的兒子和丈夫也對她沒有防範，接受她成為全家的親密好友。丈夫甚至說，女生看起來像是妻子的親生女兒。大家都對自己的寬大和包容有點自我感覺良好。就在大家準備為跨性別女生慶祝生日的當天，女生被問到在生日蛋糕前許了什麼願望，她說：我的願望是，二十五年前把我生下來的母親，能夠認回我這個兒子。女教授當場嚇得昏倒下去。原來她二十多年前隻身離開香港，在英國落地生根，就是為了斬斷一段不堪回首的關係。想不到剪不斷，理還亂。以為已經長埋於地下的祕密，隔了半生還是破土而出。她的心裡浮現一系列的疑問：兒子是為了騙倒母親，才扮演成跨性別者嗎？還是他真的有這樣的性取向？他形成這樣的性取向的原因，跟他被母親拋棄有關嗎？她要為兒子的人生方向負上責任嗎？兒子的出現和親近，是處心積累的計謀嗎？為的是向狠心的母親報復，還是只是渴求尋回失去的母愛？在能夠解答這些問題之前，女教授的家庭，以至於她苦苦重建起來的人生，卻慢慢地開始崩潰了。

《平生》照樣獲得一致的好評，得到了好些獎項，銷量也比《圓缺》增加，但是，距離專業作家的理想還是有一段距離。不過，憑著著作得來的名聲，倒為小龍增添了寫小說以外周邊工作的機會。有一段日子，她經常到中學演講和教寫作班，又在不同的大學擔任寫作導師。這些收入來源並不穩定，而且占去了她不少寫作時間。至於報刊的固定專欄和不定期稿件，稿費相當微薄，除非日以繼夜地筆耕，否則難有經濟上的成果。在這樣的艱難處境下，小龍依然堅持向經濟獨立的目標努力，為的當然不只是一口氣，但也不是什麼女性自主的原則，而是文學應該同時具有精神和物質價值的信念吧。

在種種瑣碎和消磨的奔波之間，她還能在兩年內再寫出新長篇《尺素》，實在是令人驚歎的事情。這次的題材驟眼看來更為大膽。主角兼敘述者是一位三十多歲的女小說家，以大膽的情慾書寫走紅於文壇。有一天她收到一封從出版社轉寄過來的讀者來信，男性寫信人一開始就明言，他是一位在囚人士，正在赤柱監獄服刑。他首先表示對女作家的作品的景仰，感想說得頭頭是道，不像是客套話。他繼而表示自己從小就對寫作感到興趣，但一直苦無學習門路，只是自己胡亂看書和塗鴉，走了不少冤枉路。出來社會工作之後，也曾嘗試在網路上發表小說，不過讀者不多，也沒有什麼迴響。他自知這些都是不登大雅之堂的俗物，提起來也覺汗顏。自從因魯莽干犯罪行而鋃鐺入獄，回想自己虛擲的前半生，忽然萌生通過文學重獲新生的想法。他細數自己入獄前已經讀過的作者，包括莫言、王安憶、余華、張大春、朱天文等等，都是當代名家。對於香港本地作者，除了女作家之外卻不甚了了，甚為慚愧。他虛心地向她提出兩個請求：一是向他介紹值得細讀的香港作家，二是為他解答寫作上的難題。女作家被這封意想不到的信打動了，覺得此人實在難得，於是便動筆給對方寫了回信。來信人並無詳及他入獄的具體原因，女作家也覺得不便去問。

如此這般，女作家跟這位獄中文學愛好者保持通信。對方的信件時密時疏，但都寫得很長，裡面充滿著求知的熱情，以及自我更新的渴望。因為缺乏正規學習，有時難免會流露出幼稚陳俗的觀點，但也不乏有趣甚至精妙的看法。通信日久，兩人甚至會談及個人生活的點滴，流露出內心深處的感受。囚犯會談及他在破碎家庭成長的痛苦經歷，以及刻骨銘心但卻教人唏噓的戀愛故事，而女作家則忍不住對自己不甚滿意的婚姻作出種種暗示。不過，她始終保持警覺，點到即止。而且，也從不把自己家裡的地址向對方透露。她的戒心令她感到內疚，但對方畢竟是個陌生的犯罪者。

有一天，獄中文友來信說，他下個月將刑滿出獄，重獲自由。他希望能繼續跟女作家保持聯絡。為此，他給她寫了一個某商場單位的地址。女作家收到消息後，如夢初醒。她發現自己心裡冒起了不安，但是又同時按捺不住強烈的好奇。她決定先回信到那個新地址再算。一個月後，她收到從那個地址寄來的回信，信中洋溢著對新生活的熱望。對方表示自己重操故業，當麵包師傅，在一個舊朋友開的西餅店工作。他又透露，正打算以自己的經歷為藍本，創作一部長篇小說。少不免又向女作家請教了一些寫長篇的要訣。女作家對此充滿期盼，對文學的巨大潛移作用也信心大增。就算是一個教育程度不高，來自社會底層，而且又有案底的麵包師傅，也懂得欣賞文學，甚至創作文學。誰說文學只是少數菁英分子的專利？

奇怪的是，女作家回信後，對方卻一直沒有回音。她忍不住親身到那地址查看，發現那真的是一間小規模的西餅店。她遠遠地觀望，又在外面來回走了幾遍，但卻不敢走進去。她竟然害怕被對方認出。為此她感到非常羞恥。如是者連續去了三天，她終於鼓起勇氣走進餅店，裝作選購麵包，偷偷地四處張望。她始終不敢問店員，店裡有沒有一位叫做某某的師傅。回到家裡，她覺得自己的行為很荒謬。就算給她找到他，她打算怎樣？請他坐下來喝杯茶？談論他的小說進度？給他即時的指導和意見？還是給他送上自己的新書？

打消尋找對方的念頭，女作家的生活重回正軌，覺得事情還是告一段落為佳。大概過了三個月，報紙上的一則新聞吸引住她的目光。那是一宗風化案。案中被告某某，被控性侵和意圖強姦兩個年輕女生，因為是剛出獄不久的同類案件的慣犯，被重判入獄十五年。就在同一天下午，女作家收到一包郵件，裡面是一份幾十頁的手稿。一看字跡，就知道是那位獄中文友的手筆。她連忙坐下來細讀，發現是一部自傳式小說的零散片段，前面關於主人翁的成長，中間關於一段純真但最終失敗的戀愛，最後的部分，則是幾次強暴罪行的詳細描述。女作家從未讀過如此驚心動魄而又令人噁心的文字。她感到猶如自己被強暴一樣，極端地憤怒和痛苦，但又同時羞愧得無地自容。與這些粗糙而赤裸的文字相比，自己那些為人激賞的情慾小說，全都顯得異常地虛偽和造作。另外郵件又附上一封短信，內容講述了小說創作的原意和遇到的困難，以及最終放棄的原因。又提到在過往的幾個月，曾經多次在女作家住處樓下徘徊，結果還是緣慳一面。最後他感謝女作家多年來的耐心教導和慷慨分享。女作家像是做了一場惡夢，甚至是生了一場大病似地，好幾個月沒法寫作。家人也不知道她發生了什麼事。她決定去監獄探訪那個人。她要代表所有被他侵犯過的女性，去面對他，也彷彿同時是面對自己。不過，她首先得向獄中的他寫信，要求把她列入探監者的名單。最後，她收到他的拒絕信。

《尺素》是那麼尖銳的一個幻滅的故事。我懷疑當中多少反映了小龍的心境。這本書出版之後，評價甚高，但小龍卻好像並不特別感到鼓舞。她漸漸停止寫作以外的教學工作，也不再接受演講的邀請，潛心於下一本小說的創作。這本看似輕盈的小書，叫做《津渡》。故事講一個快將結婚的三十歲女子，一個人去了大嶼山的大澳旅遊。在過河的橫水渡上面，她突然產生一陣天旋地轉的迷失感。她決定在由舊警署改建而成的酒店住下來，沒有通知任何人自己的去向（其實在寫作的時候，大澳文物酒店尚未建成，而那個靠一條繩子把小木船拖過對岸的橫水渡，卻早已被新建的鐵橋取代。兩者的並置完全是時空跳接）。當晚，在酒店的餐廳，女子遇到一個年約五、六十歲之間的男人。對方問她是否一個人，又問可不可以請她喝一杯。那人說自己在附近開有機農莊，每天早上會親自送食材過來，晚上有時也會過來跟客人聊聊天。他又說自己是大澳人，長大後出去念書，法律學院畢業，在區域法院當了二十多年裁判官，退休後又回到大澳來。女人有點不太相信男人的話，但又對他感到好奇。他既有教養但又有點粗獷的外表也十分吸引。女人告訴男人自己已經有未婚夫，男人立即舉杯祝她新婚愉快。兩人聊了一整晚，男人離開之後，女人回到房間，發現自己對男人的舉手投足沒法忘懷。此後三天，兩人多次會面，男人帶女人四處遊覽大澳，看過棚屋和天后廟，也出過海，上過山。就是這樣的一個定格於不同的風景的、氣氛平靜、結構鬆散、節奏緩慢的小說。《津渡》不像前作般富有戲劇性，情節幾乎沒法覆述。最後，也不知道男人和女人之間有沒有發生什麼，以及會不會發展下去，只知道女主角再搭上那橫水渡的時候，決定取消婚約。

一如所料，《津渡》是個反高潮。它就像一團迷霧，讓讀者看得不知所以然。有評論者認為，在《尺素》的幻滅之後，《津渡》就只剩下風味，而沒有內容或意義了。當然也有人在「沒有故事性」上面做文章，甚至把《津渡》和《去年在馬倫巴》相提並論。那其實也不過是另一種不知所以然，沒話找話說而已。至於有論者反過來認為《津渡》過於通俗，向流行愛情小說靠攏，也就不足為奇了。怎樣也好，正如小說中的女主角正面對人生的轉捩點，《津渡》也可以說是小龍的小說生涯的橫水渡。從此之後，她就沒有再提專業寫作和經濟獨立了。我不是說她放棄創作，而是說，她接受了作為大學教授妻子的自己，不用再去煩惱什麼靠丈夫才能寫下去的閒話，以一個愛好者（也即是amateur這個詞的本義）的方式，繼續她的文學創作。

當然，龍鈺文還是龍鈺文。她不會因為不再著眼於銷量，而轉向冷僻或艱深的方向。對於文學形式的創新和實驗，一向也不是她感興趣的事情。可讀性始終是她的信念。在《津渡》和《朝暮》之間，相隔四年之久，令人一度以為龍鈺文已經「玩完」。這期間她只是出了一本名為《咄咄休休》的專欄文章結集。到了二〇〇八年《朝暮》出版，大家終於等到了小說家龍鈺文的回歸。也許由於這樣的心情，讀者對《朝暮》似乎看得比較寬鬆，很容易就收貨了。

作為愛情小說，《朝暮》把「忘年戀」的慣常模式倒轉了——它說的是一個初老女人和一個少年的情感。五十五歲的女主角是一個醫生，在大學保健中心工作，結婚三十年，兩個女兒已經大學畢業。她是個謹小慎微，循規蹈矩，對生活沒有任何不滿的女人。到了這年紀，一心只是等著退休和兩個女兒出嫁。除此以外，前面沒有什麼特別值得期盼。令她完全意料不到的是，一個經常來看病的男碩士生，竟然對她表示好感。男生經常送一些小東西給她，又藉辭約她吃飯。她雖然覺得古怪，但也不以為意，以為只是小男生的戀母情結作祟。曾經在年輕時懷有男胎但卻小產的女醫生，一直對男孩子有著既疼愛又迴避的複雜心理。當她知道男生年少喪母，她便禁不住對他生起憐惜之心。一個學期下來，女醫生發現自己在不知不覺間，對男生產生了微妙的感情，對他的健康和學業，甚至是私人生活也關心起來。當她聽到男生跟女同學交往的舊事，心裡竟然生出了妒忌。她警醒自己不要糊塗，及早結束這段曖昧的交往。可是，男生卻異常地堅決，並且趁機明確地表白，他愛上了比他年長三十年的女醫生。從他半年來的表現，女醫生相信他不是惡作劇，也不是一時衝動，但她沒法接受這樣荒誕的愛。她覺得除了她是女人和他是男人，所有條件也不對。而且，她對她自己的家庭有責任。作為緩兵之計，女醫生說，在男生完成碩士學位前，不要再提這樣的事。如是者又過了一年，男生碩士畢業，他再次向女醫生示愛，並且說：我已經完全準備好了！你呢？女醫生坦白地說：我和你之間，不可能有性。這個我接受不了。男生便說：我不需要性！我只需要愛！

小說的下半部，才是考驗的開始。從向丈夫提出離婚，到女兒的不解和責難，以至於親友的鄙棄，女醫生幾乎失去了前半生累積起來的所有東西。她擁有的就只是獨立的經濟能力和一間自己的房子。她在人世間幾乎尊嚴盡毀，就算是新認識的人，她也不敢向對方披露自己和男生的關係。在陌生人面前，她樂於被誤會為母子而不加解釋。可是，男生卻堅持雙方應該光明正大。為此兩人不時出現爭吵，但是很快又會和解。女醫生決定在退休之前，支持男生完成他的博士學位。除此，她沒有更長遠的打算，也做好了對方有一天要離開她的心理準備。男生卻向女醫生做出承諾，將來成為大學教授之後，要照料她的餘生。最後，男生向女醫生求婚。他們在沙田婚姻註冊處簽了字，兩人勾著臂，靜靜地沿著城門河畔前行。看不出是朝陽還是夕陽的金光，斜斜地照在兩人身上。

這樣的小說，簡直是個童話故事。但是，小龍卻有能耐把人物的心理寫得絲絲入扣，令讀者完全信服他們的行為。這對作者來說，需要等同於小說中那個男生的自信和決心。小龍的小說幾乎都有這樣的特色，那就是把不可能的處境寫成可能。她的小說沒有幻想或超現實的成分，全都是切切實實的生活描寫，但卻一致建基於某個不合人之常情和常理的設想。

兩年後出版的《風流》也是如此。一對三十多歲的男女，三年前各自單獨旅行時，在普吉島的一間度假酒店認識。樣子風流的男人，主動接近女人。女人起先反應冷淡，但漸漸又覺得男人有趣。當夜兩人半推半就，發生了關係。第二天開始把臂同遊，猶如親密伴侶。旅程結束，大家都獲得了意想不到的驚喜，但卻沒有更多的期待。男人在回港的航機上還戲稱，下次有機會再結伴旅行。之後，他們回到自己的工作和生活，就像只是做了個愜意的綺夢。幾個月後，女人完成了一件十分勞累的工作，想找個地方散散心。她想起了男人，聯絡上他。他立即請了假，陪女人去了沖繩。自此，兩人就成為了「旅伴」，每隔幾個月一起旅行，其他時間卻各自生活，從不見面。他們沒有詳細查問對方的背景，也沒有去確認真假。他們互相分享的，就只有每年那總共二十多天的共處。兩人以這種關係度過了三年，而小說集中敘述的，是三年內最後的一次旅行。這次的地點是馬爾地夫。在度假酒店裡，他們遇到一對度蜜月的年輕新婚夫婦。對方誤會他們也是一對夫妻，而不知何故兩人也沒有否認。由這誤解開始，他們發現彼此的關係悄悄地出現了變化。兩人不再像之前的瀟灑，開始多了顧慮、不安、猜疑和試探。他們都想確認對方究竟是玩票還是認真的，但在確認之前又不能暴露自己的意圖。雙方都以假求真，結果卻又假戲真做。這對「最佳旅伴」究竟能不能成為「最佳伴侶」呢？小說下半部有許多幽默而又諷刺的描述。結果貌似風流的男人宣稱，他由始至終都愛著女人，而且一直在默默地等待適當的時機向她表白。女人卻說她其實已經結婚，並且有一個六歲的兒子。最終她拒絕了男人，決定以後也不再跟他見面。遊戲規則已經被破壞，大家失去了維持關係的基礎。至於兩人所說的是否屬實，則無從稽考，似乎也無關重要了。

如果《朝暮》表達的是對超越肉體的愛情的信任，《風流》則彷彿做出一個反論，說明愛情是無法把握的虛幻事物，只有肉體才是實在的東西。有些讀者對這樣飄忽的觀點感到無所適從。《風流》似乎是小龍的小說中評價最差的一部。有人覺得此書言之無物，只是靠一對偷情男女的傷風敗德做賣點，結局的不確定也只是故弄玄虛。甚至有人認為，龍鈺文已經江郎才盡，原本便已經十分狹隘的識見再變不出什麼新花樣。至於採取文化批判角度的論者則斷言，龍鈺文由始至終也是一個小資產階級品味的二流小說家，既無意探討女性受壓迫的處境，也無力給弱勢者賦權，極其量也只是賣弄一下花巧的構思，寫些討人歡喜的奇情故事。

小龍心裡並不是不在意批評的。她還未超脫到那樣的地步，但她也不是個輕易認輸的人。大概在《風流》出版前後，內地興起了一股港台文學風潮。小龍的前期作品，也乘著這潮流出版了簡體字版本。不少港台作者都紛紛回到內地活動，尋找更大的市場和新的發展機遇。小龍也曾在出版社的安排下，參加過內地的書展，但對國內文化人的交往方式感到不慣，也對疲勞轟炸式的媒體採訪感到厭倦，很快就謝絕了同類活動的邀請。她發現，自己對於專業作家的理解已經發生變化。她堅持的與其說是工作流程和回報上的專業，不如說是創作態度上的專業。秉持著這樣的態度，管他是挫折還是機遇全都拋諸腦後，她在二〇一二年寫出了新作《無端》。

《無端》最特別的地方，就是它好像沒有什麼特別。要說故事的話，就是一個老掉了牙的紅杏出牆的故事。要說新意，就可能是那紅杏根本就沒出牆的理由和意圖。所有事情也是「無端」發生的，至少是表面上如此。故事的主人翁是一對小夫妻，兩人在中學時代是同學，畢業後沒有考進大學，一起在職業訓練學校進修餐飲業課程。女生從小就喜歡弄糕餅和甜點。中三的時候，她把家政課上烘的一個麵包送給男生。那是一個什麼花巧也沒有的，外表香脆而內裡鬆軟的十字包。兩小無猜的感情，就是這樣開始了。男生為了陪伴女友，也決定學習西式麵包和蛋糕製作。兩人學成後在酒店西餐部打過幾年工，女生甚至獲派到法國短期深造。後來男方向家人借了筆錢，和女友一起創業，開了一間小餅店。青梅竹馬的兩人也順理成章結了婚，夫妻倆一起為事業而奮鬥。餅店的口碑甚佳，生意不錯，但經營成本亦高，實際所賺不多。妻子後來利用臉書做宣傳，又上載自己的甜點製作短片，加上本人樣子亦甚甜美，在網絡上瘋傳起來，得了個「美女廚神」的稱號。店子的生意好起來，妻子連續不斷地接受媒體採訪，甚至獲邀開設專屬的節目，廚具和食材品牌亦爭相送上贊助。妻子變成了公眾人物，忙得不可開交，收入亦水漲船高。丈夫對妻子打出名堂十分高興，但內向的他情願全力打點店子，鎮守後方。後來一位當初幫妻子拍攝節目的監製，主動提出成為她的經理人。兩人開始打造各項發展大計，關係愈來愈親密。相反，丈夫只懂老老實實地躲在廚房，每天親自焗製麵包和西餅。不知什麼時候開始，夫妻的感情出現了變化。妻子經常因為工作而不回家，而丈夫就只能默默地等待。成為紅人的妻子，遵照經理人的意思，開始注重打扮，刻意經營自己的形象。她抱怨丈夫沒有遠大的眼光，不肯與時並進，永遠像個長不大的少年。丈夫的靜默和忍讓，在妻子的眼裡卻變成漠不關心。在一次到外地拍攝美食節目的時候，妻子跟經理人發生了關係。之後兩人維持著半公開半祕密的交往，連丈夫也察覺到事情的跡象，但他什麼也沒有說。大約半年後，妻子發現自己懷了經理人的孩子。她和經理人商量過後，決定跟丈夫離婚，而經理人亦答應跟她組織新的家庭。丈夫沒有提出反對，只是在簽署離婚協議書的時候忍不住流了淚。他交給妻子一個他親手做的十字包，說：想不到我們由吃麵包開始，也由吃麵包終結。妻子一邊吃著麵包，一邊流著眼淚。她忽然感到奇怪，兩人到了最後，明明依然還深愛對方，但是，為什麼卻會走到這個地步？可是，她已經不能回頭。兩年後，一個偶然的機會，女子回到餅店去，想看看變成了什麼模樣。那間小餅店還在，但已經易手，連名字也改了。她進去問了問店員，從前的老闆去了哪裡。新的老闆走出來，告訴她，那人半年前已經急病去世了。

只聽情節，這是個不折不扣的通俗愛情故事，感覺甚至有點過時。然而，小龍集中所有力量，一直緊扣著「無端」這一點，通過無數看似沒有特別意義的生活細節，不動聲色地把一對恩愛夫妻的關係推向無法挽回的結局。第三者的出現，也只是所有「無端」中之一環，並非獨立的決定性因素。而事情亦不能簡單地歸咎於任何人的道德缺失。愈看愈讓人透不過氣來的，是人心的難測和人事的無解。一切變化，都是數不盡的因緣的互動和累積。到當事人發現事情發展的勢態，要推倒重來已經太遲了。「無端」這一本質，實在是生命裡最可怕的東西。它能生成一切，也能毀滅一切。就連最深厚的愛，也無法抵擋「無端」的侵蝕。

也就是這樣的實力，令《無端》得到本地的一個長篇小說大獎。其中一位評審說：「對於小說傳統題材和敘事方法的回歸，在當今標奇立異和形式主義的文學界，是個難得的現象。」這樣的意見真可謂完全捉錯用神。不過，這個關係不大。那三十萬元的獎金，終於有點諷刺地實現了小龍追求多年而不得的經濟獨立和專業作家級的報酬。至少是短期內如此吧。她決定運用這筆歷來最大的收入，到英國去旅居一年，進行新的創作計畫。這是個完全獨立的決定。我作為丈夫，只須做出精神上的支持。其實，自《無端》完成之後，小龍的寫作停滯不前，已經差不多三年了。這筆獎金無疑是一陣及時雨，讓她可以完全自由行動，尋找創作的新動力。

——原載二〇一八年六月二十四~二十六日《自由時報》副刊

香港小說家，一九六七年生，曾獲聯合文學小說新人獎、聯合報長篇小說獎、香港藝術發展獎年度最佳藝術家、香港書展年度作家、香港書獎等；著作包括《地圖集》、《夢華錄》、《繁勝錄》、《博物誌》、《安卓珍尼》、《雙身》、《體育時期》、《天工開物・栩栩如真》、《時間繁史・啞瓷之光》、《學習年代》、《心》、《神》、《愛妻》等。

訪友未遇——王定國

愛可以死。愛也是冷靜的事。

——王定國

1

很多年了。每逢夏季或深秋，她會在度假的海邊給我寫信，有時只寫半張紙，有時卻又意猶未盡，在撕下來的空白頁裡寫滿了她對我的祝福。剛開始那幾年，雖然她已結了婚，我仍抱持著渺茫的希望，尤其當她傾訴著婚姻的苦悶，或潦草地吶喊著海風多熱啊、一個人的屋子裡多荒涼啊，那種無端被她撩起的瞬間，我真的會以為她在對我呼喚，暗示著我們之間或許還有某種可能，某種幽微的情愫那樣不可告人。

我沒有回過信給她，因為沒有地址，郵戳上只能看到模糊的字樣，因此也不難想像她就算還有愛意，卻又不那麼期待我的回音。通常她都是寫好了信，夾在行李中一起打包，等著在歐洲從事貿易的丈夫終於回國，才把那些隔靴搔癢的祝福帶回台北丟進了信箱。

後來我才明白，那只是一種驕傲的寂寞。其實她過得很好。我一直沒有結婚，大抵就是因為這樣的緣故。

我大略說完後，喝一口茶，有點後悔這樣告訴她。

聆聽我說話的是新婚的妻子，不久前我還稱呼她幽蘭小姐，這時卻已是婚後的第一個假日，接近黃昏的寂寥的下午。從我們並肩而坐的小茶几可以看見門口的小玄關、亮著燈光的浴室以及牆邊那張稍已陳舊的床，美其名為我們的新房。我本來提議要去看看新家具，她卻只想要聽聽我的羅曼史，於是只好這樣了。

「她長得怎樣？我還想再聽。」

「哪有怎樣，就是那種女生的樣子，該忘的我都忘了。」

「那如果有一天她來找你呢？」

「羅曼史都是失敗的，不然我們怎麼會坐在這裡？」

「難說吧，你們的感情那麼多年……」

她沒說完，看來也不想說了。再來也沒有新的話題。陽台盆栽的葉子這時突然哆哆響，飄起了八月的小雨，陽光卻還是很亮，房間裡幾乎沒有隱蔽的地方。大概是為了掩飾她這無端而起的醋意，她拿起茶壺去沖水，先在浴室裡摸索了幾分鐘，出來時拔起電壺，沖了茶卻還站在那裡。房間就這麼小，她的側面和背影一目瞭然，細肩頭，小小的圓臉，遲遲沒有走過來，看起來就是有點走不過來的樣子。

隔天下午她用電話交代，要我下班後自己吃飯，她要出去走走。

我沒吃飯就回來了，果然發現她已不在茶几旁等待。

房間裡並沒有明顯的異樣，屬於她的衣物本來就很少，因此也就不覺得她已經帶走了什麼。出去走走聽起來就是一種散步的路徑，不可能走遠，也不至於莫名失蹤，因此我決定躺下來等她。我認為她頂多只是順便去購物，就像婚後的女人出門買瓶醬油就回來了。

我從恍惚中醒來時，房間已經暗了。坦白說，我還以為她已經回來躺在床上，貓也會躺在床上，所有的疲憊、憂傷、無處可去的身軀都是來到床上得到平靜。因此我在準備開燈的瞬間還是充滿著僥倖的，以為她就只是蜷縮在黑暗中罷了。直到後來我走進浴室裡沖臉，發現洗臉台上她的牙刷已經不再並排著我的牙刷，這時我才開始感到驚慌。

我仔細回想結婚四天來對她做了什麼。真的沒有什麼。我還是認為不該太過著急，她出去走走也就是她會回來。我們認識才兩個月，不曾有過熱絡頻繁的交往，就像兩片葉子只是被風吹來疊在一起，難免就會因為彼此的動靜而稍稍感到一點點飄零。

當然，不可否認的，這片葉子突然飄走了。

兩個月前的下午，店門外來了一個老婦人，她先貼在玻璃上探著臉，走進來後就直接坐到我面前。街角這家眼鏡行是我和友人合開的加盟店，門市業務平常不歸我管，偶爾午後人多時我才跑到櫃檯來幫忙。

我問她要什麼，她說她是蔡太太。

「老厝邊啦，想起來否？就是阿強的老母啦。」

我好不容易才想起皺紋底下這張臉，趕緊招呼小姐倒茶來，她喜孜孜地忙說不要麻煩，一仰臉已喝到了杯底，看來走了很遠的路，領口和肩膀上的白碎花都濕透了。

我不知道她是不是要配眼鏡，瞞著什麼好事那樣神祕地瞧著我，難得把家鄉事寒暄完後卻又突然變成耳語，嗓聲壓低再壓低，還用手掌把那張嘴巴圈起來。

原來是來說媒，說的正是幽蘭小姐。

蔡太太在這節骨眼小聲說話是對的，可見她也知道我的處境，四字頭的歲數雖然說老不老，唯獨娶妻這種事早就過了時，一個男人既然已經獨身來到秋季，以後的歲末寒冬要怎麼度過其實早就想好了。

但她卻已開始敘述著幽蘭小姐這個人，說她活到這把年紀，還不曾看過那麼貼心乖巧的女孩。到底有多好呢，她把嗓門再壓低到只剩氣音，從那女孩的小學年代說起，多麼懂事的孩子啊，她媽媽從來都不用替她操心，直到現在母女兩人還相依為命，寸步不離喔，當然也就沒有經歷過什麼男女愛情……她愈說愈沙啞，看來一時半刻別想等她說完，然而她霸著櫃位未免也太久了，我只好偏著頭招呼其他剛進門的客人，不料突然聽見她揚聲說：「哼，汝是不相信，抑是看不起我這老伙仔？」

為了不讓她失望甚至惱怒，我只好認真問那女孩多少歲，提醒她萬一才二十來幾，那就別怪我挑剔喔，先說好，我不吃天鵝肉，也不想在別人背後變成笑談。

她很高興我又重回主題，也頗認同我的理念是那麼謙卑，頻頻點頭表示稱許，且在這時緊緊地闔上了嘴，神祕地朝我伸出三根手指，繼而一想，大概覺得不安，總算勉為其難追加了兩隻手，而且全攤開了，那小小的尾指因而顫抖了一下，她趕緊把它摺進去，於是其餘的九根手指便浩浩蕩蕩地呈現在我眼前。

然後笑咪咪地扳回她的劣勢說：「比你較少歲啦。」

蔡太太回去不到兩天，我母親和兩個妹妹緊接著發動攻勢。二妹率先發難，直接來電對我撒野，說要糾眾包車來堵我，除非我答應見人一面，否則別想出門去上班。接著就是大妹，已經是兩個孩子的媽，語氣總算沉穩多了，「哥，不要再這樣下去了好不好？」母親則是押後打來，說她為了這件事，決定找時間來看看我。

每次見到她，不論是在鄉下、後來的小鎮或在夢中，我都禁不住想哭。我抵擋不住這些空中的砲火來回轟炸，決定就在第三天主動聯絡了好整以暇的蔡太太，且在她欣慰又勤快的安排下，在一家飯店的咖啡廳見到了單獨前來的幽蘭小姐。

她穿一件簡便的灰色長洋裝，中等偏瘦的身材，外表看不出那年紀，但也很難說她不是那年紀。大凡人生徒長到這個歲次，眉眼間難免就有一種倉皇不安的時間感，那絕對不是因為疲憊或哀傷，總之不可能還像天真少女除了天真之外什麼痕跡都不殘留。幽蘭小姐當然也談不上美，甚而可說有點不美，幸好頗難得在她臉上有個特色，雖然臉型不大，卻在那顴骨下方延伸到嘴角上緣之處，很可愛地膨著粉粉的嬰兒頰，這很可貴，再美的酒窩也是要凹進去才美，它卻像個鮮桃那樣軟嫩地直接凸顯，一看就知道以後會是個被疼愛的人。

蔡太太交代不要問到年紀，其他沒有交代。因此我便喝著咖啡開始聊起過去從事過的一些雜瑣職類，然後再讓話題回到現在為什麼開了眼鏡行。我甚至暗示我們店裡每年寒暑假都會舉辦一些優惠活動，最近已開始進入旺季，忙到學校開課是絕對要的；至於平常淡日雖然清閒但其實不好過，每天打開門就得算計收入抵得過房租否？何況既然是租來的店面，當然每天晚上睡覺時錢照算，房東生病還是房東，我們這種做小生意的就只能配配眼鏡，但就是不配生一場病。

我雖然一再謙卑地攻擊自己，卻也不敢忽略初見面的和諧。我問她平常愛看什麼電影，對這次選舉有什麼看法，天蠍座的吧，看起來好有氣質，需要再來一杯飲料嗎？可惜幽蘭小姐好像不太喜歡談自己，她聽我說完某個段落時總是趁機喝點水，然後抿抿嘴，直到眼睛對上我的眼睛時才又趕緊避開。以她這麼拘謹的性情可想而知我們不會再有進展，這反而讓我整晚精神奕奕，反正只要漫無邊際說些話就好，人生的緣分有時就只是這麼倉促的一瞬間，若以後還能再見恐怕也是天涯海角那樣遙遠了。

當然，幽蘭小姐偶爾也會對我微微笑，尤其聽我說著生意場所的趣事時更且充滿著好奇。她的眼睛瞇起來很好看，有人是瞇起來就變成了小眼，她則只要瞇起眼睛就會顯露出一種很有意思的嫵媚。這很特別，文文靜靜的臉蛋通常不可能這麼撩人，而且看起來好像也不是刻意的。為了證實她這瞇眼的樣子是否純屬一兩次而已的僥倖，我每說完一件趣事就會像抓扒手那樣趕緊看著她的眼睛，可惜當她發現我又在看它，馬上又帶著那抹羞怯的眼色逃到我的領帶上。

「妳是不是很喜歡這個小別針？」我翻起領帶說。

她點點頭，「嗯，小小的黃菊花。」

「送妳。」我從領帶上拔下來遞給她。

她沒想到我會這麼做，又驚喜又猶豫，遲疑了半晌才謹慎地合起雙手來捧住它。於是我接著說：「妳知道嗎？我退伍當天臨時買的。當兵的時候每天看到的就是滿山遍野的這種黃菊花，因為山坡後面就是海嘛，所以我只要看到菊花就會特別想家。」

「嗯。」這次的回應更簡短，好像我說什麼她都能體會。

接著我又拉雜說了些多餘的事，說完也就忘了到底說了什麼。

我想蔡太太那邊應該就沒話說了吧，氣氛相當愉悅，誠心和誠意都做到了。人生哪次的見面不就是這樣的萍水相逢，有緣就多相聚，無緣也能做做普通朋友，若是無緣又沒巧遇，那又何苦還要在這人生曠野的悲風中鑽木取火。每個人都有自己的苦楚，我相信幽蘭小姐一定也有，想必今晚她也是拖著沉重的心情來，誰不想在青春歲月裡就擁有一生繫命的愛，誰願意那麼多年後還要勞煩一個蔡太太，好像都是被人挑剩的，何等幸運才又這樣臨時湊合起來。

幽蘭小姐把那菊花造型的別針放進皮包後，時間也來到十點了，我客套地問她是否想要早點回家，她竟然馬上說好，且已經動身準備站起來。

「我有開車，可以順便送妳回家。」

她其實有點想要答應，因為看來就是很想答應的樣子，但她卻又頓了一下，突然想起什麼而自語著說：啊，不用不用不用，真的不用。接著瞄了手錶一眼，大概又擔心我誤會，忙不迭地低聲解釋說：「剛好有一個朋友要來載我啦。」

我和幽蘭小姐便就是這樣分手的。

當我從地下室開車出來時，隔著玻璃卻還是聽見一陣陣瘋狂的沙沙聲，這才發現外面下著很大的雨，雨刷急速橫掃後只能看到模糊的街景，這不禁使我心裡一震，很擔心今晚的見面不太完美，萬一讓她淋到全身雨，傳到蔡太太耳裡還能聽嗎？

飯店前的雨廊下擠著一簇躲雨的黑影，一輛輛計程車把人載走後，我還是沒看到幽蘭小姐的身影，想了想可能也是自己多慮了，說不定她已搭上了友人的車子離去。於是我就不再停留，準備穿過飯店大門口直接開往回家的路。然而就在這時，廊下突然有個暗影朝我的車子衝過來，猛抓住怒海中的浮木似地，匆匆扳開了後車門，跨坐進來後我才知道是個女人。她不斷拍打著身上的雨水，低著臉簡短地喊了一個模糊的路名，然後說了聲謝謝。

我轉頭一看這個冒失鬼，完全沒想到，竟然就是她。

車子當然沒開動，因為她讓我看傻了眼，同時我又想到她發現後一定會覺得很丟臉，這時我如果出聲可能就會嚇到她，不知如何是好，只有等著她先把身上的雨水擦乾。

果然她擦到一半時已發覺不對，立即抬起頭探視過來，我根本還沒轉身面對她，已經聽見從她慌張的胸臆中呼嘯而出的驚叫聲，啊的一長聲，淹沒了這仲夏之夜驟然來到的暴雨聲。

那天晚上我沒有送她回家。

然而事實卻又已經擺在眼前，兩個月後她已成為了我的妻子。

倘若要我還原那後半段的場景，或者甚至容許我選擇一個重來的人生，我想，我還是尊重那天晚上的記憶就好，其他任何改變命運的途徑對我並沒有多大意義。我寧願就像現在，面對著空空的房間等她回來。她當然會再回來，因為我們之間還沒有愛。有愛才麻煩，有人就是因為曾經愛得太深才會一去不回。沒有愛就沒有苦，頂多像我現在的心這樣空蕩蕩，活著雖然就像死了，至少還能空蕩蕩地活著。

還是先讓她上車吧，我們幽蘭小姐還困在那麼窘迫的暴雨中。

在那無比狼狽的當下，她頻頻向我道歉，很羞愧把我當成了司機而急著想要下車，然而門一推開，雨彈馬上又猛射進來。我趕緊出聲留住她，她才縮回大腿，沮喪地低下頭，問她回家怎麼走，卻還是一樣那聲不用了。

「妳告訴我先走哪一條路就好。」

「真的不用了，我要去醫院。」

「妳怎麼了？」

「我媽在那裡住院。」

我問了哪家醫院後，把車子開到前面街角準備調頭，聽見她又不斷地致歉著。像是為了彌補這虧欠，她總算開始說起自己的事。但由於車頂上太大的雨聲，她說話的聲音大半都被打碎了，我只斷續聽見那幾個模糊的斷句：住院兩年，癌症末期，沒有其他人，不能全職上班，每天去陪伴，睡在醫院，等等諸如此類。

坦白說，我那時的心情是有些怨怪的，喝咖啡時不早說，讓我整晚為了氣氛得體一直搜索枯腸。急著要去醫院那又何必來見面，偏偏那麼倒楣下起這種雨，這算哪門子的緣分或巧遇，簡直就是自找的困境，隱瞞到非說不可的時候都說不清了。

但也許她那些話並不是說給我聽，而是在這雨中獨自責備著自己。我從昏暗中的後視鏡裡偷偷看著她，果然發現她只對著車窗說話，整個人灰灰地縮成一團，衣服黏在胸口，邊說邊打噴嚏，肩膀一動好像又有雨水從她的頭髮濺下來。

我把冷氣關掉了。

車子像條船慢慢划過積水的街道，兩旁的商店漸次熄滅了迷濛的燈光，騎樓下不斷有人冒著雨跑出來揮車子，再遠一點的就看不見了。這個場景是多荒謬又多陌生，卻又那麼逼真，使我不禁一陣毛骨悚然，總算讓我慢慢連結起來了——我不得不重新想起這幾天突然冒出來的蔡太太，緊接著對我窮追不捨的我的家人，然後就是車子裡的這女人——而我們剛剛喝完了初相識的咖啡正要去醫院。

可不是我想得太多，而是該說的她已慢慢透露了，其他不能說的大概還是只能藏在她心裡，恐怕就是和我一樣的處境，被一種可笑的現實逼迫而來，終於喝下了這樣一杯暴雨中的咖啡。遲婚的咖啡就是這麼苦，喝完了還不算，一場驟雨又把兩個人關在一起。

雨還是沒命地下著，前後兩人默默看著窗外，密閉空間逐漸滯悶起來。我不知道她是否也感受到了，靜默中似乎有個哼不出來的旋律正在迴旋，像一種吶喊，卻又沒有聲音，是那種說不出來的、小心翼翼的、不想被任何人聽見的聲音。

當我看著她碎步跑進醫院大廳時，那不斷迴旋的聲音還在車上，一直到我終於不慌不忙回到家，就在轉動著鑰匙開門的瞬間，那有點哀傷的旋律總算清清楚楚穿入我的耳膜，然後直接告訴我：她需要你。

兩個月後，我看著她披上婚紗，在她母親的病房戴上我的戒指。

病房裡沒有很多人，都是我的家人。我母親和我岳母合照，蔡太太趕來補上一張，三個老人上百條歡欣鼓舞的皺紋擠在一起擁抱。由於我的岳母只能躺在床上，其他兩個老人只好彎身往下趴，彷彿正在嘻暱著一個新生的嬰兒，彼此笑得吱吱叫著，一時忘了白色婚紗裡還有個流淚的新娘。

2

幽蘭也把手機帶出去了，然而她沒有開機。

自從請了外籍看護，以及由於結了婚不再勤跑醫院，她每天就開著手機追蹤病房訊息。既然把它關掉了，我想或許她就在醫院裡。

我趁時間還不晚，匆匆趕上了探病最後一班，病房裡卻靜悄悄，門縫裡瞧進去只有阿雅坐在角落削水梨。我招招手要她來到門外，「噓，小姐有來嗎？」她搖搖頭。我說我想進去坐坐，但妳千萬不要把病人叫醒喔。

阿雅似乎覺得很有趣，她們家鄉那邊大概很少有人像我這樣的神經質，竟也跟著我躡起腳來，忍忍地小聲說：「睡很久了，會醒耶。」

我擔心的就是她會突然醒來，一旦發現幽蘭不在，肯定懷疑我可能對她女兒怎麼了。她哪知道眼前這女婿也算難得了，婚禮那天比誰都著急，滿頭大汗拉著新娘趕到病房時，發出病危通知的醫生對我豎起大拇指。他的意思不難懂，只有凡人才能創造這種不平凡，我把死神嚇跑了。

岳母身上本來全都是管子，多虧了那場閃電婚禮，這時已不用戴著氧氣罩，雖然何時會再發警報很難說，但至少那愁苦的眉頭已經不再緊皺著，好像被一股欣慰的神采化開了。

我拿來一把小凳子坐在床邊，順便等著她的女兒會不會突然走進來。其實我很想告訴她，一切都是陰錯陽差，只因為剛好那天晚上下著雨，我才有機會見識到三十九歲還那樣孤單無助的幽蘭小姐。那是我第一次感覺到自己被需要，而被需要是那麼重要，我還不曾看過一個人被需要時能夠無動於衷。畢竟被需要與被愛不同，被需要是一種活下去的價值，反而愛或不愛才會使人想死。

我也很想讓她知道，這麼多年來，曾經對我表態的女性不知凡幾，而我都錯過了。我曾因為不小心瞄到咖啡桌下那雙美腿只是多了幾根腳毛，馬上就說不出話來。我也遇過那種閉月羞花的女人，只因為她握筆寫字的樣子很怪，後來就沒有再見面。也曾經有個難得愛看書的女生，整晚一直說著村上春樹，我也覺得非常討厭。我還碰過一個大手筆的媒人，一次帶來兩個雙胞胎，坦白說她們的母親一定是個大美人，我隨便挑個姊姊或妹妹絕對都是上選，可惜那種壓迫性的美又讓我想起往事，當場我也退卻了。

男人的愛一旦曾經被糟蹋，他很可能就會在那種傷痛中度過殘生，而不是再去糟蹋他所不愛的女人。我想表達的是在我眼中，幽蘭小姐並不屬於愛或不愛的那種典型，她是以她純樸的笨拙以及一種使我相當心疼的憂愁打動了我，也就是在那暴雨的當下，她讓我看見還有人和我一樣的困境，那已不再是緣分與否的問題，而是命運。

在我旁邊的阿雅靠著沙發床快要睡著了。

其實我也覺得對一個生病的岳母說這些話太過荒唐，人生還有什麼非說不可的呢？有些事一說出來就不能藏在心裡了。

於是我又默默地走出病房。

醫院幾乎就是幽蘭的娘家，我已想不出她還有什麼親人。

她只有兩個常聯絡的好友，一個卻已嫁到國外，另一個住在偏遠的島嶼之南，剛好都是一時半刻她無法到達的地方。那麼，所謂出去走走應該就是不用搭車的距離，那又何故留著衣服只帶走牙刷，未免太詭異，根本猜不出這是什麼想法。

我離開醫院後特別繞到廟宇末端一個荒涼的廢墟，幽蘭曾說很多年前那裡是個富豪家族的宅第，一場火災後連圍牆都已塌光了，只剩幾棵燒焦的老樹苦撐在空曠的庭院裡飄搖。她有一次去廟裡祈福順道經過那裡，才發現其中一棵枯木已爬滿了從旁寄生的攀藤花，從此她只要假日有空就會去那裡藏身，有時坐一下午也不會遇到人，黃昏時才拾起書本走回醫院。

廢墟的夜晚是更幽暗了，我卻忍不住就在幽暗中小小聲喊著她的名字，死靜的四周無人回應，只有腳下的落葉不斷被我踩碎的聲音。我不知道她為什麼常來這種地方躲藏，她的過去難道和我部分的記憶是重疊的嗎？若是真的這樣，我們最終還是會再來到同一條路上吧？

我從原路退出來時，不知道為什麼，心裡一陣陣苦澀的惆悵，這時我才發覺我們雖然沒有愛，卻有某些看不見的東西都被她帶走了。一個人本來還能簡單過日子，兩個人突然變回一個人就很難了。

我不禁開始自責起來。閒聊中我那無心透露的羅曼史可能傷到她了，本來以為既然結了婚，說說自己的小事應該無妨，何況那也只是個完全和她無關的女人。我怎麼知道女人最在意的還是女人，也許就因為那女人和她毫不相干，反而引起她更多漫無邊際的猜想。

我真該告訴她，故事歸故事，有些說不出來的，就算放在故事裡也說不出來。或者既然已經說起了故事，我就不該截頭去尾而讓她徒生錯誤的想像。她寧願和我關在午後的房間裡，應該不是那麼想要聆聽我的羅曼史，總該還為了某種她自己也說不出來的什麼，譬如藏在她心裡的疑惑：我們這樣的婚姻可不可靠，能有多久，會不會只是個玩笑，你突然和我結婚是因為對我的同情嗎？

很有可能她會這麼想，畢竟這男人對她來說太陌生了。

四天前在病房裡拜別她的母親後，大家馬上拖著她趕赴餐宴，一桌坐不滿的親人中，雖然每個都和她見過面，但也只見過那一面，難怪看著她就像看著一個鄰人剛搬來，想要對她好不知從何好起，只好張口結舌，個個繃著一臉無聲的笑。而終於穿著紅衣服的我母親，只顧對著幽蘭稱謝，滿臉都是那些擦不乾的淚水；兩個妹妹則頻頻對我擠眉弄眼，大意是要我多說話，不然就是盡量夾菜給新娘。

後來當然還是勞煩了蔡太太幫腔，她趕緊穿插了幾則來路不明的新婚趣談，總算把這其實充滿著祝福的生澀場面撐到終於苦盡甘來。

然而幽蘭的生疏感卻到曲終人散後還沒鬆綁。明明已經調暗了房間裡的燈光，她的眼神並沒有跟著暗下來，反而炯炯地瞪著天花板，時而對我的動靜一眼又一眼偷偷地看著。我只不過脫掉了熱死人的西裝外套，她已經把手掩在睡衣領口上了，光這小舉動就升高了房間裡的緊張，彷彿敵人已來到城下，還等不到誰來通知她是要關城門還是喊投降。

她的生疏還不只這樣，身上的衣物雖然後來還是脫了，卻又趕緊轉過身背對著我。說她羞怯其實又非常嚴謹，彷彿防備著旱季的深井被盜取，一手護在胯下，一手擋住胸口，說她抵死不從也許稍誇張，但那一副僵硬緊繃的模樣看起來真的就是要抵死不從。

我們雖然並不是為了這種事而結合，然而不做這種事又能如何一起走進哀樂的人生。她似乎也明白這個道理，後來也就順從地轉過來倒在我的懷裡，可是也就那樣靜靜躺著罷了，什麼動作都沒有，就算要她靠近再靠近還是撩不起那種擁抱的激情。

而當我總算進入她的身體，聽見的卻是一聲短促的「喔」。

隨著我每次的動作，她也明確而僵硬地再哼一聲「喔」。沒有什麼情緒的喔，就像一聲聲事不關己的痛，彷彿那是別人的身體，借她的嘴喔喔幾聲不知如何是好的無奈。

我無意挑剔床笫間這種不對榫的窘境，何況這種事也不可能對外人說。任何一個男人儘管好議論或愛吹噓，總把家裡的房間事當成一種禁忌，畢竟這與男人在外狎妓萬不相同，夫妻間的親密或疏離都屬於男性的尊嚴領域，很少有人會在茶餘飯後拿出來洩自己的底。

像幽蘭這樣對我如臨大敵的姿態，被人知道了還以為我們賣弄著假兮兮的浪漫風情。實則從她那樣異於常人的畏懼，我暗暗為她感到一種非常不捨的悲哀，雖然她有多少不堪往事是我無從想像的，但我能確定的是她不曾有過青春少女的快樂時光。

我很想她。

我離開那處廢墟後，車子停在一家速食店的空地上，開始沿著人多的馬路到處走，一路上只顧著迎面而來的臉孔，也一直想像著走在前面的那些背影是否就是她。我走了幾條街後才發覺又來到醫院門口，只好回頭再去找車子，然後慢慢開車回家。

在那茫然的亂走中，我打定主意，等她回來會把故事好好說完。

我當然會略過早逝的父親，也不打算訴說鄉下的童年，畢竟窮苦人家大致相同。為了生存，我們搬到鎮上。陽光照不進來的屋簷下，我母親擺著麵攤，而我幫忙照顧兩個年幼的妹妹。故事是否要在這裡打轉，我還不確定，畢竟生活的困頓遠比想像的還多。我母親在那當時還算是個年輕的寡婦，因而只是一個小小麵攤就引來了很多喜歡裝醉的男人。我應該不必敘述自己的母親是多辛酸，沒經歷過辛酸的女人不可能會在老後變得那樣慈祥。我倒是願意說說那兩個淘氣的妹妹，她們上了高中還像個小小孩，每天醒來卻要先趕到公路局車站，搶在第一班巴士發車前把清潔工項做完。因此，天未亮我就騎著一台經常拋錨的摩托車載她們，矮個子的二妹擠在中間，大妹坐後面，她負責披一條防水布緊扣在我肩上，一路隨風飄揚躲警察，也因此度過好幾年那樣颳風下雨的冬天。

那時我已休了學，回到鎮上兼了兩份工，每晚做到深夜還是惦記著趕回家寫信，寫著孤單的窗邊長長的信，寫給我一直離不開的那女孩，她繼續留在我休學的城市裡念大學，而我只能寫信思念，一直寫到入伍通知單終於寄來。

就在畢業那年夏天，她總算決定趁我當兵前要來見我一面。

幽蘭最想聽的、而我其實最不想說的，當然就是這裡。

我母親那天早早收掉了攤子上的麵菜鍋盤，兩個妹妹也穿上了新買的裙裝，老木頭的樓梯在那天午後被我們蹬得咚咚響，跑上跑下的一家人頻頻對撞在狹窄的梯間裡，一個個歡天喜地不知如何地傻笑著。時間愈近就愈緩慢，慢得屋角四周完全靜下來，只剩眨呀眨的眼睛彼此對看著，然後又嘻嘻傻笑著。即使二十年過去了，那幾雙眼睛依然還在我的傷痛中閃爍，像一隻隻蜻蜓的薄翼來到冬天的枝條上顫動著。

幽蘭昨天聽到的，有關那沒頭沒尾的羅曼史，說的就是她。

故事裡的她就要出現了，就要從我們小鎮河邊的路口走過來了。

那是我們相隔很久之後的見面。也是最後一面。

我就是知道她會回來。任何一種離開至少都有最後一次的回來。

只是我沒有想到會在接近凌晨的這深夜，開門動作很輕，用腳尖進來，停在小玄關望著漆黑的房間。房間和她出門時完全一樣。只有我不一樣，我回來後一直清醒著躺在床上，使她誤以為無聲無息的我不會醒來。

她沒有擾動空氣，這是她的心意，而且她也沒有開燈。

她可能會先走進浴室，也可能只是回來拿件衣服。那麼，她將會走到床後面，那裡緊挨著小小的塑膠衣櫥，裡面吊著秋天的夾克，和兩條裙子，還有幾件疊在一起的短夏衫。如果她想喝水，我已煮好了水。只要暫時不讓她知道我在等待，這就能給她慢慢摸索的時間，她坐下來喝水的時候還能想想自己或想想我們，想想我應該怎麼做，或者我們應該怎麼辦？

結果她和我想的不一樣，只像個沮喪的小偷看著空無一物的房間，或者也同時看著我。我倒是不擔心被她注視著臉，闔著眼睛應該就不會洩漏感情，而且我相信眼皮的顫抖不見得也會在黑暗中顫抖。

這時她卻悄悄挪身過來了，突然隔空把她的臉停在我的胸前。我感覺不到她身上的重量，她忽然沒有了重量，只用她的髮尾輕輕滑過胸口，沒有發出任何一點點聲音。

也許我應該睜開眼睛了。但我真的很想她，我很怕一睜開眼就中斷了我對她的想念。萬一她只是回來道別的呢？何況我自己還在悲傷，滿腦子都在整理著即將讓她知道的往事，如果毫不猶豫就起來面對她，這將使我來不及脫離故事裡的悲傷而忍不住流下淚來。

我應該先弄清楚她要做什麼？通常有一種離別是用輕微的探觸來表達不捨的內心，然後拎著行李走出家門。也有人是因為絕望，因而只是完成一種儀式性的抱別，從此不再有任何牽連。我不知道她這舉動屬於哪一種，這使我更加難受，儘管我很想要翻身起來抱住她，可是我又懷疑她並不想要那樣，也許她真的只是回來換一件衣服，很快又要從這裡走出去。

但此刻她似乎已經撐不住身體的重量，耳朵就像聽診那樣地緊貼下來，然後是她的臉，那鮮桃般的臉竟然冷得像一塊冰，像冰鑽那樣震到了我的腳底，把我全身那些頑固的、連自己也非常討厭的神經一下子驚醒了。

「對不起，把你吵醒了。」對著我的胸口說。

我準備起身開燈，她說不用了。

「你知道嗎？現在十一點五十九分，還沒超過一天，我趕回來就是要讓你知道，沒有超過一天都不算離開。我本來一直想要離開。」她用哭過的聲音說：「可是最後我還是想通了，你無緣無故對我這麼好，我不應該太任性拋下你，除非你也希望我這樣。」

我還是很想開燈，不太習慣沒有看著她，這會讓我覺得是在黑暗中對著某個陌生人。但她按住了我的手，「我自己好可怕，好悲哀，下午的時候竟然想到我媽為什麼還沒死，如果婚禮那天她就死了，我就不怕被她發現是不是離婚了啊？」

說完她放聲哭了起來，早就哭過的聲音已不堪再哭，哭得壓在身上的重量起起伏伏震動起來。而我被她按住的手開始發抖，大概是連著她的顫抖一起發作的，只好趕快反手過來緊緊把她握住了。

然而她並不期待我回答，仍然用她哽咽的聲音說：「我一整天都沒有離開這裡很遠，就一直走在路上，看到的人好像都是寫信給你的那個人。我沒看過她的長相，就更懷疑每張臉孔都是她。你知道我在說什麼嗎？就算你已對我那麼坦誠，但我怎麼知道你的腦海中已經沒有別人。如果我決定要回來，你是不是應該答應我一件事，帶我去找她，只要讓我看看她的樣子，哪怕只是遠遠看到她，我相信以後我就不怕了。」

「我真的不知道她在哪裡。」

「在海邊。」她說。

3

幽蘭一早忙著午後就要出發的行程，我答應由她做主。

兩個月來還不曾看到她這麼有精神，真像個快樂女人，除了準備路上的點心，還帶了兩頂遮陽帽、一瓶防曬油以及梳洗用品，簡直就是出門度假兼野餐。

我們沒有開車，她選搭火車，終點站卻沒有海。

「到台北再租車，這樣明天去海邊才方便。」說得有道理。

我不知道她那麼喜歡搭火車，一路專注著車窗外的景色，一看再看還是那些綠色山脈、方方的水田以及時不時從她頭上的天空飛過的鳥群。偶爾火車慢下來即將靠站時她又東張西望，很好奇那些跑來跑去的小販賣著的東西。火車進入山洞則是她最期待的，一百年沒搭過火車的女人，眼睛先閉起來，急著又張開，黑暗中緊靠著我，過山洞後才又縮回她的肩膀。

「以前最怕這種黑，緊張得好像快要撞到山壁了。」

說著笑了，然後等著下一個山洞。明滅之間的車廂玻璃映出她的臉，那是微瞇起來的倒影，像在奔馳中偷偷地和我道別。一個又一個山洞。一個又一個倒影。她使我想起有一次在女生宿舍樓下的等待，只不過就是等著那女生從樓上走下來或是剛從外面走回來，別無所求的我，只等著那一場冷戰中她能給我一點點笑容。

是這樣諷刺，二十年後的幽蘭要我一起去找她。

「你放輕鬆嘛，就當作我們去拜訪一個朋友。」

「我給妳名字，上網找她說不定比較容易。」

「那不一樣，是我們一起去，一起。」

出門前她是那麼認真，那麼愚蠢的天真，明知那是沒有地址的海，還是堅持要從海邊找到那個人。我隨她的意，昨晚在她的哭泣中答應的，除了去海邊，我還答應把更完整的故事說給她聽。既然注定是個什麼都沒有了的故事，說了出來又能再少掉什麼，只要她不再那麼莫名消失就好，走了一整天的路，不就是和我一樣的無路可走，那又何必還要走呢？

火車穿過所有的山洞後，她果然不忘回來自己的軌道上，慢慢打開了料理店的盒子，夾了一塊壽司塞到我嘴裡，自己也津津有味地聳聳肩，然後振奮著說：「好了，開始說故事囉，我好想聽。」

嗯，說故事。男人只剩下故事，大概就像一棵老樹只剩下枯枝。我還是相當懷疑她是否真的想聽，她想聽的應該還是那段語焉不詳的羅曼史，畢竟那裡面只有別人，她的困境終究還是在我身上，否則不會走了一天又走回來。

好吧，說故事，但願能說得節制，聽起來不再悲傷的故事。

我開始說了。我先讓她知道河邊那間房子，畢竟那是我們住得最久的地方，自然也是故事的終點，不像歡樂沒有終點。我們住的是一間老舊的磚屋，上面搭著夾層木造房的違章建築，由於房子後面一小部分跨著河岸，遠看就像一間隨時會掉進水裡的吊腳屋。

然後說起了賣麵的母親，兩個當時還那麼幼小的妹妹。

那樣困頓的歲月裡，我們一直熬到兩個妹妹從清潔工變成了車掌。大清早我還是騎著愈來愈老的那台摩托車，讓她們趕上往南或往北的第一班發車時間。然後，我停著不走，遠遠站在騎樓下聽著她們驕傲的吹哨聲。有時二妹會邊吹哨子邊瞟著我眨眨眼，大妹則老是把哨子吹得很急，然後用她另一隻手頻頻往後朝我甩動，無聲地大喊著快走啦、快去上班啦那樣的神情。

火車即將抵達台北時，雖然故事早已說完，我卻還保留著幽蘭她最想知道的一段，那也是任何一個生命都會無言以對的羞恥與黑暗——那女生終於從河邊那個路口走進來了。

幽蘭這時不再瞇著眼睛，不知何時她已揪緊了雙手。

那天午後，我母親忙著把一直雀躍著的妹妹擱在樓下，不讓她們跟著上樓湊熱鬧。我母親在那當時只顧著內心完全充滿的喜悅，根本沒有察覺我那微弱的愛其實正在被瓦解。嗯，她爬著灰暗的階梯時，我就知道了，爬得很慢，我很想回頭拉她一把，然而我的手就是撈不到她的手。

當一個人不被需要時，連一隻手也不會被需要。

但我還是繼續滔滔不絕，爬到樓上後，我告訴她每晚坐在哪裡寫信，每晚想她時坐在哪個窗口遙望著河岸淒迷的燈光。後來我還示範了一個東西給她看，那是我自己設計的一種類似火箭筒的拋線器，只要一按鈕就能把整組的釣線和蟲餌準確拋到下竿地點。我驕傲又謹慎地讓她知道，這個獨門釣技來自孤獨深處迸發出來的靈感，就是它陪我度過了極為漫長的孤單時光。

我以為她會喜歡。當我們想要盡全力愛一個人時，我們甚至連最卑微的也會奉獻出來。當時的我就是這麼想的，是那麼興奮地想要和她分享。因此，就在她疑惑的眼神中，我把整組釣線拋射出去了，接著把釣竿的握柄固定在窗台，然後開始等待著竿頭上那用來測知魚訊的小鈴鐺，期待它真的就在這個時刻、或只要再過幾秒、或者遲早總是會來到的某個瞬間，終於在她耳邊叮鈴叮鈴響起來。

「那是最難熬的寂寞，鈴鐺沒有響，我們也沒有說話。」

幽蘭聽到這裡，緊緊地握住我的手。

「我母親和兩個妹妹都在樓下等，雖然我也不知道她們到底是在等待著什麼，但空氣中就是漂浮著一種快令人沉不住氣的死靜，好像即將發生什麼，又好像其實已經全都發生了。而我那最小的妹妹，竟然滿嘴還在小小聲催促著：快響啊、趕快叮鈴叮鈴響啊、快快響起來啊⋯⋯。我在樓上都聽見了。」

「後來呢？」

啊，後來。「後來我們四個人就看著她的背影離開。我母親推我一把，要我趕快上前陪她一起走到車站。很奇怪那天下午不論我多麼想要走快一點，兩條腿就是沉重得跨不出去，那時我就是知道，她已經走進一個非常遙遠的世界，從此不會再來了。」

這麼不像話的故事，幽蘭還沒聽完已經噙滿了淚光。

車站附近有一家很老的小飯店，我們投宿在那裡，由於設備十分簡陋，樓下也不再供餐了，卸下行李後，我提議出去外面走走。

幽蘭對這熱鬧城市相當陌生，這使我覺得自己還能揮灑，我除了讓她知道沒有念到畢業的那所大學，還指給她看以前的書店一條街、歷久不衰的補習大樓，以及我不說當然也不知道的二二八紀念公園。

我還提起那年隨著部隊移防回來時，從基隆碼頭下船後就是乘著軍用卡車經過這個城市，那晚的自由空氣清新無比，滿車都是蠢蠢欲動的禁錮與渴望，唯獨那時的我已經沒有夢，兩眼緊閉在蕭瑟的風中，只等著卡車跨過大橋後把我那些殘存的記憶帶走。

「那時你已經每天晚上穿著襪子了嗎？」

她問得太過突兀，這問題使我啞口無言，幸好附近正在挖管線，就算回話也是滿口的噪音。我們繼續走，來到一個安靜的小公園，我指著一塊招牌告訴她，「我們預約的租車公司就在那裡，明天不能睡太晚喔，第一站先到宜蘭，往東大概只能開到附近的鼻頭角，太貪心就跑到花蓮去了。其實只要不離開台北太遠，北海岸還有很多地方都可以走走，金山、淡水那邊也有很多景點，反正到處都是海。」

「這樣就能找到她？」

「妳想想看，大海撈針能找到什麼？」

「那為什麼要來，昨晚你應該拒絕的。」

我真想告訴她，不知道為什麼，我只有對她不會拒絕。一個女人趕在半夜回來哭泣，總有她說不出來的愛與不捨，否則她就不會回來了。如果她真的就是最後的伴侶，我還有什麼理由要拒絕她。

我擔心她的情緒又低落下來，難得我已把故事說完，她對海邊那女人的印象該也不會好到哪裡，接下來只要不再讓她無故離開，這倉促的婚姻差不多就能否極泰來了。

於是我接著轉移話題，開始吹噓我的眼鏡行。我相信只要特惠活動繼續乘勝追擊，明年或者最慢後年，至少也是不久的將來，我們將會擁有一間真正屬於自己的房子，那時妳愛怎麼布置我們的新房都隨妳了。

我說了這些卻沒有奏效，她竟然又提起了襪子。

「你知道為什麼我突然想要離開你嗎？」

「我不知道。」

「襪子，你一直穿著襪子。這種八月的夏天，不分日夜，你連睡覺也穿著襪子。我想了很久，一直想不透，到底那是什麼陰影，讓你又穿襪子又作惡夢，睡到一半突然坐起來，好像就要套上鞋子跑出去了。我不敢問，但是又很害怕，一直穿著襪子不就是隨時準備要跑掉嗎？」

「穿習慣的襪子，就像穿著睡衣一樣。」

「不一樣。小時候我父親每天都揹著賭債，經常半夜叫醒我們趕快逃。有一次冬天，我來不及，因為找不到襪子……」

「來不及？當時妳就應該先跑再說了。」

「襪子不是很重要嗎？」

啊，到底多重要的襪子？

「討債的人堵在我面前，問我在做什麼？我說我在找襪子。他說要不要幫妳找，我跟他說不用了，可是這時他突然蹲下來，把我身上的衣服一下子拉到肩膀下……」說著紅了眼眶，沒有看我，看著人來人往的街道，「你一直脫不掉的襪子，是不是就像留在我身上的陰影，如果有一天你也突然說要離開我，我想我還是會一樣來不及……」

我們這時還在路上，路上的人影全都模糊了。我沒有想到她會說出這樣的事，說著說著卻又沒說完，突然轉身過來靠在我的肩膀上，眾目睽睽，只好把臉鑽進了我的臂彎，然後哆嗦起來。

都該怪我，都是我的襪子所引起。竟然只因為一雙取暖的襪子。然而就算剁掉了雙腳，我相信那種冰冷的感覺還是會流竄全身，與其那樣，穿著襪子總能想像它會帶來溫暖，即便有時還是抵擋不住那種來自愛的悲哀。

那麼，幽蘭應該也是一樣的吧，沒有人知道的痛永遠是最痛的，難怪煎熬了那麼多年還在心裡糾纏。我匆匆抱緊了她，說不出什麼安慰的話，也不知道這要怎麼安慰，只能壓抑著內心的震驚，無聲地在她背後猛點頭。

一切都明白了，我心裡說。

在這擾攘的街聲中，沒有人聽見她說了什麼。不被聽見的內心永遠都是孤獨的。或者就算被聽見了，由於只是關於襪子而已的事，也就無關於任何人了。

就只是她的襪子，和我的襪子。

我們後來沒有用餐就直接回到飯店，由於一種忽然來到的傷感，兩人都不再說話但也不覺得應該說話。空氣中已經沒有那種生疏的氣味，我看見她匆匆擦掉了淚水，轉身過來讓我看著她破涕為笑的臉，那麼一副想要非常勇敢的樣子，眼睛又微瞇起來對我笑著，像要讓我知道一切都過去了。

「對了，」她突然說：「點心都沒吃完，就當作一餐好嗎？」

她看我猛點頭，渾身一下子輕快俐落起來，忙著拿出袋子裡的那幾樣東西，這才發現窗邊的小圓几雖然可以擺放，卻只有一張茶椅。我以為她會要我去坐在那張椅子上，而她就像前天聽著羅曼史那樣走來走去。結果她並不這樣了。她指著旁邊的床，然後看看我。或不如這麼說——她指著我們前幾天去過了卻很快又折返的黯淡的桃花源，然後看看我，等著我來表示意見。

於是，幾分鐘後，有點沉重卻又那麼喜悅的衝動中，我們來到床上了，兩個人靠攏著兩雙腿，上面鋪著白浴巾，就這樣歪歪斜斜擺上了冷飯糰和可樂餅之類的小點。

那麼寒酸的晚餐，最後還是沒有吃完，吃到一半就把它挪開了。

結婚以來，認真說來，我們第三次擁抱，兩百公里外的異鄉。

我一次又一次摸索著她不曾那麼柔軟的身體，也非常訝異她能完全裸裎而且不再畏懼，她曾經找不到的那雙襪子，好像在這一刻終於找到了。穿不穿襪子本來就是無關於苦難的，然而人生的苦難往往就是留下最小的象徵而成為傷痕。

我一直親吻著她圓潤的臉頰，難得看著它回復了鮮桃那樣的紅。她的眼睛則從一開始就緊閉著。其實我也知道當我貼在她的身上，她不可能沒有偷偷睇著這男人的汗背或者略灰的頭髮，或者至少悄悄觀察著這傢伙是否真心愛她。我倒是希望今晚她就一直緊閉著，就像她所害怕的山洞那樣，所有的歡愉不都是來自漫長的黑暗嗎？她最害怕的應該也是她最想要穿越的，就像現在一樣已經穿越了。

整晚再也沒有那一聲聲無心無意的「喔」。

洞房那夜她用別人的身體，今天晚上她以她自己。

我們起得晚了，趕到宜蘭只來得及簡單的午餐。

幸好她沒有抱怨，不過也滿訝異她沒有抱怨，她似乎已經忘了為什麼今天要來海邊。午餐後的遨遊中，海邊的高丘上不乏那些岩灰色或藍白相間的度假別墅，她卻一點都不認真看，只在有意無意間掠過了幾眼，那飄忽的神色甚至是帶著敵意的，一陣風吹來就把她的注意力吹散了。

比起火車，看來她更喜歡沙灘，一下車就連跑帶跳直奔大海，遠遠站在沙灘的末端等著浪潮來，卻一看到小小的浪花就急著往回跑，於是只好繼續等潮來，然後又繼續躲浪花。

我穿著鞋子，當然也穿著襪子，一來就蹲在乾沙上看著她所追逐的海。沒有風浪的海是多謙卑的海，就因為那麼平靜才讓我看見了那些船，一艘又一艘從我的視野中漫盪而去。

我沒有趕時間，就一直看著她往前往後地跑跳著。我完全沒有想到她會這麼喜歡沙灘，不知道有沒有人只喜歡沙灘不喜歡海，沒有風浪的海才像完美的戀愛，我自從碰到風浪後就連小小的沙灘也非常不喜歡。

不喜歡沙灘的人大概連其他什麼都不會喜歡了。我的世界也就剩下眼前這個躲浪人，像個笨蛋那樣地空跑著，真懷疑她跑到現在根本還沒有沾到一點點海水，膽子那麼小，裙底都被那些螃蟹看光了。

為什麼昨天打算離開我的時候只帶走一把牙刷呢？到現在我還找不到機會好好問她。我是一定要聽她親口說出來不可的，難道我的牙刷真的不配並排著她的牙刷？

先讓她跑累了再說吧，笨蛋才那麼喜歡沙灘。

——原載二〇一八年十一月《印刻文學生活誌》第一八三期

一九五五年生，彰化鹿港人，文學起步甚早，轉換跑道後封筆多年，短期任職法院，長期投身建築。

二〇一三年重返文壇，著有小說集《那麼熱，那麼冷》、《誰在暗中眨眼睛》、《敵人的櫻花》、《戴美樂小姐的婚禮》、《昨日雨水》與散文集《探路》，連獲《中國時報》開卷十大好書、《亞洲週刊》華文十大好書及台北國際書展大獎。

二〇一五年獲頒第二屆聯合報文學大獎。

在船上——蕭培絜

她總覺得哪裡不對勁。

早晨的咖啡已經喝過了，原來使用的杯子放在原處，裡頭是殘留的咖啡色汙漬，看起來讓人以為一天已經過了一半而疲倦，然而並不是，丈夫才剛離開家去上班，她想像著他在地鐵裡和別的上班族比賽一樣飛快行走的樣子。她站起來把杯子拿去廚房清洗。

沒有別的聲音，除了水，水流從亮晶晶的水龍頭裡流出來，帶著均勻的波紋，再在她的手背上濺開，是那種溫馴的水。她以前看過從舊水龍頭噴出的分岔的水，看起來很沒有教養。

廚房裡的東西大致和水龍頭一樣新。他們搬進來不到一年，所有的一切都是公司付的。她倒不會像有些人一定要有自己的物品。她自認對東西有相當淡漠而中立的態度。她的丈夫不是這樣。

他做大量的西裝，到了別人到家裡不小心看到會倒吸一口氣的地步。她常佩服的看他假日花大量的時間在整理他的西裝，這點他喜歡自己進行，拿去乾洗店，拿回來，把鞋子拿去店裡保養，因為是兩個方向，他甚至會把剛領回來的衣服先小心的拿回家裡掛好，確定它們之間的塑膠套是均勻平整的，再度出門把鞋子拿去。她對他的這種行動力嘆為觀止。

在婚前他們短暫的交往時，她曾經因為這點而懷疑他是同性戀，即使他當時表現出來的講究程度只是冰山一角。後來他們就結婚了，並不是她掌握了確切證據知道他不是，而是她發覺就算是也無所謂。她當時剛結束了一段感情，那炙熱的程度讓她自己，和觸及的一切幾乎都碰的燃燒成灰燼，只有他彷佛完全不為所動，靜靜的做著自己的事。她被那冷淡吸引了，發現自己可以藉此冷靜下來。

婚後她發現這個冷靜不是針對她的。丈夫雖然英俊，又從事專業的工作，對人好像不太有辦法。他好像餐廳裡走過而目不斜視的服務生，在背後喊破喉嚨也不會停步。對和人之間那冷硬的距離也完全不會奇怪，一心一意的在一天內做著工作，第二天再重複一次。

她沒多久就對那放下心來。

那也沒關係，她想，甚至是剛好。她曾經非常相信言語，和那帶來的一切。她曾在黯黑的深夜對著話筒，那後面連接著線，穿過深海通往地球的另一端，把心都掏出來的那樣說話，那樣的言語讓人昏沉，像喝酒，手腳沉下去而心臟跳得很快，和那一端一樣的節奏，咚咚，咚咚，咚咚，咚咚咚。

她以為。

她如今享受著這安靜，和這冰涼涼的感覺。那彷彿帶著金屬的質地，一下敷上她發燙的皮膚，然後降溫降溫，中和成一個剛剛好的溫度。她覺得很滿意。

然而有一件事讓她困惑著。

是工作的事。

婚後她就沒有工作了，也不是誰反對，就自然的發生了。她在學生時期沒有打過工，沒有想過要去，她一心在交男朋友上，之後的工作都做不久，短的十天，最長的二個月，就不了了之了，家人都沒有說什麼，零用錢也很優渥，比起其他的人生大事，工作似乎是隨時可替換的，之後有時間再說吧，她覺得。於是遇到結婚對象時，忙碌著舉辦婚禮，適應婚後的生活，配合著丈夫的假期，安排兩人的旅行，等到一回過神來她已經將近四年沒有工作，而上一份工作只持續了四十天，對一個三十三歲的人來說，這已經說明了一件事，她再也不會工作了。

她對此感到微微的恐慌，有幾次甚至脫口和丈夫說了這種心情，丈夫只是奇怪的說，但你對工作明明不感興趣不是嗎？

我還不知道，她說。還沒有投注足夠的時間去發現自己喜不喜歡，而門已經被關上了，她不喜歡的是這件事。

你為什麼那麼喜歡工作呢？她問丈夫。

只是不得不做而已，他說，因為必須支持我們的生活，不然我還寧願像你不用工作呢。她確定這只有一部分是真的。丈夫熱愛工作，他總是做到超過時間，假日也自發的進公司工作，進去會用公司的電話打來說到了，中間會打來說做到哪個程度了，幾點可以到家，走之前會打電話說要走了。因此她確定丈夫是全程都待在公司的。

到丈夫回家時，往往是蒼白而半透明的，是在工作裡消耗怠盡的狀態，她知道那種感覺，那種燃燒和炙熱。他人在而心還在工作上，他的頭腦碌碌的轉著，她幾乎要嫉妒起來。

她目前的生活裡沒有這樣消耗的機會，像一堆綑不緊的乾草一樣。她上許多的課，畫畫瑜伽做熱紅酒，但沒有一樣需要她累到流汗。每件事都圍繞著她，在觸手可及又不讓她不舒服的位置，手一揮就全部退下了。

平日在和丈夫用過早餐後，他去上班後，她在家準備出門。從室內走到室外，在日光裡走在都是人的街上，在別人都在往上班的去處移動或在辦公室了，她自由而勤勞的走著，看著他們。

她感覺到和他們中間那種塑膠膜一樣的感覺。

她感覺到不自由。

像在幕前走著，做著各式各樣的事情，唱歌，把剪下來的花放在提著的籃子裡，微笑著看一隻狗走過，坐在路邊的咖啡店喝一杯茶，吃熱壓過的三明治，在早上十點鐘。但她怎麼樣都走不到幕後。

她在鐵椅子上感覺到腿下的那種冰涼。四周是聳立的辦公大樓，裡面的人移動著，或站或坐，忙著一些想必是相當重要的事，是什麼她不得而知（很可能一生都沒有機會知道），但他們為此蓋了大樓，花錢租下來，花了從早到晚的時間去做，離開後想著，一群人在一起的時候就談論，直到年紀太大，然後他們待在家裡，或做她現在在做的事情。在早上十點鐘坐在咖啡店裡吃三明治。

她沒辦法加入。門已經被關上了。在她疏忽的時候，她甚至不知道自己錯過了什麼。

她環顧四周，店裡皆是一些和她一樣的人，手頭沒有事情，或是說沒有別人託付的事的人。大多數是女人，或上了年紀的人，或兩者皆是。

被留在岸上的人，她想。

在電影裡不是都有的，像鐵達尼號那樣的大船在港口等待著出航，主角在船上，新的事物將湧向他，而鏡頭帶向那些站在岸上送行的那些仰望的臉，望著那些人和將他們帶走的船，心裡明白自己走不了了。

缺乏的是像軌道或鍊條那樣的東西，她終於決定，某種硬性的規定，把人按在地上，像地心引力一樣的東西，世界靠那個運轉，除了她以外。

她走出店前在櫃台買單。收銀機後的女孩子穿戴著店裡給的黑色襯衫和裙子，頭上的貝殼小花帽子隨著動作而震動，她動作流利而順暢，好像是收銀台的延伸，那女孩伸長手臂，手指握著長長的放著發票的銀盤子，露出白色的牙齒說，找給您的零錢，謝謝光臨。

她立刻決定了，就是這個。控制女孩的這個東西，決定女孩微笑和語言的東西，她要在她身上發生。

她在丈夫上班後看那些尋找職業的網站，業務助理，無經驗可，需配合加班，她皺起眉頭，專案經理，五~十年的工作經歷，她考慮著，想像在辦公室裡，慘白的燈光下伏首工作，在某一個專案上花了八年的樣子。不，她沒有辦法想像。

電話震動了一下，她警覺的看著它，是丈夫傳來的簡訊。

下午和老板開會，很可能有promotion。

丈夫會這樣在一天中傳簡訊過來，倒是很稀奇的事。她讀著那字句，丈夫的字句平板，但他無法自持的打了這些文字，在上班的中途，顯然這是一個好事，至少在他的職業生涯中。她了解不多，但可以想像代表著更多的責任和薪水隨之而來。從某人的決策中，很可能是經理。或是之上的某人，在虛空中腦海浮現出丈夫的名字，在腦裡斟酌著，然後那決定像浪一樣，衝向了丈夫，現在則到了她腳邊。

她思考著將那生命的權力，她不知道怎麼稱呼那東西，交給不認識的人的感覺，那隻手進入自己的命運中攪弄著，然後發現自己早已經在這樣做了。

幾天以後她得到一個面試機會。本來是想搭地鐵的。她出門的時候是最燠熱的正中午，路面上發散開蒸騰的熱氣，她最後還是在白熱的烈日下攔下一輛計程車。

面試方是兩位男性。他們在她對面坐下時一邊讀著她的履歷，然後露出不解的表情。他們靜靜的低頭看著，彷彿和手中的紙張發展出一種難以言喻的關係。過了半天，其中較年長的男性開口了。

你為什麼要來工作呢？

她瞬間讀出了那言外之意。她以一種在家裡練習出來的簡潔活潑的語氣，向他們（她很注意地同時和他們說話）說明了自己的來意。

因為離婚而必須出來工作，以負擔她和兩歲兒子的生活。

他們聽了皆露出輕微滿意的笑意，而那笑意被一種更深層的東西所包覆住。

我們能理解你要照顧孩子不能時常加班，但除此之外不能對你有所例外。比較年輕的男性說。

我完全理解，她回答，用那種久在人下的溫馴口吻，然後他們三個都覺得滿意，陷入沉默裡。

她的工作內容是好幾個部分加總在一起，接電話，內線和外線的電話，把他們引導到正確的人手上；到郵局去寄信或包裹；打字，文件大多是給外部的廠商用的。還好她在進公司前花了幾天請了家教學會了打字和製作文件。她記得那個大學生多努力地隱藏著對她的好奇心，盡量專心教學的樣子。

這種表情也出現在同事的臉上，他們大多是一些男孩子，在她看起來，但工作起來卻很認真，這點她很驚訝。畢竟她一直聽說的是，外面的人做事都很隨便。這是她聽丈夫說的。那些外面的人，他回到家會忿忿的說，然後形容他們做事的態度，都是一些便宜行事，絕不多動一根手指頭的類型。她往往一面吃飯一面聽著，這在她心裡留下了印象。有時候為了讓丈夫知道她並沒有被他們唬弄過去，她會對這些人顯現出一副精明幹練的態度。而那些人常常只是市場裡的菜販，百貨公司的店員小姐或公家機關的辦事人員。這多少錢，她會邊翻弄著邊說，我問了隔壁的比你便宜，或是硬要專櫃小姐算給她週年慶的價格，我知道你的權限，她會固執的說，我知道你們這些外面的人的方式，她實際上在說。

但辦公室的同事們都很認真。九點半還沒有到，他們已經先後的到了，邊開著電腦邊看著手機裡經理傳來的待辦事項，自己在頭腦裡分配著時間，主動打電話給廠商聯絡，用一種不同於在辦公室裡講話的聲音，把要說的事情放在一個盤子上端給別人。電話結束後再恢復原本的聲音，和同事邊抱怨邊做剛才被交代的事。上班後走到旁邊去吃個麵之類的東西，之後回來繼續工作。週末也會被叫進來工作。

她自己是九點半到。丈夫八點出門後，她簡略的把家裡整理一下，在鏡子前仔細的化妝，出門。她走路到地鐵站，在車上調整好表情，到公司也差不多九點半的時間。

同事們都對她很好奇。那像輻射一樣從他們身上散發出來，她抬頭而迎上他們迅速移開的目光。她因此而加入同事們的午餐。那和他們的晚餐差不多，在旁邊排隊，進去迅速吃個麵，在吃飯時簡單的聊兩句，他們彷彿從經理那裡對她已經有些簡單的認識，一開口便問孩子的事。孩子誰照顧呢？你這樣出來上班？他們問。好像她從一個洞穴出來。我媽媽，她簡單的說，過了不久他們也習慣了她。

她回到家，稍微休息半個小時，還來不及把路上買的晚餐在桌上放好，丈夫便回來了。

她坐在桌前看著丈夫進去換了衣服，他去廚房倒了一杯水，說今天很忙，然後坐下來開始吃飯。

她靜靜的吃著，覺得自己像是個冒著蒸氣的鹽田，水已經快蒸發殆盡，她驚慌的發現那些雪白的顆粒已經顯而易見，而抬頭看著丈夫，卻發現他彷彿籠罩在煙中。她辨識出那些是高速運轉後慢下來的煙霧，而感到安全。我知道那裡面是怎麼運作的，她感到安心。

吃完飯後她癱坐在沙發上，和丈夫一樣，他已經進去半睡眠的狀態，她過去總是忙著收拾餐桌而無法了解。但她突然發現了這個新的處境。像原地轉了太久而突然停下來，不知道自己在哪裡，耳朵發出嗡嗡聲。她喘著氣坐在沙發上。

她之前有睡眠的問題。現在消失了，早上起來，一個龐然大物已然在眼前。她匆匆趕到公司，在電腦前面做各種事情，她沒有時間。

在過去，她也有過很忙碌的一天，那指的是一天預約了四件以上不得不做的事情，像去剪頭髮。但那和現在不同。她覺得現在的一整天彷彿被重物壓在水底，早上她常常掙扎著起床，前幾個小時都在僵硬的睡眠不足中工作，午休後在下午的睏倦中繼續做事。然而她逐漸對自己在兩種生活中轉換的熟極而流感到滿意。自己彷彿變成一種自己也不認識的流動的物質。

然而丈夫說她看起來很累，也許你出門的太少，他說。他提議一起去運動，去加入家旁邊的游泳池吧。他們在幾天後吃完晚餐到了游泳池，裡面都是些和他們一樣剛從室內被放出來的人們，都提高著音量在說話，伸展他們不見日光的手和腳，她對那裡面僵硬的生猛氣息不習慣，所以不等丈夫出來就逕自下了水。

她先是被那水的低溫僵住，在水裡滑動幾下手腳後，便毅然把全身連同頭埋入水裡，她潛在水裡往前游了一會，隔著襯著藍色鏡片的蛙鏡看著自己的游動的手，因為折射顯得奇怪。

她想著自己創造出來的這個生活，覺得很神奇。那也許因為她不願意被束縛住，不管是婚姻或是工作，或是一種生活，她邊游邊自己想著，或是這個形體。她突然想到。要是能變成水就好了。

她感到輕鬆，光是想到能夠變成水。與其隱藏在家裡或辦公室裡她寧願化成水，她想到這裡，繼續游著，感覺到自己滑動的手腳已經不見，毋寧說它們已經消失在水中，她繼續游著感覺到水的阻力和自己拍打的腳給予的推力，卻發現自己輕易的穿過了前面游泳的男人，她僅花了幾秒就接受了眼前的事實：她成為水的一部分，或是說水成為了她。

她終於放棄了划動，就這樣任由自己，任由自己漂著。

長久以來她第一次感覺到自由。

——原載二〇一八年十月《印刻文學生活誌》第一八二期

中山女高，芝加哥藝術學院，紐約普瑞特學院建築所畢業。旅居紐約、芝加哥、香港，曾在建築事務所任職，現居台北，專職生活。

大海之眼——失落在築夢的歲月中——夏曼・藍波安

普通車，通往遙遠的台北城市，一九七〇年代，許多偏鄉的青少年嚮往沉醉的城市，提供許多自我淬鍊的機會。普通車普通人坐的火車，沙浪與我的人生第一次自找的城市，他想繼續學習水電的技能，而我必須找個工廠工作，住宿，然後存錢，找個補習班學習「當台北人」，我們在一九七六年八月的這個時候，從零開始學習台北的生活，沒有前人指導的城市生活。我們開始慌張了，在蘭嶼沒有錢，家裡還有地瓜、芋頭，大海的新鮮魚可以吃，在台北住哪？吃啥？

沙浪買了一份《聯合報》，我買了一《中央日報》和《中國時報》。我們專注於三報的廣告，但我們也聽過有些廣告是「騙財」的。沙浪用紅筆圈了許多台北縣內的徵人的工廠廣告，然而，問題出在工廠的地址。地址出現的是××路，幾段，××巷，或者××弄，這是我們完全沒有的常識，開始困擾我們的海洋腦袋。

火車到台南火車站時，好像已經兩個小時了，我心中開始回憶高中時念的地理課，原來這是「台南市」，我默記。我們開始感受到台北的遙遠，普通車每一個小站都停的，每一次停，台灣西部的小站都給我美麗的陌生感，樸實，安靜，還有聽不懂的閩南語。

「你們是番仔嗎？」

「你們是哪裡的山地人？」

「番仔」、「山地人」，這些詞語我們在蘭嶼、在台東都聽過，尤其是沙浪的水電老闆就是叫他「番仔」，在火車上的我們，這些話聽在耳裡，想在心裡，極為不舒服，但是我們不敢抗拒，除了國語說不好以外，我們不會說閩南語，我們開始緊張。我與沙浪在蘭嶼潛水，用鐵器挖九孔賺錢的時候，沒有意識到我們的膚色被太陽曬得非常黑，沒有想到我們穿的衣服是極為簡單的汗衫，我穿的長褲還是我高中的制服，我們的背包是十幾塊的簡易的登山袋。我們剛剛長出鬍鬚，青澀的臉，頭髮剛蓋過耳朵，腳上穿拖鞋，手腕上沒有手錶看時間。

「番仔，你們是哪裡的山地人？」這句話從高雄聽起，每個小站的停，得聽十來句，承認與不承認都構成我們膚色上的原罪，而我們樸實的眼神，青澀的雙唇，簡單的國語都是「番仔」的表徵。於是我開始厭惡西部的閩南人，我無聊地開始觀察閩南人的上下火車的儀態、語氣、長相……沙浪是我從小的夥伴，我們感情非常好，但他比我更害怕漢人，他在台東工作的那些年，他沒學會說閩南語，沒學會與閩南人相處，也沒有跟他的老闆吃過飯，閩南人的重要佳節，他也沒有被邀請過吃飯，唯有工作超時的時候，老闆娘才會留一些飯菜給他。

在台東的時候，有一天我去找他，那天是端午節，我去他下工時睡覺的房間。鐵製床鋪，有一張算是乾淨的榻榻米，在一間全是水電用的工具房，材料擺放的有條理，他沒有衣櫥，衣服就吊在可以懸掛的地方，床上的被單也算乾淨，約莫是八坪大的空間，面北有一道門，外面是曬衣場，也有一道門面向街道，是材料進出之門。那天老闆娘拿些粽子給沙浪，問：

「他是誰？」

「我蘭嶼的同學，念台東中學。」

「嗯，不錯。」沙浪跟我同年，樣子跟我一樣，不出色，也不突出，平平凡凡的。

「謝謝。老闆娘。」老闆娘走出去後，沙浪說：

「今年的漢人過年，老闆出去應酬喝酒（經常喝），老闆娘拿東西給我，後來就勾引我。我們就『這樣這樣』，就是做愛啦！她問我說：『是不是第一次』，我說：『是』。她非常高興，她有三個小孩，都是女孩，所以她的先生對她不好。她，不到四十歲，長得算美麗。從那一次之後，只要老闆出去，她就抽空跟我做愛。她喜歡『這樣這樣』，我也非常喜歡跟她『這樣這樣』。她教我努力幫她先生工作，老闆就不會懷疑。你來找我之前，我們有先『這樣這樣』。」

龜速的火車上，沙浪把這件事跟我說，我沒有羨慕，也沒有放聲說笑，只是淡淡地聽著沙浪這個豔遇，經過嘉義民雄車站時，我認真地問：

「真的嗎？」

「是真的。她很愛跟我『這樣這樣』。」

「我因為害怕，我才偷溜跟你回蘭嶼的，我一個月的薪水是三百塊。我身上有三千多塊，到台北，我們慢慢找工作。」

我下定決心，到了台北好好工作，好好存錢，然後找個補習班補習，無論如何，我一定得靠自己考上大學。到台中車站時，我們在火車上已坐了七小時，但我們不知道，還要幾個小時才會到達台北。這個普通車，真的很普通，非常的慢速。我買普通車，不是為了省錢，而是不會買車票，但也消費我們的耐性耐力。高中時期，鄭神父、學校的國文老師都鼓勵我們山地人多看《中央日報》的副刊，說是會增加國語文的作文程度，我也認為如此。我先閱讀《中國時報》的副刊，希望可以打發自己的無聊，戰勝枯燥。

誠如我高三時的國文老師，從北一女轉過來的，我的級任導師，跟我說過：「你是海洋民族，你看不懂陸地民族的文學的。」

當時我不相信他的話，我也從高三上學期就訓練自己閱讀各報的副刊，也閱讀老師給我的「作文指南」，火車像是秒針似的，滴答滴答滴答的龜速，我逐字逐字地閱讀副刊的「文學」（註❶），真的看不懂副刊裡作家們發表的文章，那是真的看不懂，在我內心說，這是什麼「文學」？

暑假的台中車站，人來人往，上車的，下車的，沒有高雄那樣的讓我們害怕。我們從國二就和台中西屯區的一位女孩當筆友，五年了，我們沒有斷過通信，我們也互相傳寄高中時期的照片，她的長相一般，我們想見面的慾望很強，但不是今天，等我在台北穩定之後，或是放榜，她考上大學的話，就可以碰面。這個期待對我非常有效，她對我是正面的，最是鼓勵我的筆友女孩，她的語氣好像我是她的男朋友似的，第一次感受閩南女性給我的溫柔。經過台中車站，我寫了一封信給她，當然是沒有地址的一封信。或許我們正值青少年，彼此間有種難以言喻的「愛慕」，雖然不是到很熱烈的程度，但我可以感覺到她對我放出戀愛的善意文詞。想到這個，讓我在火車上消掉許多許多的苦悶，或許某種尚未成熟的戀情是一種想要前進的動力吧，會不會跟她碰面也是無法預期的，但是心中總有著某種淡淡的微笑，惟，想到自己是山地人的時候，那種追求她的熱力就涼了一半，莫名的自卑感浮上心坎，這是我人生的第一次的感受，難言的自卑。

然而，來到了西部，走向台灣的北部，必須面對的是「真實」人生的第一階段。從此刻開始，沒有浪漫的想像，沒有虛構的人生，只有每天面對的明天的自己，更不能想像有個漢族少女夜夜春宵的陪自己噴射般的體能。在台中車站，我們買了鐵路便當，我與沙浪，我們人生旅途的第一個便當，這個食物卻讓我們沒有飽足感，美麗的年紀，青春洋溢的飛揚年紀，來到西部的台灣，飽足感成為我們首要追求的，我們也將開始遠離了我們島嶼的傳統食物，遠離了我們島嶼的歲時祭儀，也將逐漸疏遠我們的語言。

高雄、台南、嘉義、台中、新竹……普通車每一小站都停，這是我們初次離開祖島邁向台灣西部、北部，因為不知如何買票，買下了人生最慢的車速，在緩慢而無奈的行進中，忘記欣賞嘉南平原、台中地區平緩地的美麗。此時，我個人的推論，開始思考自己的腦袋瓜選擇的路徑，懷疑自己的判斷力，一種莫名的聲音開始朝向自己的心海，這個聲音是「虛構的人生」與「真實的人生」；離開祖島的時候，小叔公跟我敘述，部落裡的第一位當老師的族人，也是我們島嶼的第一位老師，他是卡斯瓦勒的大哥，說他的工作是漢人給他的，神父給他的（註❷），不是傳統認同的「職業」，所以小叔公說是「虛構的人生」。我認真思考，卻是深受小叔公的影響，那或許是我基因的判斷，「職業」，漢人給的，抑或是傳統給的？然而傳統性的是「生活勞動的工作」，那是漢人，或是我們邁入現代化以後，認同的「職業」，那是真實的人生嗎？然而，這種結論是我祖父（一八八〇年代出生的前輩），他們那個世代的認知。對於我們這群二次戰後十餘年出生的原住民族，學校老師的「職業」卻是個人未來通往致富生涯的捷徑，問題就是，我對此職業沒興趣，或許我的靈魂基因被傳統下了「咒語」，而找不出出路，找不出自己的志願是什麼？只是一直幻想靠自己的實力考上所謂的大學。普通車每站都停，每一站都只是過境，也開始了我的慌恐。

我從包包拿出我台東中學學長在板橋工作的住址，以及他公司的電話。他就住在大同水上樂園附近。這些地名對於我都是新的常識，與我民族一絲干係都沒有的地理名詞。十五個多小時之後，我與沙浪終於抵達了台北車站。

「台北車站到了，台北車站到了……」

「台北」，我心中的夢幻之都，我終於抵達了，十九歲之前，最為陌生的城市。然而，那時已經是晚上的十一點多了，城市的霓虹燈比我們島嶼的天空的眼睛還多著多著，霓虹燈的歷史比人類短，人類的歷史又比天空的眼睛短，台北的霓虹燈又比台東鎮的燈華麗而奪目。我聽說，城市的霓虹燈是城市獵人設下的陷阱，一失足，成千古恨，我因而開始學習避開霓虹燈的照明。城市的夜空是黑的，但城市的街道是燈火通明，我與沙浪就坐在台北車站旅人進出的大門左邊，等著黎明，等著明天的未來，沒有計畫的未來，兩個沒有夢想的海洋民族的青年，準備在城市荒漠尋找巷弄的角落寄宿，尋找一個未知的工廠，開始自尋的苦役生活，無論是平坦順遂，還是曲折惱人，我個人在這個時候已經沒有任何抱怨的權利，只得接受城市獵人的宰制，更是島嶼民族新生代的新生活的訓練。當下的陌生夜空想起了父親說的，在城市生活等於「虛構的人生」，我慌恐了起來，取出學長寫給我的信，並且牢記他公司的電話號碼。

我們聽說，「山地人」在台北坐計程車經常被閩南人司機繞路欺騙，經常被帶去工作介紹所，工作介紹所拿一張地址給山地人的時候，山地人就必須付錢給介紹所。哇！這實在太讓我們恐懼，原來父親跟我說過的，台灣有很多壞人，台北是壞人最多的地方，原來是真的。在我部落的第十隊的監獄，服完刑期的竹聯幫的陳大哥的住址就在台北永和區，他的地址與電話，我還留著。我回想，他曾跟我說，到台北的時候，可以去找他，此刻我心跳加速，彷彿他露齒的微笑是陷阱的符號。

漫長的夜色，我們陷入城市的燈火荒漠，陷入在人生沒有計畫的迷宮裡，開始計時記錄的不是歲月在我們臉上留下的創傷，不是飲食習慣的轉變，也不是族語退居為次要的思想工具，而是如何在城市荒漠生存。學長的信裡寫道：

「八點鐘以後，才可以給我電話。」火車站的時鐘，十二點零一分的午夜。

「八點才可以打電話給他。」我跟沙浪說。他比我更緊張，也只能點頭說：

「我們等明天的太陽。」

沙浪早我三年出社會，在台東一個閩南人創業的家庭公司工作，彼時台灣社會沒人理會誰是「童工」，沒人理會工人權益。對於我們來到台灣工作謀生，身體的健康全仰賴我們天神的眷顧。他在台東三年的學徒工作，有飯吃就好，老闆在他耳根不停地說：

「你好好跟我做，等你出師之後，就是你大賺錢的時候。」

沙浪不是怕吃苦的人，不是怕做苦力的工作，他離開台東跟我回蘭嶼，再跟我來台北的主因，他已在火車上跟我說了：

他在水電家庭公司工作到第二個漢人中秋節的時候，老闆娘阿芬開始對他釋放出善意，開始請沙浪幫她曬衣服（沙浪的房間是工具、材料、曬衣場），阿芬經常穿著寬鬆的，像是套身的洋裝，跟興隆雜貨店老闆娘穿的很相似，阿芬是熟女，婦女肉肉的身材，衣飾打扮夾在保守與微開放之間的振幅，四十歲上下的年紀，育有三個女兒。他說，老闆對他不算苛刻，漢人三大節慶，林老闆都邀他的公司裡兩位工人同桌共飲（沙浪當時不喝酒）。每次小工程完工，林老闆就請那兩位師傅去外面飲酒小歡，沙浪就被留在公司的房間。阿芬也理解她先生的嗜好，以及作息時間，再說他們有了四個小孩，林老闆的重心就擺在交際應酬包工程等，對於阿芬，她把公司照顧好即可，再說，沙浪是個安分守己的山地青年，不可能對老闆娘做出不利於他的事情的。「那一天，林老闆與我的兩位師兄外出飲酒。阿芬老闆娘洗完澡後，自然來到工具房曬衣服，幫她曬衣服也成為我的工作之一。」

「她，阿芳從我身後輕輕撫摸我結實的胸膛，其實，你也知道，那一瞬間，我已經很勃起了，年輕人啊！山地人啊！她刻意觸摸到我那兒，就笑個不停，她邊笑邊摸，就這樣，我就躺下來，任老闆娘遊戲山海我，她喜歡我年輕結實的海鮮鮮肉。從漢人過年那一夜，一直到今年的端午節，到我們一起回蘭嶼前的那段日子，老闆娘很多很多的飽足，笑容常開，也讓林老闆的事業穩固，他們也加了我的薪水，他們夫妻對我很好，況且我不喝酒，林老闆壓根兒對我是愛護的。當然，我是愈來愈害怕，我不是怕林老闆，我是怕老闆娘有空閒時的需求無度，怕我的一生就這樣毀了。」

「真的嗎？」我心情慌恐，面容喜氣地問。

「真的！」沙浪不假思索地回應我。但我驚訝的是這種事情似乎只有在被虛構的情色小說裡，不可能發生在現實生活中，尤其在沙浪這種清純的年輕人身上，我質疑地再問一遍：「真的嗎？」

哇！我驚歎想著，分辨不出此等城市與偏鄉，漢人與山地人的情慾，怎麼會如此早早地發生在他身上，我似乎連結不出許多的可能性，我們是從小共同長大的海邊小孩，十六歲離開蘭嶼小島，他十七歲在大島的第二年，發生這種情慾的美妙故事。不可思議，我如此想像。我也一直微笑著看著沙浪的臉部表情。「沒有騙你啦」，他……忽然真心地說出他少年美好的際遇，也正好縮短了我們在龜速火車上的無聊。

台北火車站對面的館前路，在凌晨三點人車已經稀疏了，呈現出我們在台北初夜的寧靜，計程車司機因為我們恐懼而沉默，也不再問我們「去哪裡」了，車站裡的冷氣讓我們不舒服，我們就在車站大門轉角枯等枯坐。城市對於我們的陌生，我們對於街道的陌生，我們的想像，彷彿恐懼災難的發生，都市霓虹燈下的災難，此時我們的飢餓正在成長，人群也少了，我們緊張心靈漸漸寬鬆，漸漸感受到台北車站的壞人已經入眠夢周公了，於是飢餓逼我們去尋找食物，沙浪熟習的食物「粽子」，在希爾頓大飯店對面巷子的店面依然燈火通明，人群稀少，壞人跟著少。我們點了兩個粽子，一碗豬血湯，吃了一頓只喝湯不吃豬血的早餐。

我與沙浪從小習慣黑夜的寧靜，不習慣黑夜的燈火通明，車聲穿越耳膜的夜晚，我們再次地徒步到那個我們已熟悉的車站轉角，等待黎明的降臨，也在期待熟人見面時帶來的希望，卸下慌恐的面具，就像龍蝦脫殼的自然現象，開始另一個軀殼的嶄新生活的樣態。在陌生的城市，等待似乎是唯一的策略，雖然我們身上有些現金，對於陌生的街道，面容可怖的計程車司機，等待熟人的出現，等待同族同語的朋友，也是防止被欺騙的災難發生在我們身上的上上策，雖然等待一直是件讓人苦惱的事，我們也不得不去習慣它，遮住我們的慌恐的心魂，台北的初旅。

夏季的蘭嶼，約莫在四點半左右，海平線會漸漸區分海洋與天空的世界，我們習慣了海天在我們島嶼的夏季寧靜，我們在陌生城市的初夜，為了等待熟人，在車站轉角，我們算是初次熬夜，年輕人如我們不覺得疲累，畢竟我們從頭認識起這個台灣的第一大城市，這是必經的路徑，陌生也是我們在大城市的見面禮物，只是大城市大車站的黎明情境是，人聲、車聲、喇叭聲、慘叫聲相互爭豔叫囂，很讓我們迷糊、迷惑、困惑。

「年輕人，你們要去哪裡？」

「山地人，你們要去哪裡？」
「番仔，你們要去哪裡？」
「喂，山胞，你們要去哪裡？」

早起的計程車司機如此問候我們的早晨，後來我發覺我的感受，這正是我所害怕的事，也是在台東三年沒有過的擔憂。我有一種後來的自卑，是小學時期的老師們都表明我們的文化很落後、野蠻，沒有中華民族的文化來得博大、傳承悠久，由於這個因素，讓我從小就萌生對「歧視」我們海洋文明的漢人的厭惡，覺得很噁心。這日，坐火車移動到台北市的初晨，在我心胸已經卸下對漢人的噁心，但司機們再次的再次的重重打擊我們的自卑，讓我防不勝防，「番仔」是我們身分的代碼。我們是為了來台北找工作，為了尋找我們的夢想，很努力潛水挖九孔、抓龍蝦賣給蘭嶼島上的漢人吃，讓太陽曬黑了我們臉上的膚色，其實「黑色」是我祖父教給我，說是天空下最美的顏色，結果今日的晨空，證實我們的「黑色」轉換的解釋是山地人、山胞、番仔，那是歧視的意義，我們進入台灣社會的人格符碼。如果是你，你的感受絕對跟我們一樣，厭惡那些閩南人。那天早上，我們其實非常非常的難過，下定決心，好好的努力，靠自己考上大學，考上人類學研究所（註❸），然後好好用文章「歧視」閩南人。

有許多種的憤怒，寫在我的心海，但讓我們自卑的是我們說「國語」的腔調，車站裡的人群，他們聽了我們的「國語」，都說怪怪的，聽得懂，但是怪怪的，就像我們聽閩南人說「國語」，也聽得怪怪的，就是到了現在，還是覺得怪怪的。此時，車站人來攘往的空氣讓我們感受比在海洋潛水更為混濁，讓人窒息，那是不平等的空氣，混濁的高壓空氣。

我問未滿十九歲的自己，閩南人為什麼喜歡用「番仔」稱我們？其實「番仔」與閩南人有化解不了的歷史仇恨嗎？我認為是沒有的，然而，閩南人為何喜歡歧視「山地人」呢？我問自己，我與沙浪是海洋民族，但台灣政府不稱我們是海洋民族，稱我們是山地山胞，這正是國家賦予我們的公民身分，換言之，我們被「國家」公開化的歧視，就是台灣的漢族集體化仇視、歧視台灣島最初的主人，用後來的統治政權，以國家之名正式的、公開化的、合法化的歧視我們，這是個變態的國家，變態的民族。如果你是我的話，有血有肉有腦袋的話，你也會跟我一樣的感受的。如此被歧視的感受，從那個時候一直跟隨我的身影，不離不棄。那是我個人無形的，且是深重的自卑的起源。

「你是齊格瓦嗎？我是阿忠，你東中的學長，我是蘭嶼東清部落的人（註❹）。」

「坐上來。」阿忠要求我們。

我們三人共乘一台野狼一二五CC的機車，從台北車站出發。出發，對十八歲的我們，身處在與我們出生的島嶼環境，人種完全的不同，台灣最前衛的城市，所有的一切，稱為出生，十九歲在台北出生，不是零歲。但我分不清楚，我們進入大台北市的方位是哪！從那一刻起，我們邁入了一個完全陌生模糊的世界，開啟我們模糊的青春人生。

我們與阿忠彼此不認識，但說的語言讓我們連結，讓我們卸下了擔憂，寫漢字的信讓我們在城市學習生存，寫信使用的漢字，讓我們沒有「迷路」。那是一九七六年的八月一日。

過了幾天以後，我們被介紹到屬於中和區的，一個蓋在稻田邊緣的小型的鐵皮屋工廠，是製作無名無牌的，組合腳踏車零件的「永進」鐵工廠，位在中和中山路上。那時候，我有一個阿姨，是我父親的堂妹，跟我姊姊一樣大，一九四五年生，她也嫁給外省人，就是我的小叔公的女兒，她生了四個男孩，那些小男孩皆以外省人自居，唾棄半個山地人的基因身分，就住在中和區連城路的眷村，稱台貿一村。

那年夏季，阿姨叫我管理她們在眷村裡的家，就在這個時候，吉吉米特忽然出現，他從基隆港來，在那兒工作，還有卡斯瓦勒、卡勒勒，在基隆路的聯勤總部的兵工廠（註❺）工作，製作彈藥。我們五人從小一起長大，一九七三年的五月離散，一九七六年的八月忽然相聚，但我開始有了預感，在都市被馴化的時候，個人的性格選擇了我們自己的人生路。

我與沙浪，在每一天下班，從工廠穿越稻田的小徑可以走回連城路的台貿眷村，眷村裡面有一個籃球場，是外省年輕人消耗體力用的場所。我籃球打得很好，很快地就與年紀相仿的外省仔熟識了，重考大學的補習班，就是從他們這兒聽來的。

消息很快地就被傳開，連城路的台貿一村，我阿姨家，變成了我們這群一九五七、一九五八年生的達悟青年初次來台北時聚集的地方。連城路對面的紡織工廠，一直到我們上班的永進鐵工廠、中山路的兩家電子工廠，很快地成為山地人群聚群居的小區塊。我喜歡那片綠油油的稻田，喜歡欣賞在田裡耕作的佃農，看他們勞動的勤奮，看他們樸實的笑容。

「什麼地方來的啊！」

「蘭嶼來的啊！」

「在哪裡？」

「台東縣的外海。」

「那是火燒島啊！」

「更遙遠的小島。」

「喔……」每一次的表明我來自的島嶼，都說是穿丁字褲的島嶼，而不是蘭嶼島，這是很奇怪的認知。

工廠提供午飯，早晚餐我們自行處理。工廠裡的員工全是閩南人，與我們的關係不好也不壞。三個月以後，沙浪在電子工廠上班的女朋友懷孕了，他們於是離開了，吉吉米特下高雄，跟我說：「去高雄港做船員。」他也離開了永進鐵工廠。

我的阿姨家屬，從某處搬回眷村的家，他的弟弟也跟著來，他叫「洛馬比克（註❻）」。此時，我搬進板橋阿忠朋友租的小雅房。三年前，他沒有考上師大的體育系，那些年，他就在各個小工廠工作上班。我們為了要考大學，開始去南陽街、館前路探補習班的「路」，這個是我們必須學習的，也是必經之路，困難的事情是，我們都無法好好地存錢，我們的錢必須先買日用品、衣服，以及練習逛街，熟悉大台北地區的周圍環境。我後來在他公司隔壁的染織廠工作，老闆是客家人，員工有一個年輕女會計，兩位阿美族青年，一位是我，還有一位是國立中興大學夜間部的學生，是工廠運送布料的司機。然而，我第一個月的苦力應得的薪水五千元，回到租賃屋，錢還沒有過夜就被房東的阿嬤偷了，對我，那是個最為傷心的月夜。

一九七六年十一月，我二十五歲的堂叔洛馬比克，跟我說：

「要賺多一點的補習費，就跟我來嘉義搬水泥。」十九歲又一個月的我跟他去了。到了嘉義市，一看我們住的空間，幾乎與雞籠一樣的酸臭，我後悔跟他下來嘉義，但是，我再往北的話，已經沒有地方住了。洛馬比克跟我說，你就忍耐。冬天很冷，你就忍耐，洗冷水，你就忍耐，你吃不慣台菜，你就忍耐，你扛不動五十公斤的水泥，你就忍耐；凡事多忍耐，我們來自貧窮的島嶼。

洛馬比克帶我見了老闆，見與不見老闆根本就是無關緊要的。這是一家貨物運輸的公司，譬如，就是搬運各個鄉鎮的化學肥料到各個農會，或者將高雄鼓山運來嘉義的水泥分散到各個鄉鎮農會的倉庫。所以工作內容，就是做苦力，沒有任何保障的工作。受傷沒有醫藥費，老闆完全不負責苦力工人的一切事務，他只負責貨運送達目的地時，捆工做完，就是收到現金的貨款，他只負責這個。

洛馬比克是我堂叔，大我五歲，一九六一年九月到一九六七年六月，他是蘭嶼國校的資優生，從漢人的認知來說的，他是全校的班長，老師託付他監督我們在學的勞役工作，沒有一次是讓老師失望的，更是我們呼喊「中華民國萬歲」、「蔣總統萬歲萬萬歲」……呼口號的職業學生。換句話說，他在漢人眼中是個乖寶貝，不抵抗、不爭辯、不爭取、任勞任怨，他年輕有力，是個做苦力的好幫手，於是洛馬比克在嘉義苦力圈人緣極好，除了不會說閩南語外，他的外號是「鐵人（註❼）」。

所以，我發現洛馬比克其實非常順服於「殖民者」的指揮，與他的父親、我的小叔公是完全相反的性格。他的父親嚇阻白人神父不可踏進他們院子一步來宣教，他拒絕進天主教堂，他拒絕接受外來的救濟物資，他嚇阻蔣介石來蘭嶼募兵（註❽），一心一意地維護民族的基本權益，維護民族宗教祭儀的完整性，抗議輔導會霸占我們土地的第一人。然而，「鐵人」的美名，真正的意義是，洛馬比克符合漢人做苦役、做奴役的完整條件，凡事都說「沒問題」。

一九八八年的二月十二日，我策畫的蘭嶼反核運動「驅除惡靈」。我們是鄰居，他喝醉後走來我家，在我家人、父母親面前，把我當作是他昔日的小學弟在訓斥，他極為憤怒地教訓我，說：

「你知道嗎？核能廢料放在我們的蘭嶼，那是國家最好的政策，有核能廢料場，我們蘭嶼的未來就有美麗的發展，王八蛋！你要阻止蘭嶼的未來發展嗎？你這個『小鬼』，你憑什麼？王八蛋（註❾）！你知道嗎？你阻擋了台灣政府給我們的光明之路，你知道嗎？小鬼……」

我不知所措地枯坐在雞舍般的苦力人的房間，想著自己高中畢業還不到半年的光景，應該先住在蘭嶼家，好好陪伴父母親才是，我幹麼急著離棄小島上恆意的生活呢？這個「雞舍」的酸臭空氣，堆積了不可計數的雜物，讓我人生有了第一次的逆向省思，想了許多許多，我當時思索了可以比較的事情。

「當蘭嶼國中老師多好，一生無憂無慮地過，教好孩子們，做到老，有什麼不好的啊！」許多許多人跟我如此說，洛馬比克也是其中之一。

一九七六年七月，回蘭嶼家的時候，去了蘭嶼戶政事務所辦理「退伍證（註❿）」，也就是國民兵的退伍證件。戶政事務所的隔壁就是中國國民黨，蘭嶼鄉黨部的黨員服務中心。事務所以及黨部中心的主任都是軍職轉任的外省人，當然也是中國國民黨黨員。前者姓李，他對我說：

「你看，中華民國政府對你們多好，看你們是落伍的人，就讓你們不用當兵，多好啊！

多好啊！」

「我說啊！小弟，你保送國立師範大學非常不容易啊，我說你啊，好好念書，感激政府讓你讀最好的大學，將來你畢業，回來蘭嶼，好好教育你們的孩子們，成為有用的中國人，發揚中華文化……」黨部中心的主任如此的「歧視」我個人的獨立性，聽在耳裡，非常刺耳。

台灣的山地山胞（山地原住民），我們的被殖民，是我們的幸福嗎？是我們從「水深火熱的地獄」被中華民國拯救出來的嗎？這些等等的數不清的，身為山地山胞的「原罪」是從哪兒爆開來的。當我還是國校的小學生的時候，已經開始厭惡每年十月慶典的呼口號儀式，這是極度慘忍的馴化教育，避開了侵略弱者的罪惡。因為，來蘭嶼島的漢人，不會說我們海洋波浪似的語言，我們怎麼會是「中華民族」的炎黃子孫之一呢？

洛馬比克被貨運公司群組肯定，是因為他超越了一般漢人做苦力的人的搬運實力，以及漢人老闆說什麼，他都概括承受，未曾抗拒過，即使超過了工時，他也不曾跟老闆抱怨過，近乎任人擺布。

「孩子（註⓫），要賺很多錢去補習考大學，你就學習我的忍耐。」洛馬比克經常如此勉勵我。

第二天的下午，老闆立即給了洛馬比克的工作，搭上已裝上四百包水泥的一台聯結車，要我們去布袋的農會倉庫卸下這四百包的水泥，卸完，新台幣一千元。所以做苦力的工資標準是，不是扛一包水泥多少錢，而是一台聯結車幾百包，扛多遠的距離來算。這類的苦力工資，確實高出於當時的工廠作業員之工資，然而，也是苦力者的悲歌。

當我與洛馬比克開始搬水泥的時候，我二十歲，全身都是細皮嫩肉，包括手掌，即使那一年，我努力潛水掙錢，然而，潛水與扛重物是不等同的肌耐力的訓練。二十歲，為了理想，存多一些錢，去補習班學習考大學，學習被馴化，學習唾棄被汙名化，我那些一九五〇年代出生的，來台灣做苦力的族人們，是我們族人第一代的苦力者，用勞力賺那些錢，以為很快就會有錢，其實被欺騙就是我們飛越巴士海峽來台灣謀生的際遇。此刻，我敢說，漢族人眼裡，對於台灣的原住民族是有很大的偏見，很深的歧視。

我們在傍晚開始搬水泥，到布袋鎮（註⑫）農會的倉庫。天黑以後，有幾盞燈很微弱，照明我與洛馬比克的進出。第一包五十公斤的水泥，將是考驗我是否合適做苦力的職業，二十歲的第一包重量，一個海洋民族的遊子，為了追逐現代化後，當知識分子的夢想必須承受的社會歷練。我們人的肌肉的肌耐力，不是天生的，而是被訓練出來的，知識分子也非一蹴可及，生下來就是知識分子。我搬了三十包以後，我的手肱、手掌、手指開始間歇性的抽筋，黑夜即將折磨我。一百六十五公分高的洛馬比克，他的身子已經習慣了五十公斤的重量，他也可以承受「工倍錢半」的待遇，五十公斤的水泥即將粉碎我。我的脊椎開始劇烈的痠痛，即使健力選手，也必須從一公斤的重量開始訓練的，我呢！我的人生，從五十公斤的重量起始。四十包的時候，小腿開始抽筋，五十包全身開始抽筋痠痛，腰部開始挺不直了。我開始發現四百包的水泥，扛一包要走三十公尺多的泥土路，剛開始，我不以為然，五十包以後，哇！我怎麼辦？我體能不好，剛高中畢業，一下子就來做超越我體力的粗工，我整個身體的筋脈負荷不了。

「馬然（註⓭），我搬不動了。」其實，我很後悔跟他來做苦力。

「好。你就在板車上，把水泥移動到邊緣，好讓我搬。」即使移動那些水泥，也讓我耗盡力氣，這是我人生為了理想第一次做苦工、粗工。我的手掌開始無法握住滑溜溜的水泥包，雙手手掌、肱部很快地耗盡了力氣，筋腱漸漸失去了收縮的彈力，那時我的手掌已經不能隨心所欲地握拳了，我痛苦不堪。

「馬然，我的手無法動彈了。」

「你休息吧！」

洛馬比克，二十五歲，原來每趟扛兩包，後來放在底部的水泥，他扛三包，上層的扛兩包，就這樣，那一夜，他扛了三百五十包水泥，晚上十一點做完。我們從布袋回到嘉義市的路上時，在貨車內，我不時地握拳、鬆拳、握拳、鬆拳活絡筋脈，乳臭未乾如我，我望著車窗外的黑夜，腦海卻想著媽媽勸我不要去台灣念書的神情，流淚是此刻我唯一的護身符，左眼停，右眼流，上大學念書之路與做苦力的公路是截然不同的人生之路，已經是午夜過一時了，二十歲的人生不再企盼黎明與黑夜的交替，只想躺著呼呼大睡，我的無助，又再次地讓我飆淚了。我不恨我堂叔，我恨自己的好高騖遠了，分明有光明的前途，我卻選擇漂泊的黑暗之路。

貨運公司的大門在午夜時分深鎖著，我認為，那是鎖著他們的財富，也是他們對苦力者的剝削之鎖，一盞暗紅燈罩，我不知道那是什麼玩意兒，後來洛馬比克跟我說是，閩南人的「神明之燈」。

我們沒有任何的盥洗供品，就使用水龍頭邊的司機們洗手洗腳用的臭肥皂，洗澡洗頭。我滿頭滿身水泥粉，沁入了毛細孔，這一夜，比我在台北的工廠工作疲憊千倍，小東北風來襲，我解開身上的工作衣，工作的長褲，衣褲也硬梆梆了，丟進水槽裡，我感覺有些冷，也感覺西部的漢人比東部的漢人冷漠、可惡。沖水的同時，腦海閃現小學時期，國語課本裡的課文，穿紅衣的「吳鳳的故事」，我忽然懼怕了起來，彷彿辦公室裡的那盞暗紅燈是鎖著吳鳳的紅衣。那時我的頭髮已經硬梆梆如鐵絲，整個頭皮盡是水泥，在數十秒之內，完成沖水的洗澡儀式，因為害怕那盞紅燈的紅。

我恨洛馬比克，他以為我是他，鐵一般剛硬的身體，叫我只帶身體，不帶任何日常用品，我恨死他了。洗完澡，只是沖一沖身子，頭殼而已，之後，我已經不知道雞籠工寮的髒，雞籠空間的臭，棉被如精神病患者的尿騷味，丟到一邊，然後抱著我的旅包，即刻睡著了，我人生最疲憊的一夜，也是最最困惑的一夜。問，這是什麼樣的工人待遇啊？問，我就這樣過一生嗎？

註❶：畢業後，努力閱讀各報社的副刊，給自己認識更多的單字，但我不知道那些作品就是「文學」。

註❷：紀守常神父培育的第一代的達悟籍的老師。他們有四位，三位男的都是我部落的，一位女性。成功就業的有兩位，但這兩位後來都是「酒鬼」，為結論。

註❸：當時考古學、人類學是我最想念的科系，是我夢想裡的願望。

註❹：阿忠，我們通信，但沒有見過面，因為我們的黑面具，我們的海洋島嶼氣質，他聞得出，辨別得出，我們是蘭嶼來的，當時我們都說達悟語。

註❺：就是現在的台北市政府，世貿大樓。

註❻：他就是我的小說集裡的「老海人」，被拍攝成為電影。

註❼：當他在二十三、二十四歲的時候，他經常一個人承包一台四十呎的聯結車的兩百包、四百包的水泥，一個人搬進農會倉庫。

註❽：一九六一年出生的達悟人只被族人允許在我們島上當幾天的國民兵，拒絕到台灣當中華民國的軍人。他的父親就是嚇阻蔣介石來蘭嶼募兵的其中之一位勇士。

註❾：洛馬比克當時已經是有執照的聯結車司機了，從碼頭運輸核廢料到貯存場。

註❿：必要條件說是，高中生在學校接受過「軍訓課程」，特別允許蘭嶼籍的高中職畢業生，可以辦理國民兵級的「退伍證」。

註⓫：達悟民族習慣的稱謂，就是晚輩一概被稱之「孩子」，不稱姪兒姪女、晚輩。

註⓬：嘉義縣的布袋鎮，靠近海邊的西部城市。

註⓭：馬然，達悟語是叔叔的意思。

——原載二〇一八年十月《印刻文學生活誌》第一八二期

現定居於蘭嶼。國立清華大學人類學研究所畢業，私立淡江大學法文系畢業。現為「島嶼民族科學工作坊」負責人。

王正義——朱國珍

七十九歲入監，到底犯了什麼罪？阿公說他是冤枉的！他在家裡放A片，有小孩子進來，他就被告亂摸小孩，判了六年。「每個人都是冤枉的。」王正義心想。

「一九三六會客。」

終於來了。王正義思念的妻。

花蓮監獄會客室裡九個座位，每人面前一具老式電話，盤固在光滑的磨石子桌面上，陳舊而靜謐。此刻的安寧滲著冰涼，明明沒有冷氣，卻渾身哆嗦。高懸的氣窗飄入室內唯一的清新，摻滲揮之不去的焦慮。

鐵捲窗緩緩由下往上展開，他看見了她的衣裳，是那件熟悉的花布衫，他們一起到泰國旅遊的紀念，當時，他買給妻，還被笑俗氣。回到家鄉，濕熱的天氣常常令她皮膚搔癢，只有穿上這件衣服時特別清爽。妻穿了洗，洗了穿，夏天裡好像只有這一件衣服似的，已經褪色的花朵渲染成說不出的迷離，妻說，以前是花，現在是油畫，都是藝術品。

眼前緩緩露出妻的手臂，妻的脖子，妻的臉龐，逐漸拼湊出完整的人影，臉頰與鼻尖上熟悉的雀斑，燙焦的捲髮。完全和從前一樣，唯一不同的是，啊！她在流眼淚。

即使面對面，卻彷彿光年相遇。王正義與妻之間除卻密閉式的鐵捲窗，還有整面橫向的鐵條，一根一根切割妻的形象，也切割現實中的妄想。在鐵捲窗與鐵條的兩側，另設置透明壓克力窗，完全阻絕兩邊氣息的交換。還能要求什麼呢？此刻，能親眼見到她，已經滿足。

妻一隻手拿著電話筒，緊緊攀黏耳朵，彷彿王正義能縮小身軀從哪兒鑽出來似的。另一隻手，抬抬放放，擦拭流不完的眼淚。

「美怡……。」王正義呼喚著妻的名。

她的眼淚更澎湃。

「別哭了，說話吧。」

「想吃什麼？」她唏泣地問。

「山產。想吃Lonai，猴子肉。」

美怡笑了出來：「別鬧了，這是保育類動物唉。不要再罪加一等。」

王正義也笑了。

緊繃許久的臉頰放鬆，看著心愛的人，感覺真舒服。自己多久沒笑了？在新收房裡，似乎已經度過一個月。

*

三人一間的新收房，完全密閉的空間，慘白的牆，映照慘白的面容。將近三米高的對外氣窗，能見卑微的陽光，僅在天亮時救贖。厚重的不鏽鋼門上方，有個十公分監視窗口，底下鑿開由外面開關的小洞，三餐從洞外送進，用洗澡的小塑膠盆裝著，二葷一素。用餐十五分鐘，時間一到，管理員即大喊：「收phun。」「盆仔嚕出來。」這時，得趕緊將吃不完的飯菜倒進塑膠盆，由小洞推出去，萬一錯過收phun的時間，剩菜剩飯只能放進馬桶沖掉。

室友都是壯碩的原住民，餐餐卻總有過多的剩餘。

新收房一天分早中晚放風三次，每次三分鐘。另外規定打坐五十分鐘，一天五次。打坐時聽阿彌陀佛唱誦，反覆播放。王正義是天主教徒，這旋律讓他很不適應，跟管理員反映，想聽教會聖歌，只得到回應：「不要囉嗦，五個星期就出去了。」想想，這是管理員除了「盆仔嚕出來」之外，說過最多話的一次，似乎也堪安慰。

日日夜夜，除去制式作息，其餘時間都關在小房間裡反省。三個大男人有時聊聊天，更多的時間沉默，呼吸。

王正義，太魯閣族，師範大學教育學碩士、原住民乙等特考及格，公務員八職等年公俸頂等。五十一歲的他，從沒想過變身囚犯的這一天。當最高法院定讞四年五個月有期徒刑那一刻，王正義都不相信這是真的。

二十年前返回出生地，長壽鄉四千多人，多半老弱婦孺。王正義投身公務，假日和妻做志工，組織社團，與族人鄉親共同重建部落文化。返鄉時他和妻只有三十出頭，充滿熱情，鄉公所就是家，所有活動都帶著孩子參與，族人就是親人，無有分別。

美怡出生在高雄，家裡開冰果室，正在念陸軍專科學校的年輕原住民，到她家冰果室可以連吃四碗剉冰，吃到拉肚子。她從此跟著他半生徙轉，從南部到東部，從台語到山地話。

王正義退伍後，先自修考上法務部監所約聘管理員，分發東部小鎮的外役監獄，看守牢犯，一週只有一天假。美怡精打細算，思忖著丈夫一週才回家一次，有地方睡覺即可，不需太講究。於是她租了間老舊公寓旁加蓋的違章建築，只有六坪大，鐵皮屋頂與鐵皮牆，沒有衛浴設備，月租五百塊，含水電。同時尋了個蚵仔麵線攤車，直接放在住家門前，買個紙糊紅燈籠，上面用黑色毛筆寫個「蚵」字，開始做起小吃生意。

她說這地點好，位在十字路口，住的地方不要緊，能看見蚵仔麵線的攤車最重要；加上房東就住隔壁，體恤獨居婦女，願意提供廁所和浴室。「真幸運，都能遇到好人。」美怡說。

那年夏天強烈颱風來襲，直擊東部縱谷。沒有地基的違章建築結構粗糙，鐵皮屋頂的梁柱攀釘在鄰邊水泥牆，另一邊懸盪屋簷，不斷嘎嘎作響，彷彿要掀起毀滅萬物的第一片骨牌。是夜，王正義放假在家，擔心屋頂被風吹走，用繩子纏住夫妻倆圓潤的身軀，同一根繩子垂直繫綁在屋頂那根最主要的梁上，試圖用兩人的體重，鞏固最重要的屋梁。

就這樣相擁而眠，直到第二天清晨，颱風過境，陽光從鐵皮縫隙裡透進，敲醒王正義的眼皮。他微微俯身探視自己的妻，發現她的手還緊緊握著肚皮上那根繩子，垂目安詳。

兩年之後，經過特考分發，王正義回到長壽鄉，先由農業村幹事做起，因為績效卓越，半年後隨即升任鄉代表會祕書。

這時分配了宿舍，是個木造建築，旁邊流經一條小型灌溉溝渠，浮動著許多寶特瓶與任意拋棄的紙便當盒。兩個兒子相繼出生，從小經常看見蜈蚣或馬陸攀爬在窗沿，或親近自己的腳趾頭。

監獄裡不會出現這些節肢動物，到處都很乾淨。

這裡什麼都沒有，時間最多。「時間」像個隱形的篩子，過濾看得見和看不見的垃圾。管理員通常在早晨查房，先敲門，獄囚必須立刻回報「主管好」；接下來叫「報數」，室友們輪流喊出一、二、三。管理員從門上孔洞觀察，確定人活著。

入獄後，先在新收房禁閉五週。前一個期滿的室友離開，換來個七十九歲的阿公，只會說達悟族語。通常新收房都是老鳥搭菜鳥，照理說該來個「學弟」，阿公已經是老鳥，只剩兩週離開新收房，準備下工場。問他為何改變囚室？阿公說他是虔誠的天主教徒，吃飯前一定要禱告加上唱聖歌，老人動作慢，唱完聖歌，已經過了十分鐘，三菜一湯都被另外兩個年輕力壯的受刑人吃光了。

「吃飯沒有菜。」阿公向監獄抱怨，於是被調來同樣是天主教徒的囚室。王正義體諒阿公禱告的習慣，三餐幫他留菜。阿公吃飽了說：「很好！我在蘭嶼有房子，給你，土地給你。」

七十九歲入監，到底犯了什麼罪？阿公說他是冤枉的！他在家裡放A片，有小孩子進來，他就被告亂摸小孩，判了六年。

「每個人都是冤枉的。」王正義心想。

*

「上次妳帶來的蝸牛，我分給室友一顆，妳知道他怎麼吃嗎？」

會客時間，王正義對妻述說生活點滴。

「啊你都一次放五顆進嘴巴，是要怎麼吃？」美怡的聲音嗲嗲地。

「他小心謹慎地拿起這一顆蝸牛肉，看了半天捨不得吃，最後是一小口、一小口、抿著嘴巴慢慢咬完。一顆蝸牛，他吃了有十分鐘。」

美怡終於笑了。

真好看！王正義心想。這個女人，跟著他全台灣行旅，好不容易在自己的家鄉定居，陪著他生活，工作，打選戰。最後，陪著他坐牢。

剛開始王正義還是四級受刑人，每週只能探監一次，先到先登記。美怡擔心這一週一次的會客，給王正義的其他朋友用掉，見不著老公的面，總是清晨五點從百多公里外的長壽鄉，開車到監獄，趕在八點第一批排隊報到。會客人數一次開放九人，每人半小時。進去之前先檢查會客菜，重量限制兩公斤，管理員把塑膠袋打開，用剪刀剪碎所有的菜餚，防止偷渡堅硬物品讓受刑人發生意外。食物中不能出現酒味，若是水果，荔枝、龍眼，皆違禁品。

「家裡都好嗎？」王正義問。

「還好你有留下『錦囊妙計』，我都按照裡面寫的事情去做。繳水費、電費、房貸。存摺和印章都保護得很好，只有那個水龍頭總開關，怎麼切換自來水和山泉水有點難，常常搞錯。」

「叫Wumau幫妳。他會。」

「他們都很幫忙了。」美怡說：「現在的鄉長讓我當代表會助理，薪水兩萬多，可以貼補家用，你不要擔心。」

王正義陷入短暫沉思。直到現在，提到「鄉長」二字，心中依然湧起心酸絞痛。

「聽說他們很多人都進來了。光輝鄉三個候選人，在選舉期間就被收押了。」

「喔！通通進來『南華大學』進修啦。」王正義為自己解嘲。

美怡：「是啊，都來進修了。光輝鄉代會選出十一個代表，早上十點就職，十一點就全部帶到調查局。那個代表裡面有六個原住民，五個漢人，結果是漢人當選主席。後來傳出來，原來是買票，一票五十萬。」

王正義冷笑。

光輝鄉是一半漢人一半原住民組成的偏鄉，小小的地方選舉，大大的金錢交易。政治這種事情，不分族群，不分階級，一旦淌入，就像沾染毒品，權力的幻覺，掌握一秒便是一秒的帝王。每個人都以為自己可以在這個圈子裡成為毒梟，贏取暴利或地位。然而毒品就是毒品，它不會為你改變，而你卻可能為它毀了人生。

「不說這個了啦，想吃什麼？」美怡轉過頭來問王正義。剛剛她暫時沒有理會老公，因為聽到隔壁探監家屬的對話很好笑，竟然轉過去跟他們聊了一會兒。

「我想吃Magali、蕗蕎。」王正義回答：「還有山羌、果子狸。」

「山胡椒和薤菜沒問題，可是那個肉喔！保育類耶……我去找找蛤。」美怡撒嬌說：「這樣我就有機會跟你一起進來南華大學進修囉。」

王正義微笑。

三十分鐘倏忽消逝，鐵捲窗再度緩緩移動，降落，決絕生命的距離。

王正義心頭翻攪澀澀又甜甜的滋味。離別之前，美怡說：「蘇年來現在也被起訴了，貪汙罪。」

＊＊＊＊

蘇年來。

王正義這輩子都不會忘記這個名字。

兩人都是原住民，蘇年來是官校專科班高十幾期的學長，退伍後無業，隨即返鄉。老鄉長提拔他做鄉公所祕書，屬政務官，連續八年，成為地方有力人士，他渴望鞏固更強大的舞台。蘇年來家族在長壽鄉勢力龐大，八個兄弟姊妹，有校長、老師、軍官、警官、醫生。做醫生的是他妹妹蘇春嬌，在原住民部落開診所，營業期間，鄉間農地裡突然坐落起好幾間造型華麗的別墅，歐式、日式、田園式，村民好奇打探，都是她的房子。許久之後，族人才明白，蘇春嬌專門收集病患的健保卡，盜領健保費，被判停業一年。

一年之後，診所重新開張，村子裡無處可去的老弱病患依舊報到，看病拿藥，說說笑笑。

王正義年輕，熱心，具備高學歷，積極參與地方活動，有些族人開始鼓動他出來選鄉長。

「你看那個蘇年來長得就一副奸詐狡猾的樣子，而且他已經那麼老了，沒有力氣服務了啦。」

「今年聽說溪梧村有兩個人要出來選，另一個是代表會主席，這個更糟糕，他沒有選上主席之前，在加油站當站長，因為貪汙被開除。」

「同一個村子兩個候選人，選票會分出去，你的機會大好。」

還沒有決定登記參選，身邊的人已變身選舉幕僚，紛紛為他擘畫前程。

「王正義，你年輕有為，先選上鄉長，再選縣議員，跟那個陳才明一樣，為我們族人爭光。」

從地方到中央的康莊大道！王正義被挑逗起輝煌的政治光環。這輩子，努力求學、工作、進修深造，難道不是為著出人頭地這一天？

慾望，如鬼火。還不到中元普渡，有人看見公墓裡已磷光爛漫。

那年六月，國中同學汪志雄突然拜訪王正義，說他手下有十個原住民工人。

「有需要幫忙的時候，我們一定會幫忙。」汪志雄說。

王正義客氣回答：「謝謝你們幫忙。」

稍後，汪志雄欲言又止：「但是，現在這些工人困在山上工地，拿不到薪水。你知道，包工程很難做。」

王正義掏出三千塊錢，給汪志雄，囑咐為工人買些雞肉，做燒酒雞給他們吃。

十二月，選戰膠著，汪志雄出來檢舉王正義在六月份拿出三千塊賄選，買他家三張選票。

這件事，直到現在王正義都無法理解。鄉鎮市長選舉是九月登記參選。六月分，誰能預知三個月後的命運？況且，汪志雄的戶籍地根本沒有設在長壽鄉，花錢買他的票也是徒然！

「準備開工！」監獄主管的指令，把王正義拉回了現實。

還在牢房裡蹲馬桶的王正義，趕緊穿起下半身的褲子。

下工場，是監獄生活的第二階段。王正義不抽菸，選擇「戒菸工場」，這裡待遇稍好，四人一間房。早晨六點半起床，七點吃飯，八點開牢門出發上工。每天七點到八點一定要強迫自己大便，馬桶就在牢房角落，沒有隔間。八點十五分開工後，工場幾百人，想大便除了報告還要排隊。

監獄裡，看編號即清楚來歷。二〇〇號以下是無期徒刑，一〇〇〇號以下十五年以上。王正義編在一九三六號，四年半有期徒刑。

戒菸工場專門製作百貨公司、服裝店的購物紙袋。「同學」們每日工作八小時，分發紙模，拼整組裝。即使內容空乏，摸著摸著也像是親人的禮物，在奢美的花樣裡寄託思念。

王正義下工場才發現，監獄最缺文書。嘴巴說話很容易，需要寫字時，每個人都皺眉癱瘓。王正義擅長處理工作日誌、調查報告、還能編訂簿冊，很快受到主管重用。不到半個月，主管說，希望將王正義升做「總組」，擔任管理受刑人的受刑人。

仔細研究分工組織，發現「總組」的責任繁瑣。他已經坐牢了，不想再添麻煩，主動選擇輕鬆的「藥管」，在戒菸工場裡專門管藥。

坐牢，失去基本人權，依然要維持基本生命。許多慢性病患者的藥物，一天也不能少。做「藥管」有自己的辦公桌，幫受刑人掛號與負責早晚發藥。最重要的，必須親眼盯著受刑人把藥物確實吞進肚裡，絕不能讓他們私藏累積龐大的藥品數量，搞自殺。

這裡，每個人都喊冤枉，每個人都不想活。

監獄看管嚴格，室門三道鎖，自動鎖、扣大鎖、鏈條鎖。除了身上陽具偶爾還會硬一下，囚室裡沒有一個東西是硬的。王正義聽聞過其他受刑人試圖自殺的消息，多半用頭殼撞馬桶，死不成卻換來譏笑。據說唯一的成功者，就是吞藥，當晚即登天。

彼時，王正義也想死。新收房禁閉期間，噤語的室友，無聲的牢牆，看似平靜的空間，迴盪著千千萬萬個「為什麼是我」？疑問似腐肉之蛆，蠕噬他的腦波，啃蝕臨終的驕傲。

距離投票日剩下一週，王正義聲勢看好，許多鄉親志願來競選總部幫忙，對新鄉長充滿期待。然而耳語紛紛，吃飯喝酒閒談之間，總會傳出某某拿了二號候選人的錢，某某拿了一號候選人的錢。

「上個月給一千，現在給兩千。」

賄選的消息，浮動於有山有水的偏鄉，立冬剛過，溪河意外鼓噪，滔滔流水翻滾著謠言，鎮日嘶隆作響。妻說她親眼看見有人拿了蘇年來的錢，她不敢開口問，拜託熟識的朋友探詢，那人答：「我只是拿他的錢，票還是會投給王正義。」

十二月二日，投票前三天，敵營放出消息，王正義賄選，已經被抓去關。

當時他和妻，人在競選總部，為最後三天的造勢活動忙碌。聽到訊息，嗤之以鼻。「奧步！」他心想：「我明明就在這裡。」

隔日，查賄小組開始約談。

王正義斷然回應：「沒空。」清清白白選舉，有什麼好約談的？

「你被檢舉賄選。」

「誰檢舉我？」

「警察局已經做了筆錄。」辦案人員回答。

賄選。證據確鑿。

肅颯冬季，埋葬祖靈的聖山，抵擋不住季節的殘酷，政治暴風圈襲捲，吹亂公平與正義。怒吼的空氣撕裂呼嘯，淒厲如女巫嘶語，向黎明之前的陰闇咆哮。是預言或詛咒已經不重要，三天後，王正義以五十票的差距落選。

＊＊＊＊

「你要的電風扇、新棉被、都已經買好了。還有啊，現在都不看書了嗎？都沒聽你說要我帶書給你看。」隔著鐵條壓克力窗，美怡問。

「我每天看四份報紙。」

「這麼清閒。」

王正義牽動嘴角，神氣地說：「我現在有助理。」

「這麼好？」美怡露出妒嫉的神情。

「也是個鄉長。無期徒刑。」

「為什麼？」

「氣憤殺人，沒想到讓對方一刀斃命。是個漢人，已經六十幾歲了。他懂文書，報告都給他寫，什麼事都給他做，我只要監督就好，一個月給他六百塊錢。」

「原來你每個月都跟我要錢，都是用在這裡喔。」美怡柔軟的說話音頻，永遠不會讓人感覺發脾氣。

「我不只一個助理呢！另外還有兩個，幫我洗衣服，打掃。那個洗衣服的小子還真不錯，每次都折得整整齊齊，像軍隊棉被一樣，送來給我。」王正義愈講愈開心。

「你唷！不要再那麼容易被人家騙。以前那個施什麼才的，也是個年輕人，剛剛出獄，回到我們鄉下，你說要幫忙照顧人家，他就來找我，說沒地方住，我就帶他去看山上的農舍，結果他嫌舊又漏水，不要住。後來在鎮上開按摩店，我還介紹客人過去給他按摩，結果，你知道嗎？他是吸毒犯。」美怡哼了一聲：「還好山上的房子沒有給他住，要不然就成了毒窟。」

「這麼誇張噢！」

美怡接著說：「還有你的室友，那個犯了槍砲彈藥管制法的黑道大哥，一直說有遊艇可以讓我們家老大舉行遊艇結婚典禮，還要投資老二開醫院。後來得了喉癌那個？記得嗎？你不是寫信給你官校同學募款，要幫大哥治病。你同學就一千、兩千寄到監獄。啊寄信人不是都會留下地址？結果那個人獄外就醫，第一個就跑去找你官校同學借錢，借一個好奇怪的數字，好像是四萬七千三百二十幾塊。哪有人借錢這樣借的？你同學覺得很奇怪，遇到我的時候才問我，我叫他不要再跟這個人聯絡了，啊那個黑道不是說他有遊艇嗎？賣一個就有四千萬，還要借四萬塊喲！」

「噢！我同學真的有寄錢喔？我都不知道。那個黑道每次收到錢，都說是他公司會計寄來給他零用的。」王正義回答。

「後來聽說，那個人喉癌四期，出來沒多久就死了。」

王正義靜默。

隔壁探監的親屬聲音突然大了起來，好像是為了零用錢的事情爭執。美怡轉過頭去看了一會兒，又轉過頭來，掩住電話筒，細聲細氣地透露線索：「隔壁為錢的事情吵了起來。」

王正義學她也掩住電話筒，低語：「我在裡面也聽到了。」

兩人視線相交，一陣笑。

「你不要擔心。高雄的老房子賣掉了，賣三百萬。你也知道，那個房子又舊又破，賣三百萬差不多，可以用來付現在這個房子的貸款。」

王正義點點頭。從前這些生活開銷，都是他在負責，妻不在金錢方面精明，也不想管，單純勤儉。年輕時推攤車，會利用煮過黑輪蘿蔔的湯頭來煮蚵仔麵線，不必添加味精，客人都說好吃，那時候，為家裡賺了第一桶金。

「下次想吃什麼？」美怡問。

「蚵仔麵線。」王正義毫不思索地回答：「還有肉。很多很多肉。」

「這麼胖，還吃那麼多肉。」美怡回應。

＊＊＊＊

有錢就是老大，獄裡獄外、黑道白道都一樣。

黑道老大靠「會計」每月匯錢；白道老大靠家屬資助。每次會客結束，「大哥」的身分地位，清楚攤開餐桌上。只有「大哥」面前，才有滿桌豐盛佳餚、高級水果，吃得眾人滿臉油光，飽足暢快。這份光景，讓那些從來沒有家屬探視的受刑人，看得口水直流，眼淚吞進肚裡。

「利誘」，永遠是經營管理的最高原則。從前王正義在課本上學到的「藍海」只是咬文嚼字，複製這套用來檢驗人性，讓他敗掉半生基業。現在，他學聰明，法律褫奪他的公權也消滅他的熱血，從此不再廢話，罩子放亮，只挑身邊能辦事的人，給點錢，分享好吃的食物，這些人隨即忠心耿耿，為他代勞，心甘情願呼喊他「大哥」。

「我是白道大哥。」王正義笑，心頭悵惘。

三年前，若是明瞭做大哥的道理，唯利所使，情義靠邊，也許痛心的程度可以舒緩些，也許，當血脈親族不願意和自己在同一條船上，能夠釋懷背叛。大姊古明珠嫁到溪梧村五十年，連任三屆鄉民代表，造橋鋪路，深耕部落，全力扶植親弟弟王正義選鄉長，快七十歲的老人，騎著電動車，挨家挨戶親自拉票，最後拉不住自己兒女的心，孩子們一張票也沒投給親舅舅。鄉長選舉結果，溪梧村得票率只有百分之二，老大姊羞愧鬧自殺，落選當晚一個人在家喝完半打補力康。

新鄉長蘇年來和妻子出生溪梧村，家族、姻親扎根於此，勢力連綿到全鄉。當選後，酬庸所有輔選人員。古明珠的兒媳婦依娜，選前無業，選後立刻到蘇春嬌的診所上班，負責掛號接電話，月薪兩萬五。

派出所接受王正義賄選檢舉案的承辦警察黃俊財，正是蘇年來的小舅子。出面檢舉的母子，是黃俊財老婆的舅媽，也是姻親。

出面檢舉王正義賄選的母子，不認識字，不會簽名，不會說國語。母親鍾蓮妹，六十多歲，酗酒，獨居；兒子杜進來，無業，進出監獄無數次。偵訊時，兩人全程需要翻譯。記不得出生年月日，不知道身分證字號，他們一口咬定王正義是在十月二十八日草林國小運動會時，發給每人各兩千元買票。

第一次開庭時，檢察官問：「誰給你錢？」

「沒有。」

「有沒有拿到選舉的錢？」

「沒有。」

「是不是王正義給錢？」

「是。」

只要一聽到王正義的名字，只會說泰雅族語的母子，立刻回答「是。」

法官全然採信偵訊筆錄。即使王正義提出人證物證：十月二十八日草林國小運動會，王正義與競選團隊確實前往握手拜票，但時間是中午的用餐空檔，大約十二點四十分，團隊隨即趕赴其他行程。然而起訴書中，鍾蓮妹母子所指控的時間是下午四點，接近黃昏。根據草林國小的活動紀錄，當天運動會，在下午三點已全部結束。

——原載二〇一八年一月二十二～二十四日《中國時報》副刊

本文收錄於二〇一八年一月出版《慾望道場》（印刻）

清華大學中語系畢業，東華大學創英所藝術碩士。曾獲二〇一五林榮三文學獎新詩首獎，二〇一六林榮三文學獎散文首獎。二〇一三「拍台北」電影劇本獎首獎，二〇一三《亞洲週刊》十大華文小說。著作《慾望道場》、《半個媽媽半個女兒》、《中央社區》、《離奇料理》、《三天》、《夜夜要喝長島冰茶的女人》。

夾子——黃崇凱

自從上次OB會後，我路過夾娃娃機台常會掏掏口袋，如果摸出十元硬幣就玩一下。最近一年，夾娃娃店暴長蔓生在大小城鎮角落。路邊空店面再開的時候，總被一台台明亮熾白的夾娃娃機填滿，LED跑馬燈炫彩線條或字幕旋轉在機身顯示版，伴隨循環播放的刺耳音效。機台的透明壓克力櫥櫃大多堆滿絨毛娃娃、卡通抱枕或動漫盜版模型公仔。有些擺著廉價3C產品，如藍牙喇叭、耳機、行動電源、迷你風扇或行車紀錄器。有的不過是一些iPhone形狀的掌上型玩具或Apple Watch長相的電子錶。大部分的店家機台內容物都差不多，像是從一樣的批發商批來的便宜貨。看起來不算特別能引起人的消費衝動。

把同學聚會取名OB會（Old Boys會）的馬三說，這你就不懂了。以前都要店家自己來，機台要買要租，一家店光是店租、禮品的固定成本要打平就很拚，要賺摳摳，也只有少少的一兩萬。現在的經營模式是這樣：租店面、租機台，然後再招募機台主轉租出去，一台收月費四、五千，二十台你每月能收到八萬、十萬。扣掉店租、電費、維護費，你說這種生意大家怎麼不做。時機歹，不景氣，大家拿得出來的摳摳不多，一個月四千不算重。這就是經營模式的創新啦。我們在鬼島賺吃，免肖想技術創新，想想怎麼從老東西玩出新花樣才混得下去。不然夾娃娃機存在二十年了，怎會最近爆紅？一定有它的道理嘛對不對。

我們幾個同學在街邊飲料店騎樓的座位區續攤，過路車輛轟轟呼嘯，馬三更樂於高聲大論。他皺著臉頰吸了口翡翠檸檬，我再說一個給你們參考看看。外面不是很多扭蛋機？扭一次要五、六十塊，你會拿到一個小小的、精緻的模型。通常有一系列模型讓你收集。那種東西就很日本。阿本仔就喜歡把所有東西都縮得小小的，很迷你就很可愛，大家看到都會說卡哇伊捏。但你要把東西縮小，就需要技術。日本那麼多東西可以縮小，什麼鋼彈、小丸子、海賊王、哆啦A夢就不用說了，還有專門的玩具設計師設計貓貓狗狗之類的動物，我們有什麼？我們只會代工，偷人家的模具、偷人家的技術、抄人家的動漫角色，我們根本沒才調開發自己的東西。所以夾娃娃機才能代表我們的文化。你玩一次十元，帶點運氣和賭博的成分，然後花幾十塊、幾百塊夾到的是中國代工廠製造的盜版爛玩偶。重點不是夾到的東西好不好、是不是正版。而是那種以小博大，貪小便宜的心態。你創造一種十元硬幣的幻覺。一種十元對應到那麼多價值超過十元很多很多的禮物。他們不會去想那禮物真正的價值和實用性，他們就是單純被那種巨大的差距吸引。就算你在機台上面貼「一千五保證取物」，也真的有頭殼壞去的人餵那麼多錢到投幣口。

馬三那套台灣人夾娃娃行為敘事分析，說得我們一票OB會高中同學有如親聆宗師開示。

我早早喝完鮮奶茶，一邊看手機小說一邊聽他們漫天亂聊。馬三大學畢業後，常常換工作，賣過房子，也賣過靈骨塔，號稱陰陽宅買賣雙修。有陣子做旅行社業務，後來又跑去賣馬桶。他跟妹妹合夥開過早餐店，加盟過手搖飲料店，好像總在把這邊辛苦賺來的收入轉投到另一行博機會。在我們年屆四十的此時，總在歸零的馬三似乎還沒玩夠這種挪來移去的金錢遊戲，最新精神寄託就是夾娃娃機。對於即將開張的夾娃娃店，馬三優惠老同學，開放認領機台，月繳三千八就好（要他準備禮品的話就算四千五），免押金，三個月結一次，保證回收後再分紅。同學們都跟他認領，我也參了一台。

起初的三個月，收入不錯，馬三說每台機子上看一萬不是問題，又不用人事成本，二十四小時全天開放，有時一天要補好幾次兌幣機呢。不過業績曲線隨著時間拉長，逐漸跌到平均每台收入不到五千，有些獎品差一點的機台，連達到兩、三千都很拚。有些同學退出了，馬三繼續招募新機主，要我有機會轉介朋友來租。他說，貓仔，你找到的人，每台給你抽五百。我心想，這不就是老鼠會模式嗎，下線愈多，上線愈賺，下面的在拚命，上面的在爽。我虛應馬三，有機會就幫忙介紹。他補充，我坦白說，這間店就你那台機子最賺，到現在每個月都還有一萬以上，不少人專門來排你這台。我說廢話，我的東西一看就比較好啊，平平攏1TB行動硬碟，我放的是Toshiba捏，大家手機拿出來隨時都嘛會比價。每個月買獎品的錢扣一扣，賺無啥物啦。為這幾千元，我還得走撞款物仔。講輕可賺，哪有影。我看你自己換好一點的獎品卡實在啦。馬三臉凍聽我說完，點點頭，拍拍肩，好啦有機會幫我介紹人喔給你抽。先來走。我從門邊看他開著寶貝的酒紅色馬三，叼著菸，駛離我工作室。他從以前就這樣，你不順他意、質疑他，他就面孔繃緊，藉機閃人。其實店的生意掉，也不能怪他。他不過跟大家一窩蜂，只要去馬三開店的那條街就知道，不到五十公尺有三家夾娃娃店，其中一家號稱「蝦拚摸」現場擺了五十台大小機子，還有特別訂做的超大尺寸抱枕機組，弄得跟速食店兒童遊樂區一樣大。另一家是有人店，常常做週末促銷活動，限定時段保夾，噱頭不少，店外總有好幾個排隊等入場。跟別家比起來，馬三的店真是一碗陽春麵，生意不落也難。連我去這兩家玩過，都覺得到馬三那邊玩夾娃娃有點寒酸，機台發出的光線跟擺在櫥裡的獎品也顯得黯淡。要說空虛寂寞，沒有什麼場景比得上三十台夾娃娃機（是的，馬三想衝量補業績，又搞十台來放），不斷反覆回放智障音效，閃閃爍爍的特效雷射光彼此映照，卻沒有一個人在玩。

一年租約不到，馬三退掉店面、退回所有機台，說是得再想想其他門路，不然連他那輛馬三的貸款都賺不到。我跟他要了機台廠商的電話，弄了一台擺在工作室騎樓。本來放著好玩，結果我工作室姊妹和隔壁間的小姐們都來玩，有時也有些路過客。大我幾歲的小可跟我說，獎品不錯捏，滿實用的喔。我說拜託，我頭家捏，動頭殼是應該的，咱要想點新步數，不然怎麼拚得過那些越南店。結果夾娃娃機愈演愈烈，弄得我天天找錢換硬幣，三天兩頭忙補貨，連管區都來關切了。那天早上，管區駕車巡邏路過，要我出去聊聊。我打菸請他，我們站在騎樓的機台旁，陽光正好，附近第二期稻綠油油，視線開闊。他呼了口煙，夾菸的手指指機台，聽說最近這台足慶，蓋濟人來玩？我答攏迌迌物仔，沒啥啦。不是吧，我看裡面有KY，有Sakku，擱有幾支按摩棒。真正沒問題？我看你稍節一下。這條街做什麼生意你瞭解，人若太濟，咱攏有麻煩。我只能滿口答應。管區走了以後，我拿鑰匙打開壓克力櫥窗，拿掉有爭議的實用品，剩下那些不痛不癢的絨毛玩偶、公仔、藍牙喇叭、耳機之類的常見獎品。留給我這家工作室的老媽臨終前交代，要我好好對待來打工的姊妹，要聽管區的話，人家說什麼規矩就乖乖遵守，每個月自動扣除的保險費都不要變動，至少保庇十年。之後就看我自己的造化發展了。

晚上琳達問我，機仔內面怎麼實用的東西都不見了。我說這陣太多人來玩，會有麻煩，先拿起來了。唉唷，卡早我男朋友叫我夾娃娃也是這樣講。她笑出聲來。琳達不愧她的英文名，奶有影大，隨著她身軀，笑得一顫一抖的。她點了根黑豆仔，煙霧從她豔紅的唇湧出，接著說，你古意捏，重點不要擺出來就好啦，那些實用的只要寫字條蓋印仔，憑券跟你換不就OK啊。後來幾天，我找了一堆鑰匙圈布娃娃，把寫好的優惠券、獎品券一一放到拉鍊口袋，填滿機台櫥窗。當我裝置完畢，看著黃昏漸暗的晚霞，襯托白亮的夾娃娃機，突然會想說自己到底在幹麼，變東變西，創這又麻煩又賺毋成物。

有天早上馬三來找。一見面他就說，毋成猴，不錯喔。他摸摸機台窗面，表示聽說裡面有什麼special了。馬三扶著機台幽幽說，之前趕緊退掉機台和店面是有苦衷的。幾個同學退出後，他招到一個機台主，每星期都來補貨，但那些獎品不過是普通寶可夢布娃娃，做工不特別好，很多縫線也沒對準。不久後，警察找上門，拿著幾隻跟那機台裡類似的娃娃，說是內面夾藏一些違禁品，會有問題。他搞不清楚警察是想要零用錢，還是要抓人。他給了機台主的聯絡電話，再沒見過那人。我問，那機台裡的娃娃呢，不看看到底是什麼嗎？馬三說，隔了兩星期，不見人來補貨，但娃娃沒什麼減少，還有半滿。照說，他不該未經機台主同意就開箱，但事有蹊蹺，躺在床上想來想去，還是檢查一下比較保險。結果隔天早上他到店裡，那機台的娃娃全都沒了。

全部被幹走？

馬三點點頭。全部。沒破壞痕跡，整台乾淨溜溜。我調出監視器錄影來看，是兩個穿帽T的少年仔，照規矩投幣，以神人般的技巧，一次抓好幾隻，不到十分鐘就清空機台離開。你要是看到錄影就知道我在說什麼。那影片要是放上網，觀看次數絕對幾萬起跳。簡直夾娃娃教學百科，轉搖桿、甩夾子、計算娃娃落下角度彈跳、讓娃娃用滾的、用推的掉進洞口，什麼都會。監視器當然沒拍到正面，應該是行家。那之後我就想，煞煞去啦，了寡錢關店，省得日後出什麼問題，無法收山。

他說，最近考慮開冰店，目前跟他妹還在研發配方，為了這個特地去台南考察。他督了手機過來，要我看看上頭的照片。說明如下：你看，要給人拍這種美美的照片貼出來，才會有擴散效果。到時開店前我就找一些IG網美阿妹仔，免費請她們來吃，一次就幾千幾萬人看到，光打這些廣告就飽了。若有一千人追蹤帳號，至少會排隊一個月喔。啥款，貓仔要插一股嗎？

我就知道。多年來馬三做過的生意我或多或少都幫，看在同學分上，真的拒絕也尷尬，只好意思意思出一點。那些就連投資都算不上。所謂投資，至少知道怎麼計算風險。馬三的事業風險，永遠難以預測。幸好他底不厚，輸贏大不到哪。我難免擔憂工作室不知能維持多久，這排十九間，以前有編號，定期健檢，人客小姐都安心，後來還不是說變就變。馬三笑嘻嘻，不會讓你了了去啦。你同款寫你的文章，沒事我不會來煩你。

下午三、四點，博士來了。她丟了張兌換券過來，拍著桌面，問我什麼意思。我看看兌換券，就字面的意思啊。恁娘卡好，哪來的跳蛋啦。我道歉，跟她說拍謝，最近工作室有點新嘗試，沒通知到每個姊妹是我的錯。博士一向寒暑假來打工兩個月，今年提早來，還來不及溝通。她說，十五分鐘一千二算全台通用價，還不算前後洗澡時間，就算客人想玩點別的，也沒那麼多美國時間嘛。我們的分歧就是資方跟勞方的差異，你從老闆角度來看，要有變化要吸引客人消費；我從勞工角度只覺得恁祖媽想趕緊かんじょう，早點打完收工，拚翻床率啊。我說這裡庄腳所在，我們的客群就是基層民眾，附近鄉鎮的叔仔、伯仔，還有那些做兵的。沒可能每天拚翻床率啦。增加一點工作趣味不是不錯嘛。博士怒了，你今麼說工作趣味？這種工作哪有可能有趣味，賺皮肉錢爾爾，老了就沒人要，跟職業球員一樣，你竟然敢說工作趣味？不然給你躺在床上插著跳蛋服侍客人好否？勞工意識就是給你這種頭家破壞了了。

我們直到五點都沒再說話，等其他姊妹來，準備妝容時，她們才在客廳聊起來。四十二吋大螢幕放著她們追看的韓劇，忙的時候，時常卡在同一集反覆看。這個姊妹上工，那個姊妹下工，有時這個倒帶、那個快轉，結果一集都看不完。我通常待在樓上的書房，開著電腦螢幕的出入口監視畫面，分心地讀書、逛網站。應該是福克納說的吧，說什麼作家最好住在妓院，早上的寧靜可以專心寫作，晚上的熱鬧可以接觸人群。經過我實際體驗，只能說他老人家想得太美。自從我接了工作室，先是了解active roster大名單，花錢送她們做健檢，還保證提供工傷醫美治療。只要是工作場合受傷染病，我絕對負責。結果三號厝那邊有個小姐想跳槽到我這邊，刻意隱瞞她的人造奶走山（據說是被客人揉得太誇張），圖的就是我支援的醫美福利。後來我花了好大工夫，才跟其他老闆談好，每隔一段時間讓小姐們做檢查，保護她們的身體就是維護我們的資產嘛，何況健檢團體價還可以談折扣。

工作室每月固定開銷，扣除水電費、修繕支出、消耗品費用，跟姊妹們三七分，哩哩扣扣算下來，真是賺不了多少，頂多就夠我保持收支黑字一點點，餓不死。工作室不可能擴大規模（沒資金），也不可能聯合其他家搞文創園區招商（不合法）。所以我每次都盼望馬三真的能成功，幫我多掛一道保證。我曾以為最划算的辦法是參加文學獎比賽。想當初，我偶然發現全台各縣市含離島都有舉辦文學獎，有如撞見提款機一樣興奮。只要破解密碼，增加業外收入不是夢。我從鄰近鄉鎮的圖書館找來一堆文學獎作品集，研究寫哪些東西能得獎。看來看去，主題不外乎兒時記趣、青春成長、家庭親情，不然就是某某人死了的傷悼文章。經我歸納整理，故事有頭有尾寫出來，文字修飾一下，大概不會差到哪去。我投出的第一篇散文（其實是小說），就是工作室某姊妹的真實生命故事，結果得了佳作。五千塊獎金我就拿出來請她們吃飯，以為自己找到得獎公式，接下來就簡單了。之後卻槓龜連連，幾年下來，這條路眼看是行不通了，或許我沒有才華吧。不過這幾年因為要寫東西，不知不覺買了不少書，就連博士都好奇我怎麼會無端讀起白先勇。

凌晨一點多，博士打來要我下樓。她跟琳達大概又吵架了。不用猜也知道是博士嫌琳達做櫃檯手腳不乾淨。為了避免客人一進門就看到我壓力太大，我讓姊妹們輪流值班做櫃檯，收錢、記錄當日業績，最後在凌晨四點打烊由我統一發放當日薪資。博士寒暑假才來短期打工，自然跟其他姊妹不親，說白了琳達就是頭腦沒那麼好，常常記錯算錯，其他人好聲好氣說沒事，博士則是說一不二，而且有點受不了笨人。博士一見我，指指放在櫃檯內側的按摩棒。她說，喂，你要玩這些花招，家私也要做好清潔工作吧？你外面放那台夾娃娃機，有好幾個客人夾到「按摩棒棒樂」優惠券，你這裡只有三支，小可用完根本來不及洗就直接拿到我那間，有夠髒的。要不也規定要戴套子吧。你不是很重視員工健康嗎？怎麼會出這種包？

好不容易安撫博士和其他姊妹，發完薪水，整理完一樓各間房和客廳，已經快早上六點。正要推門出外吃早餐時，決定乾脆把機台裡的娃娃都拿起來，折回櫃檯拿機台鑰匙。我食指甩著鑰匙圈，踱到門外，走向貼著騎樓的機台。機身裝飾燈光被陽光吃掉，細微的音效射入空曠早晨，我記得裡面有十幾張來客三百元折價券、幾張來店免費大獎、十幾張指定玩具使用券、幾張角色扮演券、二十幾張實用小物禮品券。但櫥窗裡面，只剩下機械爪子靜靜懸掛，閃閃發亮。

——原載二〇一八年一月三十～三十一日《聯合報》副刊

本文收錄於楊凱麟總策畫、潘怡帆評論，駱以軍、陳雪、顏忠賢、胡淑雯、童偉格、黃崇凱合著，二〇一八年一月出版《字母會J賭局》（衛城）

一九八一年生，雲林人。台大歷史系研究所畢業。著有長篇小說《文藝春秋》、《黃色小說》、《壞掉的人》、《比冥王星更遠的地方》；短篇小說集《靴子腿》。參與字母會實驗創作出版計畫。

二〇一七年年度小說紀事

邱怡瑄

一月

・五日，《亞洲週刊》公布二〇一七十大華文小說入選作品，台灣作家石芳瑜首部長篇小說《善女良男》獲選。

・九日，二〇一八台北國際書展大獎公布得獎名單：小說類《金宇澄作品選輯：輕寒、方島、碗》、《花東婦好》、《文藝春秋》。

・十一日，台灣文學館委託台灣文學發展基金會・文訊雜誌執行「台灣現當代作家研究資料彙編計畫」，舉辦「第七階段暨百冊成果發表會」，編纂有翁鬧、孟瑤、楊念慈、施明正、劉大任、許達然、楊青矗、敻虹、張曉風、王拓共十位作家。

・國家文藝獎得主、作家鄭清文二〇一七年十一月四日辭世。文化部指導、《文訊》於十三日舉辦「鄭清文紀念會暨文學展」，在華山文創園區舉行。文化部長鄭麗君、作家李喬、黃春明、李敏勇、蔡素芬、導演吳念真等蒞臨追思。

・十七日，由「精武圖書館」改造而成的首座台中作家典藏館開幕，規畫八大展區，收藏楊逵、姜貴、琦君、孟瑤、陳千武等六十位作家之書籍、手稿、照片、文物、剪報與影音。

・二十一日，小說家劉春城逝世，享年七十七歲。一九四二年九月五日生，花蓮人。師大國文系畢，曾任中學教師、電視公司業務部企畫、雜誌編輯。著有小說《不結仔》、《妹妹揹著》、《蓮花韻事》，傳記《愛土地的人——黃春明前傳》，文學評論《台灣文學的兩個世界》。

・一月二十七日至四月八日，宜蘭文化局舉辦「春光再明媚——黃春明特展」，主題呈現為「文學之路」、「鄉土記憶」與「藝術傳承」，並以黃春明經典小說《青番公的故事》為展覽軸線。

・三十日，九歌出版社舉辦四十週年社慶，並出版《九歌40》。陳若曦、廖玉蕙、蕭蕭、林清玄、張默、劉靜娟、隱地、張曉風、向陽、陳雨航、阿盛、游乾桂等作家出席致意。

二月

・一日，小說家童真過世，享壽九十歲。一九二八年六月十八日生，浙江人。上海聖芳濟學院肄業，一九四七年來台。創作以小說為主，曾獲香港《祖國周刊》短篇小說獎、中國文藝協會文藝獎章小說創作獎。著有小說《翠鳥湖》、《古香爐》、

三月

《相思溪畔》、《霧中的足跡》、《車轔轔》、《寂寞街頭》、《寒江雪》、《樓外樓》等近二十種。

・六至十一日，二〇一八台北國際書展於世貿舉行，主題「讀力時代」，主題國為「以色列」。。

・二十七日，台北市文化局主辦，文訊雜誌社執行的「二〇一八台北文學季」舉行開跑記者會。由小說家白先勇擔任代言人。並規畫「區區文學事」講座、走讀、體驗等多元活動，以及大型主題特展「戰鬥吧文學青年——文學獎的光明與幽暗」。

・二至六日，文化部舉辦「赤道二三五・東南亞文學論壇」，邀請帕達・雲、保寧、亞悠・塢塔米等六位當代東南亞作家，與甘耀明、張亦絢、鍾文音等台灣作家對談。

・六至十日，小說家張系國受邀為東華大學華文系二〇一八駐校作家，舉辦講座、工作坊。

・十三日，國際文學大獎「布克國際獎」（Man Booker International Prize）公布二〇一八年入圍名單，吳明益以小說《單車失竊記》（英文版：*The Stolen Bicycle*）入選，成為台灣第一人。

・十四日，九歌出版社舉行「九歌一〇六年度文選新書發表會暨頒獎典禮」，由伊格言主編小說選；選出年度得主郭強生〈罪人〉。入選者尚有：黃崇凱〈七又四分之一〉、黃以曦〈植入意念〉、李奕樵〈另一個男人的夢境重建工程〉、陳雪〈歧路花園〉、阮慶岳〈再見，萬年大樓〉、川貝母〈兒子的肖像〉、林佑軒〈彩色的千分之一〉、賴香吟〈雨豆樹〉、童偉格〈死亡〉、胡晴舫〈斷崖——時光的岩層〉、連明偉〈行過曼德拉之夜〉、李昂〈睡美男〉、章緣〈殺生〉、張英珉〈豪宅裝潢中〉。

・十七日，第三屆台灣歷史小說獎公布：首獎柯宗明《陳澄波密碼》，佳作張英珉《阿香》。

・二十一日，第四十九屆吳濁流文學獎公布得獎名單：小說正獎黃崇凱《文藝春秋》。

・二日，台北文化局委託文訊雜誌舉辦第二十屆台北文學獎公布得獎名單，小說類首獎李奕樵〈鴿之舞〉，評審獎游善鈞〈少女斜巷〉，優等獎許淳涵〈小夜班〉、李得魚〈靈鳥〉。

・二日，客家電視台播映《台北歌手》，描述呂赫若生平的同時，以舞台劇的形式穿插，呈現呂赫若的小說世界。

四月

・四日，吳明益《天橋上的魔術師》法譯本入圍法國吉美東方博物館第二屆「亞洲文學獎」。

・二十六日，第三十七屆行政院文化獎頒給畫家、小說家謝里法與導演吳念真。謝里法全額捐出百萬獎金，設置一小說獎，須以台灣藝術家為題材的創作。

・二十七日，作家林海音百歲冥誕，台灣文學館與成功大學舉辦追思紀念會「穿越林間憶冬青」。

五月

・十八日，渡邊淳一文學獎頒獎，由旅日台籍作家東山彰良以台灣為舞台的推理新作《我殺的人與殺我的人》（暫譯）獲獎，該作品已獲織田作之助獎、讀賣文學獎。

・二十日，衛城出版《字母會》小說家之文學評論雜誌《字母Letter：童偉格專輯》，探討藝術領域與閱讀的關係，採訪舞蹈家周書毅、劇作家簡莉穎。並延伸專題「致新世界」。

六月

・二十二日起至七月日，阮劇團攜手日本小劇場導演流山兒祥，改編台灣經典文學王禎和小說《嫁妝一牛車》為同名舞台劇於嘉義演出。

七月

・一日，《文訊》三十五週年慶，隸屬台灣文學發展基金會的「文藝資料研究及服務中心」正式開放，將中心典藏作家作品手稿等文學史料與社會共享。

・三日，第五屆聯合報文學大獎由駱以軍獲獎，近三年代表作為《匡超人》。

・十三日，文化部舉辦「青春起步，出版給力——青年創作成果媒合及發表會」，邀請七位接受青年創作補助的作家林孟寰、邱常婷、邱致清、唐澄暐、施佑融、洪明道、沙力浪（漢名：趙聰義），發表最新作品。

・十七日，台積電文教基金會與聯合報副刊共同主辦的二〇一八第十五屆台積電青年學生文學獎公布得獎名單，短篇小說首獎呂翊熏〈有聲〉、二獎賴君皓〈熱鐵皮屋裡的春天〉、三獎張嘉真〈玻璃彈珠都是貓的眼睛〉、呂佳真〈外來者〉，優勝獎陳澤恩〈東東的足球鞋〉、陳子珩〈顏色〉、陳姵妤〈瘤〉、宋明珊〈窺屏〉。

・二十八日，台中文學季開幕，「聆聽文學花開的聲音」為主題，展開為期兩個月的活動，舉辦文學小旅行、名師開講、電影欣賞、音樂會等，與多所高中、社區大學、讀書會串聯合辦。

・二十八日，台灣推理作家協會舉行第十六屆徵文獎頒獎典禮，首獎：宋杰〈致命偶像〉，入選：克拉珊〈牆破證〉、王稼駿〈亞斯伯格的雙魚〉、冒業〈古典力學的象徵謀殺〉、厭世學者〈廣告超人〉。五篇入圍作品集結成《亞斯伯格的雙魚》。

八月

・二日，台南市文化局與蔚藍文化合作出版《台南青少年文學讀本》舉辦新書發表會，包括小說、散文、現代詩、台語詩、兒童文學、民間故事等。小說選由李若鶯、王建國主編。

・十七日，台南文化局舉辦的「第八屆台南文學獎」公布得獎名單，華語短篇小說：

首獎吳品瑜〈大舞台，心與眼的迴視空間〉，優等葉公誠〈水流觀音〉，佳作王席綸〈安身〉、陳正恩〈長堤悲歌〉、郭桂玲〈遇見薛淑芬〉。

·二十九日，文化部公布金鼎獎得獎名單，文學圖書獲獎小說有黃崇凱《文藝春秋》、謝海盟《舒蘭河上》、周芬伶《花東婦好》、平路《袒露的心》。特別貢獻獎由九歌出版社總編輯陳素芳獲獎。

九月

·一至三十日，文訊雜誌之文藝資料研究及服務中心與國家兩廳院合作「文學與戲劇──姚一葦．白先勇跨域影音特展」，於兩廳院音樂廳影音走廊展出兩位作家的紀錄影片、珍藏劇作照及著作。

·十二日，衛城出版《字母會》小說家之文學評論雜誌《字母Letter：胡淑雯專輯》，邀請研究者橋本恭子、胡培菱評論胡淑雯作品。另外藉由《羅莉塔》等書探究文學中的各種成長與抵抗主題。

·二十、二十一日，客委會於長榮大學舉辦鍾肇政、李喬、甘耀明等五部作品日譯新書發表暨研討會。並於十二月十五、十六日在日本東京舉辦「台日作家座談會及新書發表會」。

十月

·小說家、文學評論家葉石濤逝世十週年，高雄文學館於十月期間，規畫線上互動遊戲體驗「葉先生的房間」連結虛實情境、與「普羅列塔利亞文學刊物虛構筆記：葉石濤主題小誌陳列展」並延伸企畫系列相關的講座、紀念音樂會。

‧十二日，新北市文化局公布第八屆新北市文學獎得獎名單，短篇小說類首獎蔡昀庭〈一日〉，優等蕭鈞毅〈飼育〉、黃可偉〈寶貝甜心〉，佳作楊沛容〈漏水〉、吳雁婷〈離家記〉、程裕智〈窺〉。

‧二十日，桃園文化局舉辦「二〇一八桃園鍾肇政文學獎」頒獎典禮，短篇小說組得主首獎陳怡瀍〈日光無聊〉，副獎陳泓名〈妻子〉、陳新添〈水塔與卡車〉。同時頒贈前一年長篇小說組得主張英珉〈血樟腦〉、葉公誠〈追音〉。

‧二十日，小說家楊青矗獲頒第二十二屆台灣文學家牛津獎。楊青矗以「工人作家」著稱，作品《在室男》、《外鄉女》曾改編為電影、電視劇。

‧二十七日，高雄文化局舉辦第八屆打狗鳳邑文學獎頒獎典禮，小說類首獎莊家輝〈檳榔樹下〉，評審獎蔡慧晴〈綠色的鬼〉，優選獎汪恩度〈鯨落〉。

‧二十八日，彰化文化局公布第二十屆磺溪文學獎得主，短篇小說首獎蘇飛雅〈爸爸的康乃馨〉，優選陳昱良〈交岔口〉、張簡士湋〈龍眼樹上〉、賴祥蔚〈尋找戴潮春〉、王仁劭〈牛奶墓碑〉、謝宜安〈油蹄貓〉。微小說首獎林昀姍〈彩券之夜〉，優選嚴翊〈大佛〉，郭宥辰〈痛苦寫在臉上〉、林佳慧〈你爸來了〉。

‧三十日，華人武俠小說作家金庸逝世，享壽九十四歲。浙江人，一九二四年三月十日生，本名查良鏞。創辦香港《明報》，著作多部武俠小說並改編為電影電視劇，對華人文學、影視文化貢獻重大。作品包括《射鵰英雄傳》、《神鵰俠侶》、《倚天屠龍記》、《天龍八部》、《笑傲江湖》、《鹿鼎記》等。

十一月

・一日，台北市文化局舉辦中華民國兒童文學學會譽揚典禮暨新書發表會，出版《春風少年歌：日治時期臺灣少年小說讀本》、《寶島留聲機：日治時期臺灣童謠讀本①》、《童言放送局：日治時期臺灣童謠讀本②》作為譽揚形式，藉此回顧台灣近代兒童文學的發展進程。

・四日，第十四屆林榮三文學獎頒獎：短篇小說獎首獎曹栩〈魚的境況〉、二獎北比〈四十度的夏天〉、三獎劉真儀〈守口如瓶〉，佳作李俊學〈地仗〉、蕭信維〈家者〉。

・十二日，台灣文學翻譯家天野健太郎病逝，享年四十七歲。因曾留學台灣，喜愛華文創作，並與黃碧君創辦版權公司「聞文堂」，在日本翻譯、出版多本台灣作家作品。譯作有龍應台《大江大海一九四九》、吳明益《天橋上的魔術師》、張妙如《交換日記》等。

・十三日，小說家、藝術評論家李維菁逝世，享年四十九歲。一九六九年生，台大新聞所碩士，曾任《中國時報》文化副刊中心編輯部主任。著有小說《我是許涼涼》、《生活是甜蜜》，散文《老派約會之必要》，藝評《程式不當藝世代18》、《台灣當代美術大系——商品與消費》等。遺作《人魚記》獲選台北文學獎文學年金類得主。

・二十三日，文化部舉辦「青春起步，出版給力——青年創作成果發表暨媒合會」，由獲得文化部青年創作計畫補助的創作者：謝一麟、吳亦偉、彭啟東、林育德、畢佳翰、連明偉介紹新作。

・二十六日，文學評論者林瑞明因病逝世，享年六十八歲。台南人，筆名林梵。台大歷史所畢業。曾任成大歷史系、台文系教授，國立台灣文學館首任館長。著有《台灣文學與時代精神——賴和研究論集》等，主編《賴和全集》等。

十二月

・二日，一〇七年高雄青年文學獎舉辦頒獎典禮，短篇小說首獎黃騰葳〈我與河狸的冰上垂釣〉，二獎左耀元〈大水蟻的密謀〉，三獎傅筱婷〈海馬媽媽〉。

・八日，第十屆高雄文藝獎頒獎，文學界獲獎者有小說家巴代，以及財團法人文學台灣基金會。

・八日，國藝會「長篇小說創作發表專案」公布補助名單，由張英珉《櫻》、周梅春《大海借路》、甘耀明《夏末來的清算者》、朱致賢（朱和之）《三叉山上的終戰》獲得。馬華長篇小說創作發表專案由黎紫書《流俗地》獲得。

・八日，二〇一八「Openbook好書獎」公布。共分中文書、翻譯書、美好生活書、童書四類。獲獎小說有駱以軍《匡超人》、張貴興《野豬渡河》、李奕樵《遊戲自黑暗》、西西《織巢》。

・八日，二〇一八台灣文學獎於國立台灣文學館演講廳舉行贈獎典禮，長篇小說金典獎」由林俊　《猛暑》獲得。其他入圍者有：陳又津《跨界通訊》、周芬伶《花東婦好》、鍾文音《想你到大海》、駱以軍《匡超人》、張郅忻《織》。

・十二日，以作家全版權開發為目標，跨足出版、影視改編、電玩遊戲、漫畫等周邊的「鏡文學」宣布簽約作者近五百名，包含作家白先勇、駱以軍、伊格言、陳雪等；二〇一八年鏡文學首度舉辦影視長篇小說大獎，首獎ICI《綻放年代》。

・十六日，「第八屆全球華文文學星雲獎」於佛光山舉辦贈獎典禮，歷史小說類由潘榮飲〈反叛之前〉、黃茵〈紅色茉莉花〉獲得佳作。

・十八日，金石堂書店發表二〇一八年閱讀趨勢報告、十大影響力好書得獎名單，同時揭曉年度風雲人物，由小說家駱以軍獲得。另外新增獎項「二〇一八星勢力」由輕小說作家藍旗左衽獲獎。

・十九日，紀錄片導演陳俊志逝世，享年五十一歲。一九六七年生。紐約市立大學電影所製作碩士。拍攝《不只是喜宴》、《美麗少年》等紀錄片，台灣同志運動的推動者，以自傳體小說《台北爸爸，紐約媽媽》獲台北文學年金、台北書展大獎，更改編舞台劇。

・二十日，國立台灣文學館委託文訊雜誌編纂「台灣現當代作家彙編」，完成第八階段，舉辦新書發表會。各書傳主：林語堂、洪炎秋、李曼瑰、王詩琅、李榮春、吳瀛濤、王藍、郭良蕙、辛鬱、黃娟。

九　歌　文　庫　1　3　0　6

九歌 107 年小說選
Collected Short Stories 2018

國家圖書館出版品預行編目 (CIP) 資料

九歌小說選 . 107 年 / 阮慶岳主編 . -- 初版 . -- 臺北市 : 九歌 , 2019.03
面；　公分 . -- (九歌文庫 ; 1306)
ISBN　978-986-450-232-5 (平裝)
857.61　　　　108001529

主　　編 —— 阮慶岳
執行編輯 —— 張晶惠
創 辦 人 —— 蔡文甫
發 行 人 —— 蔡澤玉
出　　版 —— 九歌出版社有限公司
台北市 105 八德路 3 段 12 巷 57 弄 40 號
電話／ 02-25776564・傳真／ 02-25789205
郵政劃撥／ 0112295-1

九歌文學網　www.chiuko.com.tw

印　　刷 —— 晨捷印製股份有限公司
法律顧問 —— 龍躍天律師 ・ 蕭雄淋律師 ・ 董安丹律師
初　　版 —— 2019 年 3 月
定　　價 —— 340 元
書　　號 —— F1306
I S B N —— 978-986-450-232-5

本書榮獲 台北市文化局 Department of Cultural Affairs Taipei City Government 贊助